Karen-Susan Fessel

Bronko, meine Frau Mutter und ich

Roman

Für Mama

Umschlag und grafische Realisierung von Sergio Vitale
unter Verwendung eines Fotos von Gaby Ahnert
Gesamtherstellung: Finidr
ISBN 978-3-89656-217-3
Printed in the Czech Republic

Bitte fordern Sie unser Gesamtverzeichnis an:
Querverlag GmbH
Akazienstraße 25, 10823 Berlin
www.querverlag.de

Der Hirsch starrte mich misstrauisch an, dann legte er den Kopf schief, zog die Oberlippe zurück und entblößte eine Reihe gelber Zähne.

Ich starrte zurück.

Seine Pupillen waren oval. Und noch während ich hinsah, hatte ich den Eindruck, dass sie sich ein wenig weiter zusammenzogen.

„Rüdiger ist heute ein bisschen schlecht gelaunt, glaube ich“, sagte Hermann und wischte sich einen Erdklumpen vom Ärmel. „Aber eigentlich ist er sehr nett. Ein äußerst netter Hirsch.“

„Aha?“ Ich trat vorsichtshalber einen Schritt zurück. Wenn Rüdiger heute schlechte Laune hatte, dann wollte ich ihm dabei nicht zu nahe kommen. „Und was habt ihr sonst noch für Neuzugänge?“

„Willst du mal gucken?“ Hermann wartete meine Antwort nicht ab, sondern schlurfte in seinen schmutzigen Gummistiefeln voran. Mit Heu durchsetzter Matsch quoll unter seinen Sohlen hervor, und ich bemühte mich, Schritt zu halten, ohne auf dem unebenen Boden auszurutschen. Als Kind war ich einmal im Watt gewandert, so ähnlich fühlte es sich jetzt auch an. Nur dass nun keine Muscheln und Krebse aus dem Schlick hervorquollen, sondern Futterreste und Kot unterschiedlichster Konsistenz.

„Wir haben ein neues Schwein, das von einem Viehtransporter gefallen ist, eine übergewichtige Katze, einen Schwan, der nicht mehr fliegen kann, und einen dreibeinigen Hund“, erklärte Hermann und bahnte sich zielstrebig den Weg durch eine Schar gackernder Hühner.

„Den Hund hattet ihr letztes Mal aber auch schon!“, sagte ich und wich einem Hahn aus, der mitten auf dem Weg stehen geblieben war und mich vorwurfsvoll anstarrte.

„Nein, das ist noch ein neuer. Wir haben jetzt zwei dreibeinige Hunde“, sagte Hermann und stieß die Gittertür auf. Ein paar Hühner flogen flügelschlagend auf, und der Hahn hinter mir stieß ein triumphierendes Krähen aus. Als ich die Tür hinter mir ins Schloss drückte und mich noch einmal umdrehte, sah ich, dass Rüdiger und der Hahn mich weiterhin anstarrten. Rüdiger trat von einem Bein aufs andere, und der Hahn reckte den Hals.

Irgendwie hatte ich das Gefühl, dass sie mich nicht mochten.

„Schön, dass du mal wieder vorbei kommst“, sagte Hermann und schob mit der Hacke die Haustür hinter sich zu. Draußen quiekte empört ein Ferkel auf, das sich mit neugieriger Schnauze herangewagt hatte. Hermann wies mit einer galanten Geste zur Wohnküche, aus der gleich mehrere fröhlich wedelnde Kleinhunde herbeigerannt kamen. Einer davon, ein schwarz-weiß gefleckter mit derart riesigen Ohren, dass sie fast bis auf den Boden hingen, zog eine Art zweirädrige Kutsche hinter sich her, in der sein eigenes Hinterteil lagerte. Ihm fehlten beide Hinterläufe, aber das tat seiner guten Laune keinen Abbruch, denn er stupste mich mit feuchter Schnauze an und kläffte munter los.

„Still, Apollo", sagte Hermann gutmütig, stieg aus seinen dreckigen Stiefeln und behände über Apollo und dessen Kollegen hinweg. Ich streifte ebenfalls meine Schuhe ab, ging zaghaft durch die wild durcheinanderspringende Hundeschar und ließ mich schwer atmend auf einen der Holzstühle sinken, die um den großen Tisch herum standen.

Der Tisch war – wie die gesamte Küche – blitzsauber, nur ein Zuckerstreuer und eine Blumenvase mit drei frisch erblühten Pfingstrosen standen darauf.

„Wer ist denn von euch beiden eigentlich die Hausfrau?", erkundigte ich mich, und Hermann warf mir einen amüsierten Blick zu.

„Na, Gert natürlich, was denkst du denn?", sagte er zufrieden und schaltete die Kaffeemaschine ein. „Es gibt übrigens frisch gebackenen Rhabarberkuchen nach original niederländischem Hausfrauenrezept. Willst du mal kosten?"

„Och, nein, danke, ich muss ein bisschen … Ich hab zugenommen, glaube ich", sagte ich unglücklich und zog automatisch den Bauch ein.

Hermann grinste in sich hinein und öffnete die Backofenklappe, um ein Blech mit köstlich duftendem Kuchen herauszuholen. Das Wasser lief mir im Mund zusammen. „Na, vielleicht doch ein kleines Stückchen?"

„Aber nur ein klitzekleines!", sagte ich und streichelte Apollo den flachen Schädel. Zum Dank leckte er mir mit seiner winzigen rosa Zunge die Hand, bevor sich einer seiner Kumpel, ein gelblich-struppiger Dackelverschnitt mit nur einem Auge, an seine Stelle vorkämpfte. Ich tätschelte auch ihm den Kopf und spürte, wie sich in meinem Herzen etwas bewegte.

Ich war mit Hunden aufgewachsen, aber mein Großstadtleben ließ mir keine Zeit für einen eigenen Hund. Meistens schob ich den Gedanken daran erfolgreich beiseite – immerhin war ich praktisch veranlagt, und es war ganz sicher höchst unpraktisch, als Single mit Vollzeitjob einen Hund zu halten. Aber trotzdem, insgeheim sehnte ich mich nach einem vierbeinigen Begleiter. Meinetwegen auch einem Einäugigen mit dermaßen widerwärtigem Mundgeruch, dass es mir den Atem verschlug, so wie jetzt. Ich tätschelte Einauge noch einmal und richtete mich dann wieder auf.

Hermann schnitt gerade ein großes Stück Kuchen ab, schob es auf einen abgestoßenen Porzellanteller und stellte diesen vor mich hin, um dann Becher und Besteck aus dem Küchenschrank zu holen. Die Hunde hatten sich – bis auf Einauge, der hoffnungsvoll unter dem Tisch Platz genommen hatte – wieder auf ihre verschiedenen Ruheplätze begeben, und ich betrachtete meinen alten Schulfreund nachdenklich, während ich den köstlichen Geruch, der vom Kuchen aufstieg und sich mit dem frischen Kaffeeduft mischte, zu ignorieren versuchte.

Hermann hatte sich gut gehalten, und trotz seiner verschmutzten Kleidung wirkte er gepflegt und sauber. Wir waren zusammen zur Schule gegangen, aber während ich nach der Fachhochschulreife Reißaus genommen und mich aus der flachen Moorlandschaft zu einem Lungerjahr in die Bezirkshauptstadt Osnabrück und von dort über ein abgebrochenes Sozialpädagogikstudium in Dortmund und ein abgeschlossenes Ingenieursstudium in Dresden bis zu meiner Festanstellung im öffentlichen Dienst, Abteilung

Bauaufsicht, nach Oldenburg durchgekämpft hatte, war Hermann im Emsland geblieben und hatte sich mit Gelegenheitsjobs über Wasser gehalten, bis er seiner großen Liebe Gert begegnet war.

Mit dem Geld, das Gert von seinem kurz zuvor verstorbenen Großvater geerbt hatte, hatten die beiden Männer einen Gnadenhof eröffnet, auf dem sie misshandelte, ausgesetzte und sterbenskranke Tiere betreuten, die anderswo keine Aufnahme mehr fanden. Hermann hatte seine wahre Bestimmung gefunden – ganz im Gegensatz zu mir; aber das gestand ich mir nur ungern ein.

Ich seufzte auf, und Hermann warf mir einen forschenden Blick zu, während er die volle Kaffeekanne zusammen mit zwei Bechern zum Tisch brachte.

„Was führt dich eigentlich her?“, fragte er und goss mir ein. „Nun los, iss schon, du hast doch Appetit, das sehe ich!“

Ich zog den Kuchen zu mir heran und stach die Gabel hinein. „Ich bin auf dem Weg zu meiner Mutter“, sagte ich und schob mir ein großes Kuchenstück in den Mund. „Oh, köstlich!“ Plötzlich wurde mir bewusst, dass mich ein halbes Dutzend Augenpaare äußerst aufmerksam beobachtete, und ich verschluckte mich fast.

„Wie geht es ihr denn?“, erkundigte sich Hermann angelegentlich und schob sich selbst ein großes Kuchenstück in den Mund.

Hermann kannte meine Mutter schon seit unserer Jugendzeit. Und wie alle anderen hatte er meine Mutter grandios gefunden. Sie war, wenn man das so nennen wollte, ein Original – rau, herzlich, laut, fröhlich – und ungemein taktlos dazu.

„Gut“, sagte ich und kaute schneller. „Mittlerweile läuft sie nicht mehr ganz so flott, aber auf dem Fahrrad ist sie immer noch mit Schwung unterwegs.“

„Wie alt ist sie denn?“, fragte Hermann und nahm einen Schluck Kaffee.

„Sie ist jetzt 73.“ Ich bemühte mich, die vorwurfsvollen Blicke der Hundeschar um mich herum zu ignorieren. Besonders bei Apollo fiel es mir schwer, denn er legte die Stirn in so viele Falten, dass er fast wie ein Welpe aussah.

„Ach? 73? Alte Schachtel! Kompliment!“ Hermann aß zwei weitere Stücke Kuchen hintereinander und tätschelte Einauge, der sich jetzt ganz dicht vor seinen Füßen platziert hatte, den Kopf. „Und was macht Millie?“

„Der geht es blendend.“ Ich stach die Gabel wieder in mein Kuchenstück, das schon merklich geschrumpft war.

„Das ist schön. Und der Hund?“

„Zorro? Ach, Zorro ist im November gestorben.“ Ich schaufelte mir noch ein großes Stück Kuchen in den Mund. Meine Güte, schmeckte der köstlich! Es musste toll sein, mit jemandem zusammen zu sein, der so gut kochen und backen konnte wie Gert.

„Aber er war ja auch schon alt, oder?“, fragte Hermann mitfühlend.

„Ja, fünfzehn. Er ist friedlich eingeschlafen, in seinem Körbchen. Wie man es sich nur wünschen kann.“

Hermann nickte zufrieden und schob sich das letzte Kuchenstück in den Mund, um mit einem ordentlichen Schluck Kaffee nachzuspülen. Dann sah er zu mir auf. „Ist deine Mutter jetzt sehr traurig, so ganz ohne Hund?“

Ich zuckte mit den Schultern. „Ich glaube eigentlich, dass sie gut damit klarkommt. Zorro war ja nun wirklich schon sehr alt. Sie sagt, sie sei ganz zufrieden so. Außerdem hat sie ja noch Millie.“ Ich grinste in mich hinein, aber Hermann grinste nicht mit. Stattdessen legte er den Kopf schief.

„Sag mal, Britt, alte Frauen lieben doch kleine Hunde, oder?"

„Kann sein", sagte ich und warf einen Blick zum Herd hinüber. Die Klappe war wieder geschlossen. „Wieso?"

Hermann sah mich listig an. Dann schob er seinen Stuhl zurück und stand auf. „Warte mal." Er ging zur Hintertür, riss sie auf und pfiff durchdringend auf zwei Fingern. „Bronko!", rief er. „Bronko, komm mal her!"

Durch die offenstehende Tür konnte ich sehen, wie hinten bei den Hühnerställen etwas aufstob, dann war vielstimmiges Gebell zu hören, und ein Fellknäuel kam in die Küche geflitzt. Ein kleines, helles Fellknäuel, das an Hermann hochsprang und sich dann artig zu seinen Füßen setzte, dicht neben Einauge, um anschließend Hermanns Hand mit der Kuchengabel darin zu hypnotisieren. Ich erkannte zwei braune Knopfaugen, eine schwarze Nase und eine Reihe schiefer, durch einen erstaunlichen Unterbiss unvorteilhaft zur Geltung gebrachter Zähne. Mit Sicherheit war dies einer der hässlichsten Hunde, die ich je gesehen hatte. Und einer der kleinsten noch dazu; auf jeden Fall bedeutend kleiner als ein gewöhnlicher Hauskater.

„Das ist Bronko", sagte Hermann und lächelte Bronko an. „Süß, oder?"

Bronko lächelte zurück. Jedenfalls sah es so aus, denn er schob seinen Unterbiss noch weiter nach vorn.

„Oder, Britt?"

„Na ja", sagte ich. „Na, doch, ja. Eigentlich sind ja alle Hunde süß. Aber dieser ist …" Mir fehlten die Worte.

Hermann bückte sich und streichelte Bronko, der freudig mit dem Schwanz wedelte. Es war ein Ringelschwanz, genauso einer, wie ihn eigentlich Ferkel trugen, nur mit Fell drauf. Dichtem, blondem Fell.

„Was ist denn da eigentlich drin?“, fragte ich erstaunt. Bronko sah mich erwartungsvoll an, bevor er zu mir herüberstürmte und aufgeregt an mir hochsprang. „Ist ja gut“, sagte ich und streichelte ihm vorsichtig den Kopf. Was für ein grauenhafter Unterbiss! Ob er das Maul überhaupt schließen konnte? Mitleid regte sich in mir.

„Was bei Bronko drin ist? Keine Ahnung. Ich vermute mal, ein Yorkshireterrier und ein französisches Landschwein, irgendwie so was“, sagte Hermann. „Nimmst du ihn für deine Mutter mit?“

„Was?“ Ich starrte ihn entgeistert an. „Für meine Mutter?“

„Na ja“, Hermann zuckte mit den Schultern und rieb sich die Hände an seiner schmutzigen Hose, „du kannst ihn ja auch selbst nehmen. Ich glaube, er mag dich.“

Ich sah zu Bronko hinunter, der hoffnungsvoll zu mir aufsah, während er zaghaft mit seinem Ringelschwanz wedelte. Mir wurde ganz flau im Magen.

„Ich kann keinen Hund nehmen“, sagte ich mit fester Stimme. „Ich muss jeden Tag arbeiten. Das geht nicht.“ Bronko setzte sich auf die Hinterbeine, aber ich konnte sehen, dass er immer noch wedelte. „Und meine Mutter, die will bestimmt keinen Hund mehr.“ Bronko stand wieder auf und wedelte noch wilder. „Das geht nicht, Hermann, wirklich nicht.“

„Nein?“, fragte Hermann.

„Nein. Das geht nicht. Tut mir leid.“

Bronko legte sich hin und ließ den Kopf entmutigt auf die Vorderpfoten fallen. Seine dunklen Augen beobachteten mich aufmerksam.

„Und überhaupt“, sagte ich. „Dieser Hund … ich weiß nicht. Das geht einfach nicht.“

Kapitel 1

Meine Mutter hatte offenbar im Garten gearbeitet, denn sie stand hinter dem Tor, als ich den Wagen in die Einfahrt lenkte.

„Da bist du ja endlich!“, rief sie und wischte sich über die Stirn. „Ich dachte schon, du kommst überhaupt nicht mehr!“

Ihre laute Stimme war durch die geschlossenen Scheiben hindurch gut zu verstehen. Ich verdrehte die Augen und zog die Handbremse an.

Typisch meine Mutter! Sie war nur selten zu normalen, freundlichen Begrüßungen in der Lage. Schimpfen, zumal lautes Schimpfen, lag ihr einfach mehr. Mit einem matten Gefühl schob ich die Wagentür auf.

„Hallo, Mutter“, sagte ich schwach. „Na, wie geht es?“

Meine Mutter zog einen geblümten Handschuh aus und warf ihn in die Schubkarre. Dann öffnete sie das Gartentor. „Gut, gut. Und dir? Wieso siehst du so zerwühlt aus?“

„Sehe ich zerwühlt aus?“ Ich sah in den Rückspiegel, aber mein Haar war darin nicht zu erkennen. Nur meine Augen, grüne, faltenumkränzte Augen, die einen fast ängstlichen Ausdruck trugen. Im nächsten Moment hörte ich meine Mutter aufschreien.

„Was ist das denn? Nein! So ein hässlicher Hund! Ist das etwa deiner?“ Meine Mutter hatte sich zum Seitenfenster gebückt und betrachtete Bronko, der, von mir unbemerkt, auf dem Beifahrersitz Platz genommen hatte. Durch die Scheibe hindurch sahen sich die beiden aufmerksam an, meine Mutter mit hochgezogenen Brauen, Bronko mit vorgeschobenem Unterkiefer. Für einen Moment war ich mir nicht sicher, was ich antworten würde. Dann holte ich tief Luft.

„Nein“, sagte ich. „Deiner.“

„Der Hund hat aber zumindest ein freundliches Wesen“, sagte meine Mutter, als wir uns eine Weile später gemeinsam über das Radieschenbeet beugten. „Wenn er schon so beschränkt aussieht.“ Gekonnt rupfte sie vier Radieschen gleichzeitig aus der Erde.

„Er sieht doch nicht beschränkt aus“, sagte ich und warf einen Blick zu Bronko, der ein Stückchen weiter interessiert das Tränende Herz beschnupperte. Sein Ringelschwanz war wachsam erhoben, und die krummen Hinterbeine bohrten sich standfest ins frisch geharkte Beet. „Er hat einfach einen ziemlichen Unterbiss.“

„Ziemlich, ha!“ Meine Mutter lachte auf, warf die Radieschen in ihr Körbchen und rieb sich mit dem Handrücken über die Stirn. „Das ist untertrieben. Er hat den schlimmsten Unterbiss, den ich je gesehen habe. Kann der überhaupt richtig fressen?“

„Natürlich!“, sagte ich, obwohl ich selbst nicht recht überzeugt davon war. Nachdenklich sah ich wieder zu Bronko, der jetzt die helle Pfingstrose in Augenschein nahm. Was er da roch, schien ihm zu gefallen, denn er hob rasch das Bein und sprenkelte die frisch erblühte Pflanze mit ein paar gelblichen Tröpfchen. „Er … äh … er kann bestimmt richtig fressen. Schließlich sieht er nicht unterernährt aus." Ich wedelte mit einer Hand energisch in seine Richtung, aber Bronko sah nicht zu mir her. Stattdessen beschnüffelte er die nächste Pflanze.

„Aber beschränkt", stellte meine Mutter fest und richtete sich stöhnend auf. „Und außerdem sieht er aus wie eine Sie. Bist du sicher, dass das überhaupt ein Rüde ist?"

Bronko blickte zu uns herüber und wedelte halbherzig, dann widmete er sich wieder den Blumen.

„Natürlich ist es ein Rüde. Guck doch mal, er hebt gerade das Bein."

Meine Mutter sah hoch. „An meiner Pfingstrose!", sagte sie missbilligend. „Das ist ja das Letzte. Und mickrig ist er auch."

„Ja", sagte ich mürrisch. „Na und? Dann ist er eben mickrig."

„Ich meine ja nur! Du brauchst nicht immer gleich beleidigt zu sein, wenn ich auch mal was sage." Meine Mutter sah mich vorwurfsvoll an. Über ihrer Stirn prangte ein brauner Dreckstreifen, durch den sich gerade ein Schweißtropfen seinen Weg hinunter auf die Nase zu bahnen versuchte.

„Ich bin doch gar nicht beleidigt!"

„Bist du wohl!" Meine Mutter nickte nachdrücklich und fuhr sich erneut mit dem Handrücken über die Stirn. Der Dreckstreifen vergrößerte sich ungefähr um die Hälfte.

„Bin ich überhaupt gar nicht!" Ich holte tief Luft und sah zum Himmel auf. Die Maisonne schien unbekümmert auf uns herunter, ein weicher Luftzug rauschte in den angrenzenden Birken, und aus der Krone einer windschiefen Kiefer schmetterte ein Zilpzalp seinen eintönigen Gesang.

Warum hatte ich in dreiundvierzig Jahren immer noch nicht gelernt, mich nicht über die Hartnäckigkeit meiner Mutter zu ärgern? Andere Leute konnten so etwas doch auch.

„Bist du wohl!“, stellte meine Mutter abschließend fest und marschierte zum Hintereingang. Bronko sah überrascht hoch, dann hopste er über den Bodendecker und rannte ihr mit wedelndem Ringelschwanz hinterher.

„Verräter“, murmelte ich und beugte mich beleidigt wieder über das Beet.

Als ich kurz darauf mit einem Schwung Radieschen in die Küche kam, stand meine Mutter bereits an der Arbeitsplatte und schnitt Tomaten klein. Bronko saß zu ihren Füßen und blickte hoffnungsvoll zu ihr auf.

„Radieschen hab ich schon genug“, sagte meine Mutter und zog einen Salatkopf zu sich heran. „Kannst du mal den Tisch decken?“

„Du hast doch gesagt, ich soll noch welche holen.“ Kopfschüttelnd legte ich die Radieschen neben die Spüle und wandte mich zum Küchenschrank.

„Ja, aber jetzt brauche ich doch keine mehr. Die großen Teller bitte, nicht die kleinen.“

Ich streckte meiner Mutter hinter ihrem Rücken die Zunge heraus und nahm zwei große Teller und dazu passende Schüsseln aus dem Schrank.

„Und Schüsseln, bitte.“

„Weiß ich doch.“ Missmutig kniff ich die Lippen zusammen und stellte das Geschirr auf den Tisch. Tischdecken hatte seit frühester Kindheit zu meinen Aufgaben gehört, und ich beherrschte es mittlerweile meiner Meinung nach vollkommen.

„Na, weiß man ja nicht. Kann ja sein, dass du es vergessen hast. Machst du dir in Oldenburg eigentlich auch manchmal selbst einen Salat?"

Ich verdrehte die Augen. „Mutter. Ja, ich mache mir in Oldenburg auch manchmal selbst einen Salat. Ich mache mir auch manchmal ein vollwertiges Gericht, stell dir vor!"

Meine Mutter musste grinsen. „Ich meine ja nur. Das weiß man ja nicht. Ich bin ja nicht da, ich bin ja hier."

„Zum Glück", sagte ich und musste auch grinsen. „Das wäre ja nicht auszuhalten."

Meine Mutter kicherte vergnügt, dann kam sie mit der vollen Salatschüssel zum Tisch, stellte sie in die Mitte und setzte sich hin. „So, jetzt hab ich Hunger. Ich esse jetzt."

„Ich auch", sagte ich und wollte mich eben dazusetzen, als mein Blick auf Bronko fiel. Er hatte die Vorderpfoten erhoben und sich auf die Hinterbeine gestellt, in der vergeblichen Hoffnung, auf den Tisch blicken zu können. „Der Hund macht Männchen!", stellte ich erstaunt fest und stand wieder auf.

„Na, immerhin kann er was", sagte meine Mutter lakonisch und begann, sich Salat aufzufüllen. „Wahrscheinlich hat sie Hunger."

„Er! Es ist ein Rüde."

„Mag sein. Aber trotzdem hat er Hunger."

Erst jetzt drangen ihre Worte mir ins Bewusstsein. „Mist! Er hat vorhin eine Kleinigkeit bekommen, aber ich hab gar nichts für ihn zu fressen mitgebracht!"

„Das ist schlecht", sagte meine Mutter ungerührt und lud sich noch einen großen Löffel voll Salat auf. „Wenn man sich einen Hund zulegt, muss man ihn ja auch füttern."

„Es ist nicht mein Hund, es ist deiner!“, sagte ich und sah mich hilflos in der Küche um. „Hast du noch Hundekekse übrig? Von Zorro vielleicht? Du wirfst doch nie was weg!“

Bronko legte den Kopf schief und setzte sich wieder hin. Sein hungriger Blick schnitt mir ins Herz.

Meine Mutter nahm eine Gabelvoll Salat, kaute genüsslich und schluckte. Dann sah sie mich listig an. „Ich werfe sehr wohl Dinge weg. Aber ganz zufällig habe ich noch eine Schachtel mit Hundekeksen übrig. Falls mal Hundebesuch kommt, so wie jetzt. Im Vorraum auf dem obersten Regal.“

Bronko kam mit und beobachtete mit wachsamem Blick, wie ich mich streckte und mühsam auf dem obersten Regal im Vorraum herumtastete, bis ich die Schachtel mit Hundekeksen fand und nach vorne zog. Schon immer hatte ich mich darüber geärgert, dass meine Mutter dieses für mich einen Tick zu hoch angebrachte Regal als angestammten Platz für das Hundefutter auserkoren hatte. Entgegen der Tatsache, dass die meisten Kinder ihre Eltern meist an Körpergröße überragten, war ich sechs Zentimeter kleiner geraten als meine Mutter.

Andererseits, das musste ich zugeben, hatte ich noch nie einen Hocker zu Hilfe gezogen, was ein Leichtes gewesen wäre. Aber ich hatte schließlich auch meinen Stolz.

Bronko atmete tief ein und machte einen steifen Hals, als ich die Packung aufriss und ihm einen der Kekse in Knochenform herunterreichte. Er schnupperte daran, dann nahm er ihn vorsichtig ins Maul und trug ihn davon. Ich schob die Schachtel wieder an ihren Platz und ging in die Küche zurück, wo meine Mutter sich soeben die zweite Portion Salat auflud. Bronko lag zu ihren Füßen und biss krachend in seinen Keks.

„Warum gibst du ihm denn kein Nassfutter?“, erkundigte sich meine Mutter und zeigte zur Besteckschublade.

„Und reichst du mir mal ein Messer und die Butter? Ich kann jetzt nicht mehr aufstehen, ich sitze schon."

Ich seufzte innerlich, gab ihr das Messer und die Butterschale, dann setzte ich mich hin und zog die Salatschüssel zu mir heran. „Weil ich kein Nassfutter habe, Mutter, das hatte ich doch schon gesagt!"

„Aber ich hab noch welches. Steht oben im Regal, hinter den Keksen." Meine Mutter schob sich eine weitere Gabel Salat in den Mund und lächelte mich fröhlich an.

Ich kniff die Augen zusammen und starrte sie an.

Sie lächelte zurück.

„Mutter. Wieso sagst du das denn nicht gleich? Jetzt muss ich noch mal aufstehen."

„Na ja, du hattest aber nur nach Keksen gefragt, nicht nach Nassfutter. Und außerdem dachte ich, du hast die Dose schon gesehen. Schließlich steht sie ja gleich bei den Keksen."

Ich verzichtete darauf, sie auf die Tatsache hinzuweisen, dass ich nicht großgewachsen genug war, um auf das Regal hinaufsehen zu können. Stattdessen beschloss ich, dass Bronko noch ein wenig warten konnte, bis er eine vollwertige Mahlzeit bekam. Schließlich hatte er noch genug mit seinem Keks zu tun.

Ich füllte ein wenig von dem Salat auf, den meine Mutter übriggelassen hatte – viel war es nicht, aber das kannte ich ja schon, bei Salat musste man immer schnell sein, wenn meine Mutter in der Nähe war, er gehörte zu ihren Leibgerichten, wie allerdings viele andere Speisen auch –, und nahm die erste Gabelvoll. „Köstlich", sagte ich mit vollem Mund.

Im nächsten Moment spürte ich ein seltsames Kratzen an meiner Hüfte. Erschrocken sprang ich vom Stuhl hoch und verschluckte mich fast an meinem Salat. Meine Mutter schrie auf, und auch aus meiner Kehle kam ein schriller, ungewöhnlich heiserer Schrei, der in ein krächzendes Husten überging. Sofort traten mir die Tränen in die Augen, und es dauerte einen Moment, bis ich mich wieder beruhigt hatte. Als ich hinuntersah, entdeckte ich Bronko, der mit unschuldigem Blick zu mir aufsah.

„Was war das denn?", fragte ich empört und setzte mich vorsichtig wieder hin. Bronko antwortete nicht. Stattdessen sprang er am Stuhl hoch und kratzte mit beiden Pfoten wieselflink an meinem Hüftspeck. „Bronko! Lass das! Das ist meine Problemzone!"

Meine Mutter kicherte. Als ich sie ansah, versuchte sie sich das Lachen zu verkneifen, aber es gelang ihr wie üblich nur schlecht. „Der Hund hat wohl immer noch Hunger", sagte sie erheitert. „Er hätte sicher gern etwas Nassfutter."

„Mutter. Du bist unmöglich. Und außerdem", ich zog den Moment genussvoll in die Länge, um meine Rache schön auszukosten, „und außerdem hast du Dreck auf der Stirn."

„Besser als Dreck am Stecken." Meine Mutter lächelte vergnügt und zog die Salatschüssel wieder zu sich hinüber. „Ich weiß nicht", sagte sie und nahm das Salatbesteck angriffslustig in beide Hände. „Irgendwie gefällt mir der Hund. Sie hat Charakter und weiß, was sie will. Du jedenfalls willst ja keinen Salat mehr, oder?" Und damit füllte sie sich den Rest auf ihren Teller. „Und danach", sagte sie zufrieden, „danach will ich spielen!"

Meine Mutter und ich hatten ein Ritual, seit Jahren schon: Wenn ich sie besuchte, aßen wir gemeinsam, danach wurde Phase 10 gespielt, unser Lieblings-Kartenspiel. Das dauerte ungefähr eine Stunde, und anschließend begaben wir uns zur Ruhe – meine Mutter in ihrem Schlafzimmer im Erdgeschoss, ich in meinem alten Kinderzimmer in der oberen Etage.

Mein Zimmer dort oben sah immer noch so aus wie zu der Zeit, als ich ausgezogen war – das Mobiliar war dasselbe wie damals geblieben: ein schmales Bett an der rechten Wand, vor dem Fenster der alte Flötotto-Schreibtisch mit der schweren, gusseisernen Lampe darauf, links der Kleiderschrank, den ich von meiner Großmutter geerbt hatte.

Die Matratze auf meinem Bett war ausgetauscht, und die Wände waren erst ein Jahr zuvor neu gestrichen worden. Aber vorm Bett lag immer noch derselbe alte Flickenteppich, auf den ich schon als Kind meine nackten Füße beim Aufstehen gestellt hatte, und immer noch verströmte abends derselbe von meiner Mutter genähte Lampenschirm wohlige Behaglichkeit in dem Raum, in dem man sich kaum um sich selbst drehen konnte. Das Zimmer, mehr eine Dachkammer denn ein richtiger Wohnraum, war winzig, das aber galt für das gesamte Haus.

Unten wiederum gab es hinter der Küche einen Vorratsraum und daneben ein puppenstubenartiges Wohnzimmer, in das genau ein Sofa, ein Sessel und eine Anrichte passen, daneben lagen das Miniatur-Badezimmer und das Schlafzimmer meiner Mutter, welches kaum mehr Platz zu bieten hatte. Ein kleiner Flur verband die Räume, der sich allerdings den wenigen Platz mit der steilen Stiege teilen musste, die zum Obergeschoss hinaufführte. Gegenüber meinem Zimmer befand sich sein Gegenstück, das zur anderen Hausseite blickte; dort hatten früher meine beiden älteren Brüder und noch früher meine Großtante gewohnt.

Ich fragte mich oft, warum in aller Welt man früher derart kleine Häuser gebaut hatte. Alles in allem umfasste das Haus meiner Mutter vielleicht gerade einmal knapp achtzig Quadratmeter. Wie meine Eltern in früheren Zeiten hier zusammen mit meiner Großmutter und deren Schwester gehaust hatten, war mir ein Rätsel.

Aber anscheinend gelang es ganz gut, denn immerhin kamen in rascher Folge erst meine beiden Brüder und dann auch ich zur Welt. Parallel zur Geburt meiner Brüder starben erst meine Großtante und dann meine Großmutter, sodass sich die Zahl der Hausbewohner in überschaubaren Grenzen hielt. Allerdings wurde das Gefüge stets durch mehrere Tiere aufgelockert, die bei uns Einzug hielten – immer hatten wir mindestens eine Katze und einen Hund, gelegentlich aber auch noch andere tierische Mitbewohner.

Ich streckte mich auf dem Bett aus und verschränkte die Hände vor der Brust. Von unten hörte ich meine Mutter etwas vor sich hinmurmeln. Wahrscheinlich saß sie, wie meist in der Mittagszeit, auf ihrem Bett und häkelte etwas und las dabei. Langsam breitete sich eine angenehme Schläfrigkeit in mir aus. Ich schloss die Augen.

Eine attraktive Blondine beugte sich über mich und lächelte mich an. „Na, müde? Soll ich dich ein wenig munter machen?“ Sie griff hinter sich, zog eine Klangschale hinter ihrem Rücken hervor und einen Klöppel aus ihrem Dekolleté und schwang ihn wild durch die Luft. Ihr Lächeln verwandelte sich in ein fieses Grinsen, als der Klöppel mit Wucht auf der Klangschale auftraf. Ein ohrenbetäubender Gongschlag ertönte, und ich schrie auf.

Unten bellte Bronko einmal laut auf.

„Britt?“, rief meine Mutter beunruhigt zu mir hoch. Im nächsten Moment ertönte wieder der Gongschlag, und ich sah mich hysterisch um.

„Brittchen? Was ist denn los?“

Endlich entdeckte ich mein Handy unter dem Bett, fischte es keuchend hervor und schaltete den Wecker aus, bevor der Gongschlag erneut ertönen konnte.

Bronko bellte ein zweites Mal.

„Britt?"

„Jaha!", brüllte ich. „Das war nur mein Handy!"

Warum in aller Welt hatte ich eigentlich diesem schrecklichen Gong zugestimmt? *Tibetan Bell* hieß der Weckton. Ida, meine beste Freundin und ihres Zeichens Technikexpertin, hatte ihn mir neulich eingestellt. Ein schwerer Fehler, wie mir seitdem klar geworden war. Die Blondine mit ihrem Gong war mir nämlich nicht zum ersten Mal erschienen.

Nur leider wusste ich nicht, wie man den Klingelton änderte. In Sachen Handys und Computer war ich wie mit Blindheit geschlagen.

Und ich fürchtete, nicht nur in diesen Belangen. Noch schlimmer stand es um mich, was das Flirten anging. Da stellte ich mich grundsätzlich an wie das letzte Bauerntrampel: entweder ungemein schüchtern oder aber vollkommen taktlos.

So eine attraktive Blondine würde sicherlich beide Varianten nicht sonderlich ansprechend finden.

Ich seufzte tief auf und ließ mich in mein Kissen zurücksinken. Im selben Augenblick klingelte das Handy in meiner Hand schrill auf.

Klingelton *Nostalgia*. Matt hob ich das Handy in Sichtweite und hielt es nach einem Blick aufs Display ans Ohr. „Hallo, Ida!"

„Na? Wie geht es? Bist du schon bei deiner Mutter? Wie war es bei Hermann? Steht die Bude noch?"

„Ida", sagte ich und schloss wieder die Augen, „du wolltest dir doch angewöhnen, immer nur eine Frage auf einmal zu stellen."

Ida lachte. „Ja, aber das dauert immer so lange. Und du antwortest sowieso immer nur auf jede dritte. Ach, ist doch egal. Sag mal, ich wollte was ganz anderes wissen – was hast du eigentlich übernächstes Wochenende vor? Am Samstag?"

„Weiß ich noch nicht. Wieso?"

„Weil ich mit dir ausgehen will. Am Samstag ist eine Lesung. Im Frauenclub."

„O Gott, eine Lesung. Da schlaf ich doch sowieso gleich ein."

Ida stöhnte. „Nein, wirst du nicht! Du wirst interessiert da sitzen, ganz aufmerksam zuhören und hinterher kluge Fragen stellen."

„Dir?"

„Nein", sagte Ida, „der Autorin. Und alle werden dich dann ansehen und denken: Wer ist denn diese gut aussehende, kluge Person? Ist sie schon liiert? Oder habe ich eventuell eine Chance?"

„Ja, sicher, Ida, ganz bestimmt. Findest du nicht, dass du langsam mal mit deinen Verkuppelungsversuchen aufhören solltest? Ida, wir sind Anfang vierzig. Da ist die Chance, dass man noch auf die große Liebe trifft, geringer, als dass man mit dem Flugzeug abstürzt."

„Wo hast du denn diesen Unsinn schon wieder her?"

„Aus dem Internet. Da erfährt man allerlei Wissenswertes." Ich hatte die Information natürlich nicht aus dem Netz, sondern letzte Woche beim Zahnarzt im Wartezimmer in der *Gala* gelesen. Aber das brauchte ich Ida ja nicht unbedingt auf die Nase zu binden.

„Man ja, aber nicht du", sagte Ida. „Du brauchst mir überhaupt nichts zu erzählen. Das hast du wahrscheinlich aus der *Brigitte*. Oder der *intouch*."

„Der *was*?"

„Der *intouch*. Ach, Britt, vergiss es. Ist auch egal. Jedenfalls, ich besorg dir eine Karte."

„Wer liest denn da überhaupt?"

„Den Namen hab ich vergessen“, sagte Ida. „Aber die soll gut sein.“

„Aha.“

„Na ja, sieh zu, dass du dann rechtzeitig bei mir bist. Wir müssen um halb sieben los. Anja kommt auch mit.“

„Aha.“

„Gott, jetzt sei doch nicht gleich beleidigt, weil ich eine Liebschaft habe und du nicht“, sagte Ida grimmig. „Mein Gott, ich tu doch mein Bestes!“

Ich verdrehte die Augen. „Das ist es ja, Ida! Lass es einfach sein. Es ist doch zwecklos. Und ich will überhaupt keine Liebhaberin! Ich bin dreiundvierzig Jahre alt und habe mich in meinem Singledasein bestens eingerichtet. Ich hab einen guten Job, liebe Freunde und Freundinnen und eine schöne Wohnung. Also?“

„Also!“, sagte Ida triumphierend. „Und das reicht ja nicht! Na, dann überlass ich dich mal den Klauen deiner Mutter. Sieh zu, dass sie dich nicht wieder allzu sehr dominiert!“ Sie kicherte.

„Okay“, sagte ich ergeben. „Ich sehe zu.“

„Gibt es denn sonst noch was Neues?“, fragte Ida besänftigt.

„Ich hab meiner Mutter einen Hund mitgebracht.“

Ida schwieg einen Moment.

„Du hast *was*?“, fragte sie dann.

„Ich hab ihr von Hermann einen Hund mitgebracht.“

Ida lachte. „Und, will sie ihn?“

„Ich hoffe“, sagte ich. „Weil, ich will ihn nicht. So schlimm, wie er aussieht, jagt er nämlich jede potenzielle Liebhaberin sofort in die Flucht.“

„Siehst du“, sagte Ida befriedigt. „Du willst doch eine! Tschüs, Britti, ich muss jetzt los. Bis spätestens nächsten Samstag dann. Der Hund dürfte übrigens auch mit zur

Lesung. Es geht nämlich um Hunde in dem Buch. Um Hunde und Frauen. Und vielleicht guckt der Hund ja klüger als du.“ Sie kicherte und legte auf.

Ich ließ das Handy auf meine Brust sinken und schüttelte den Kopf, so gut das im Liegen ging.

„Britt?“, rief meine Mutter von unten. „Mit wem redest du da?“

„Ich hab telefoniert!“

„Mit wem denn?“

Ich seufzte, setzte mich auf und schwang die Beine über die Bettkante. An ein Mittagsschläfchen war ohnehin nicht mehr zu denken. Da konnte ich mir genauso gut einen Kaffee kochen.

Eine Lesung, puh! Was Ida sich immer so ausdachte. Sie wusste genau, dass ich nicht las. Jedenfalls nicht viel. Eigentlich nur Fachzeitschriften und … na ja, die *Gala*, zum Beispiel, im Wartezimmer beim Zahnarzt oder so.

Ich kramte meine bequeme Landkleidung aus dem Schrank, die ich immer gern bei den Besuchen bei meiner Mutter trug – ein altes, verwaschenes T-Shirt mit Harley-Davidson-Aufdruck und abgetragene Jogginghosen, die ich vor Jahren ausrangiert und hier deponiert hatte –, setzte den Kaffee an und lugte bei meiner Mutter ins Zimmer. Wie erwartet saß sie in ihrem Bett und häkelte, während sie gleichzeitig ab und zu in einem Buch blätterte.

Bronko lag wie ein Bettvorleger mit nach hinten und vorn ausgestreckten Beinen auf dem Flickenteppich, der schon seit meiner Kindheit das Schlafzimmer meiner Eltern zierte. Als er mich sah, hob er den Kopf und wedelte kurz mit seinem Ringelschwanz, dann ließ er die Schnauze wieder auf seine Vorderpfoten sinken und rülpste.

„Tsss!“, brummte ich tadelnd. „Willst du auch einen Kaffee, Mutter?“

Meine Mutter nickte. „Ja, natürlich“, sagte sie trocken und blätterte um. „Ich wundere mich schon, warum der noch nicht fertig ist.“

Ich schüttelte den Kopf und ging zurück in die Küche. Bronko blieb liegen. Irgendwie versetzte mir das einen leichten Stich. Ich meine, hatte ich ihn nicht vor sieben Stunden eigenhändig aus seinem temporären Zuhause erlöst, auf dem Beifahrersitz deponiert, zärtlich gestreichelt und mit feinsten Filetstreifchen, die ich rasch noch beim örtlichen Metzger erstanden hatte, gefüttert? Und schon kümmerte ich ihn keinen Deut mehr? „Hunde sind doof“, murmelte ich vor mich hin und goss Kaffee in zwei große Becher. „Und Ida ist auch doof.“

Eine Lesung!

Ich brachte meine Mutter, die kaum von ihrem Buch aufsah, ihren Kaffee und würdigte Bronko dabei keines Blickes. Aus dem Augenwinkel sah ich jedoch, dass er mit seinem Ringelschwanz wedelte. „Was liest du da eigentlich?“, fragte ich säuerlich.

„Ein Buch von Margot Käßmann“, sagte meine Mutter und schlürfte an ihrem Kaffee. „Aber das interessiert dich ja sowieso nicht. Du liest ja nicht gern.“

Verärgert starrte ich aus dem Fenster. Ja, meine Mutter las gern; meine Brüder waren ebenfalls Leseratten, jedenfalls in ihrer Jugendzeit. Warum ich mich nun wiederum nicht dafür hatte erwärmen können, blieb mir selbst ein Rätsel.

Draußen wölbte sich der strahlende Maihimmel über den windschiefern Kiefern, zu ihren Füßen streckte sich knallroter und leuchtend gelber Fingerhut in die Höhe. Auf dem Wiesenstück rechts daneben machte ich eine Bewegung aus. Ich ließ meinen Kaffeebecher, den ich eben an den Mund gehoben hatte, wieder sinken. „Millie!“, rief ich. „Ach, Mensch, Millie! Die hab ich ja ganz vergessen! Wie geht es ihr denn?"

„Prima", sagte meine Mutter, ohne aufzusehen. „Kannst ihr ja mal guten Tag sagen. Und nimmst du bitte die leere Schüssel hier mit?" Sie reichte mir eine Porzellanschale, in der noch ein kleines Bröckchen lag, das ich sofort erkannte.

„Waren da Frolics drin?"

Meine Mutter nickte. „Die schmecken ihr gut."

„Ihm, Mutter. Du hast ihm doch wohl nicht die ganze Schüssel gegeben?"

Meine Mutter sah vergrätzt auf. „Er hatte Hunger!"

„Aber er ist winzig! Und er hat doch schon gefressen! Eine ganze Riesenportion Hundekekse!"

„Sie haben ihm geschmeckt", wiederholte meine Mutter und widmete sich wieder ihrem Buch. „Nimm ihn doch mit raus zu Millie. Aber pass auf, dass Bronko sie nicht beißt."

„Pöh!", murrte ich. „Der kommt doch sowieso nicht mit." Ich trank meinen letzten Schluck Kaffee und ging aus dem Zimmer. In der Küche griff ich zwei Mohrrüben aus der Schale, die immer dort bereitlagen. Als ich die Tür zum Garten öffnete, hörte ich hinter mir leise Pfoten über den Boden trappeln. Ich drehte mich um. Bronko sah zu mir auf und wedelte leicht. Auf seiner Schnauze schien ein verhaltenes Grinsen zu liegen.

„Du hast einen wirklich grässlichen Unterbiss", sagte ich ernst.

Bronko wedelte etwas heftiger. Ich seufzte.

„Wenn du unbedingt mit willst, na, bitte. Aber wehe, du beißt Millie. Dann beiß ich dich auch."

Draußen war eine milde Brise aufgekommen, und die Silberpappeln zu beiden Seiten des Gartens umrahmten meine Schritte mit sanftem Rauschen. Bronko trabte hinter mir her zum Drahtzaun, den mein Vater vor einem guten Vierteljahrhundert eigenhändig gebaut hatte und der in der Zwischenzeit mehrfach ausgebessert und geflickt worden war. Dahinter lag eine sanft ansteigende Wiese von der Größe eines halben Fußballfeldes, die am oberen Ende von einer buschbewachsenen Böschung begrenzt war, auf der eine Gruppe Kiefern Wind und Wetter trotzte. Noch nie war eine der Kiefern umgefallen, und ich hoffte, wenn es eines Tages doch passieren sollte, dann zur stürmischen Herbstzeit, wenn Millie sich schon in ihr Winterquartier hinter Herrn Gärtners Häuschen zurückgezogen hatte.

Jetzt aber stand Millie mit ordentlich zusammengestellten Beinen in der Mitte der Wiese und kaute gemütlich an einem Grasbüschel. Sie hatte mir das Hinterteil zugekehrt, und ihr kleiner, schmaler, mit einer mickrigen Quaste bewehrter Schwanz wedelte friedlich vor sich hin. Als ich an den Zaun trat, wandte sie den Kopf, schlug ihre Ohren nach hinten und warf mir einen gnädigen Blick zu.

„Hallo, Millie! Na, altes Haus, wie steht es so?" Ich hielt ihr die Mohrrüben über den Zaun hin.

Millie ließ sich nicht stören. Entspannt kaute sie zu Ende, schluckte, stieß eine Art Rülpsen aus und wendete gemächlich, um dann lässig auf mich zuzuschreiten. Ihre seelenvollen dunklen Augen hielten mich fest im Blick, und wieder einmal spürte ich, wie mir das Herz aufging. Noch bevor sie den Gartenzaun erreicht hatte, spitzte sie die Lippen und zog mir die Mohrrüben sanft aus der Hand. Ich sah zu, wie sie die beiden Rüben genüsslich kauend verschlang, wobei mir das laute Knurpsen ein wohliges Schaudern über den Rücken jagte. Als sie fertig war und erneut entspannt rülpste, streckte ich die Hand aus und legte sie auf Millies bebende Nüstern.

Zu meinen Füßen wich Bronko ängstlich zurück und stieß eine Art ersticktes Knurren aus. Millie sah zu ihm herunter und senkte langsam den Kopf, um ihn genauer zu betrachten. Ihre hübschen, braun bepelzten Ohren, die ich besonders an ihr liebte, weil sie mich stets an einen Hasen erinnerten, umspielten ihren Kopf, und Bronko versteckte sich sicherheitshalber hinter meinen Beinen, als Millie ein leises Schnauben von sich gab. „Na, altes Mädchen?", fragte ich und streichelte noch einmal die hellen Flecken auf ihrer Schnauze. „Alles gut bei dir? Das ist nur Bronko, der neue Hund von meiner Mutter. Keine Angst, der tut dir nichts!"

Millie schnaubte erneut. Sanft blies sie mir ihren warmen Atem in die Handfläche, die ich schützend vor ihre Nüstern gehalten hatte.

„Ach, Millie", sagte ich und tätschelte ihr den Kopf. „Wie schade, dass du nicht bei mir leben kannst. Ich hätte dich zu gern als Mitbewohnerin. Irgendwie machst du mir immer gute Laune."

Millie schlug die Ohren nach hinten und drehte sich leicht zur Seite. Bronko hinter meinen Beinen gab ein dezentes Knurren von sich, dann lief er wedelnd auf Herrn Gärtner zu, Millies Besitzer, der jetzt auf der rechten Zaunseite aufgetaucht wer. Ein breites Lächeln zog über sein wettergegerbtes Gesicht, als er mir grüßend zunickte.

„Hallo, hallo, mal wieder zu Besuch bei der Frau Mutter, wat?"

„Muss ja", sagte ich. Herr Gärtner nickte zufrieden, nahm seinen speckigen Cordhut ab und strich sich über das wenige Haar, das ihm noch auf seinem Schädel verblieben war.

„Und, geit dat wohl in der großen Stadt?"

„Bestens, bestens."

„Dat is man fein. Und wer ist das?“ Er sah zu Bronko hinunter, der sich hinter meine Füße gesetzt hatte und vorsichtig zu Herrn Gärtner aufsah.

„Bronko. Der neue Hund meiner Mutter.“

„Oha“, sagte Herr Gärtner. Er sah kein bisschen verwundert aus. Das war eine seiner hervorstechenden Charaktereigenschaften. Herr Gärtner ließ sich so gut wie nie aus der Ruhe bringen. Nur wenn meine Mutter auftauchte, wurde er nervös. „Och. Der sieht ja gefährlich aus! Dat er man Millie nicht beißt!“

„Bronko beißt nicht“, sagte ich. „Außerdem geht das auch gar nicht. Mit so einem Unterbiss kann man nicht beißen.“

„Ach nein?“ Herr Gärtner musterte Bronko nachdenklich, der ihn seinerseits neugierig beäugte, dann nickte er und steckte seine Forke ins Gras. „Das mag wohl sein, ja. Wie geht es der Frau Mutter?“

Er hatte natürlich selbst reichlich Gelegenheit, sie zu fragen, aber ich vermutete, dass er zu schüchtern war. Nein, eigentlich vermutete ich, dass Herr Gärtner seit Jahren in meine Mutter verliebt war und Millie nur deshalb im Gegenzug für einige Handlangerarbeiten im Garten auf ihrer Wiese untergestellt hatte, damit er Gelegenheit hatte, sie immer mal wieder zu sehen. „Bestens“, sagte ich. „Und selbst?“

„Na, muss ja. Dann werd ich mal wieder.“ Er nahm die Forke wieder hoch und warf noch einen Blick zu Bronko hinunter. „Lustiges Kerlchen. Manchmal denk ich auch, so einen kleinen Kamerad hätte ich auch gern! Am liebsten aber einen Rehpinscher. Als Kind hatte ich einen. Dat war ein ganz Lieber!“ Er blickte für einen Moment fast verträumt drein, dann richtete er sich wieder auf.

Bronko wuffte, und im nächsten Moment hörte ich die liebliche Stimme meiner Mutter.

„Na, was macht das alte Ding?“, rief sie von hinten.

Für einen Moment wusste ich nicht, ob sie nun Millie oder Herrn Gärtner meinte, dann entschied ich mich einfach.

„Millie ist gar nicht alt“, rief ich zurück, ohne mich umzudrehen. „Sie ist in den besten Jahren!“

„So wie ich, was? Hallo, Günter! Na, heute gar kein Mittagsschläfchen?“

Als ich zu Herrn Gärtner hinübersah, konnte ich ein spontanes Lachen nur schwer unterdrücken. Seine Züge waren durch ein derart breites Grinsen zu einer nahezu absurden Grimasse verzogen, dass ihm der Mund schier wehtun musste.

„Oh ... ich ... ich mach so wat nie“, sagte er schließlich, als er seine Gesichtsmuskeln wieder unter Kontrolle hatte. „Also, dat brauch ich nich. Da geh ich lieber früh zu Bett.“

„Wie langweilig“, sagte meine Mutter. „Wo abends doch immer die guten Filme im Fernsehen kommen!“ Sie schnalzte mit der Zunge und bückte sich, um Bronko den Kopf zu tätscheln. Über ihr Gesicht huschte ein liebevoller Zug, und ich atmete beruhigt ein.

So übel fand sie Bronko also offenbar doch nicht.

Und sie war nicht die Einzige.

„Feiner Hund, wat?“, fragte Herr Gärtner freundlich und schnalzte ebenfalls mit der Zunge. Er war ein wenig nähergerückt. Millie ebenfalls. Irgendwie standen wir alle auf einmal sehr dicht zusammen, fand ich. Drei Menschen, ein Hund und ein Esel auf ungefähr drei Quadratmetern. Dabei war der Garten wirklich groß. Und die Wiese auch.

Meine Mutter zuckte mit den Schultern. „Na ja, bisschen klein, finde ich. Zorro war ja größer.“

„Zorro war nicht nur größer, sondern um einiges dicker“, setzte ich hinzu.

„Fülliger vielleicht“, sagte meine Mutter leicht verärgert. „Zorro war etwas fülliger. Er hat eben auch gern gegessen. Aber der hier isst auch gern. Er hat gerade einen halben Apfel gegessen und dann noch zwei Zwieback und die ganzen Hundekekse. Er hatte richtig Hunger!“

„Mutter!“ Ich starrte sie schockiert an. „Du hast dem Hund doch nicht all diese Sachen zu essen gegeben?“

Meine Mutter sah mich mit zusammengekniffenen Augen an. „Ja, wieso? Er hatte eben Hunger, sag ich doch.“

„Ja, aber ich hatte ihn doch gerade gefüttert!“

„Das war aber nun auch schon wieder eine Weile her“, sagte meine Mutter und strich Millie über die samtene Schnauze. Millie stellte die Ohren auf und schnaubte, wobei sie einen vorsichtigen Blick zu Bronko herunterwarf. Der wiederum drückte sich enger an meine Beine.

„Und außerdem weiß ich sehr gut allein, wie ich meinen Hund zu füttern habe“, fügte meine Mutter angriffslustig hinzu. „Oder, Günter?“

„Ja, ne, nu, na klar!“ Herr Gärtner verschluckte sich fast vor Aufregung. „Ja, nu, Hunde haben ja auch immer Hunger!“

„Genau“, sagte meine Mutter zufrieden. „Jetzt kriege ich langsam selbst Hunger. Ist nicht schon bald Abendbrotzeit?“

Herr Gärtner starrte eilfertig auf seine Armbanduhr. „Gerade halb fünf durch“, sagte er, und seine Augen glitzerten hoffnungsvoll, als er wieder aufblickte.

Aber meine Mutter kannte keine Gnade. „Ach“, brummte sie. „Nein, dann dauert es ja noch was. Aber dann kannst du doch wohl eben noch mal mit mir eine Runde Phase 10 spielen, was, Brittchen?“

Ich sah ebenfalls auf die Uhr; warum, wusste ich eigentlich selbst nicht. Herr Gärtners Uhr zeigte sicherlich genauso gut die Zeit an wie meine eigene, auch wenn seine deutlich älter schien und das Armband rissiger und abgenutzter. Mein Blick streifte Bronko, und plötzlich fiel mir wieder ein, was ich noch zu erledigen hatte. „Ich müsste allerdings noch mit dem Hund zum Tierarzt, Mutter", sagte ich. „Hermann hat ihn zwar impfen lassen, aber eine Wurmkur hat er empfohlen. Und Flohmittel würde ich dann auch gleich noch besorgen."

„Flohmittel? Hat er Flöhe? Und Würmer?" Meine Mutter sah Bronko ein wenig angewidert an. Wie zur Antwort schob er seinen vorstehenden Unterkiefer noch ein wenig weiter vor. Ich unterdrückte ein Seufzen. Meine Güte, das sah aber auch zu schlimm aus! Wenn er zu guter Letzt nicht doch noch alles verdarb durch dieses grässliche Gebiss!

„Nein, hat er nicht. Aber man weiß ja nie. Sicher ist sicher."

„Na gut", sagte meine Mutter, kraulte Millie hinter den Ohren und bückte sich dann zu Bronko, um ihn ebenfalls hinter den Ohren zu kraulen. „Dann komm ich aber mit."

„Klar", sagte ich. „Ist ja auch dein Hund. Tschüs, Herr Gärtner!"

„Tschüs", sagte Herr Gärtner und drehte seinen speckigen Hut verlegen zwischen den Fingern, während er sehnsüchtig zu meiner Mutter hinüberschielte. Aber die winkte ihm nur kurz zu und machte sich dann auf den Rückweg zum Haus.

Als ich noch einmal zu Herrn Gärtner sah, entdeckte ich, dass er immer noch am Zaun stand und ihr traurig hinterherblickte. Von Millie sah ich nur das Hinterteil. Sie hatte sich bereits wieder umgedreht und rupfte genüsslich ein neues Grasbüschel aus der Wiese.

„Ich wusste gar nicht, dass du dich mit Herrn Gärtner jetzt duzt“, sagte ich, als meine Mutter und ich kurz darauf im Auto saßen und ich den Motor anließ.

„Na ja, warum nicht“, sagte meine Mutter und klopfte auf ihre Knie. „Sitz, Hund!“

Bronko, der aufgeregt hechelnd auf ihren Oberschenkeln balancierte, warf ihr einen argwöhnischen Blick zu, dann hockte er sich so vorsichtig hin, als ob er eine Windel trüge.

„Eigentlich ist es besser, wenn er hinten sitzt, Mutter“, sagte ich und warf einen Blick in den Rückspiegel, bevor ich den Wagen aus der Einfahrt steuerte.

Meine Mutter ignorierte meinen Einwand und legte eine Hand besänftigend auf Bronkos kleinen Schädel. Augenblicklich hörte er auf zu hecheln. Ein winziger Hauch Eifersucht blies mich an, aber ich unterdrückte ihn erfolgreich.

„Er ist bestimmt schrecklich verliebt in dich“, sagte ich und gab Gas.

„Wer? Der Hund?“

Ich holte Luft. „Nein, Herr Gärtner“, sagte ich. „War der eigentlich mal verheiratet?“

„Das weiß ich nicht, und das interessiert mich auch gar nicht“, sagte meine Mutter. „Und wenn wir schon unterwegs sind, können wir auf dem Rückweg ja gleich einkaufen. Dann müssen wir das morgen nicht machen.“

Ich holte noch mal Luft und steuerte den Wagen elegant um die Kurve hinter dem Bahnübergang. „Meinetwegen. Aber wie ist es denn nun gekommen, dass ihr euch auf einmal duzt, du und Herr Gärtner? Das habt ihr doch die letzten drei Jahre nicht getan. Oder wie lange steht Millie schon auf deiner Wiese?“

„Guck mal, da ist diese Krankenschwester, die ich kenne!“, rief meine Mutter und winkte durchs geschlossene Fenster hektisch einer gemächlich auf ihrem Hollandrad die Straße entlangfahrenden Frau zu. Bronko strauchelte und krallte sich mit seinen kleinen Pfoten fester in die Sommerhose meiner Mutter. „Die sieht mich gar nicht! Na ja, ist ja auch egal. Ich weiß auch sowieso gar nicht mehr, wie sie heißt. Aber sie hat eine schöne Bluse an.“ Sie verdrehte den Hals, um der Frau noch einmal nachzusehen. Bronko strauchelte erneut und gab ein ersticktes Quietschen von sich. „Die hat eigentlich immer ganz schöne Sachen an, die Krankenschwester.“ Und nach einem Moment fügte sie nachdenklich hinzu: „Könnte sein, dass sie Inge heißt. Oder Irina. Nein, so heißt sie nicht, ich glaube, sie heißt Inge.“

„Und Herr Gärtner heißt also Günter mit Vornamen, ja?“, startete ich einen erneuten Versuch.

„Ja, Günter. Günter Gärtner. Ein grauslicher Name“, sagte meine Mutter und schüttelte mitleidig den Kopf. „Mit so einem Namen ist man ja wirklich geschlagen.“

Ich schwieg. Mai-Britt Potönke klang ehrlich gesagt auch nicht viel besser. Meine Brüder hatten es mit den Vornamen Peter und Paul da deutlich besser getroffen. Klanglich ergaben ihre Namen ganz einfach ein viel angenehmeres Lautbild als Mai-Britt Potönke.

Zumal kaum jemand auf Anhieb wusste, wie man meinen Nachnamen richtig aussprach, nämlich mit der Betonung auf der zweiten Silbe.

„Er hat sich jedenfalls richtig gefreut, dass ich ihm das Du angeboten habe“, sagte meine Mutter.

„Wer? Der Hund?“ Ich grinste diebisch in mich hinein, aber meine Mutter beachtete mich gar nicht. Stattdessen richtete sie sich ein Stückchen weiter auf, als wir das Stadion mit der Bushaltestelle davor passierten.

„Ach, sieh mal, da ist Hilde Weinbert! Hallo, Hilde!" Sie winkte mit einem Arm direkt vor meinem Gesicht zur linken Seite hinüber, und ich trat auf die Bremse.

„Mutter! Ich fahre Auto! Du kannst mir doch nicht vor dem Gesicht herumwinken!"

„Ach herrjemine", sagte meine Mutter beleidigt und nahm ihren Arm herunter. „Meine Güte, das ist doch nicht so schlimm! Guck mal, Hilde hat ein neues Fahrrad. Sonst hatte sie immer ein rotes."

„Ich weiß nicht, was Hilde Weinbert sonst für ein Fahrrad hatte", sagte ich entnervt und verlangsamte das Tempo, als wir die Vorfahrtstraße erreichten. „Aber geht das jetzt die ganze Fahrt über so weiter? Oder darf ich auch mal damit rechnen, dass du ruhig neben mir sitzt, bis wir beim Tierarzt angekommen sind?"

Meine Mutter sah mich schräg von der Seite an und verkniff sich nur mühsam ein Lächeln. „Nein, damit darfst du nicht rechnen. Ich kenne eben viele Leute, und denen möchte ich auch zuwinken, wenn ich dann schon mal mit dem Auto unterwegs bin. Ich hab ja schließlich selber keinen Führerschein."

„Was hat denn das nun damit zu tun?" Ich blinkte und fuhr zügig um die Ecke, bevor ein langsam herantuckernder Trecker mich für die nächsten Minuten zu einem Schleichtempo zwingen konnte. „Winkst du etwa nicht, wenn du mit dem Fahrrad unterwegs bist?"

„Doch, da winke ich auch. Aber im Auto ist es schöner."

„Dann solltest du nur nach rechts winken und dazu vielleicht auch die Scheibe runterdrehen, dann musst du nicht so laut schreien und außerdem bekommen die Leute überhaupt mit, dass du ihnen zuwinkst. Sonst denkt nämlich noch jemand, du wirst gerade von mir entführt und versuchst verzweifelt, mit hysterischem Gewinke und Geschreie auf dich aufmerksam zu machen“, sagte ich bissig und bretterte an der Tankstelle vorbei. Die drei Bauernburschen, die dort gerade ihre frisierten Mopeds auftankten, blicken mir verdutzt hinterher.

Meine Mutter schwieg für einen Moment. „Na ja, ein bisschen ist es ja auch so. Du entführst mich ja schließlich zum Tierarzt.“

„Du wolltest doch selber mit!“

„Ja, aber eigentlich würde ich lieber zu Brockmanns. Gucken, ob es dort eventuell ein neues schönes Oberteil für mich gibt. Eins, das ich noch nicht habe.“

„Oh“, sagte ich und setzte den Blinker. „Da wirst du bestimmt fündig. Es sei denn, du hast den Laden bereits leergekauft.“

Von den vier Stellplätzen vor der Tierarztpraxis Dr. Gerdes war nur ein einziger besetzt. Während ich den Wagen mit Schwung neben einem kleinen, knallblauen Peugeot einparkte, sann ich wieder einmal über die hohe Lebensqualität in dieser verschlafenen emsländischen Kleinstadt nach. Selbst jetzt, am Freitagnachmittag, in Oldenburg eine der Stoßzeiten für den hastigen Besuch beim Tierarzt, bevor das Wochenende hereinbrach, selbst jetzt herrschte hier friedliche Betriebsamkeit. Vögel zwitscherten in der ruhigen Seitenstraße, ein Stückchen entfernt spielten zwei Jungen zwischen den Fahrbahnerhöhungen gefahrlos Fangen, und hinter der Rauchglasscheibe der Eingangstür zur Praxis war niemand zu erkennen. Irgendwie war es hier in dieser ländlichen Gegend nie voll, egal, wohin man auch kam, ob zum Arzt, zum Bäcker, zum Bahnhof. Nur im Freibad bei hochsommerlichen Temperaturen konnte es vorkommen, dass man einen Moment in einer Warteschlange, die diesen Namen eigentlich gar nicht verdiente, anstehen musste.

„Ich glaube, das Auto kenne ich“, sagte meine Mutter und stieß mit einem Keuchen die Autotür auf. „Das gehört der Arzthelferin. Meine Güte, ist das tief, man kommt hier ja gar nicht raus!“

„Mutter, so warte doch, ich helfe dir ja“, sagte ich, stieg aus dem Wagen und lief um die Kühlerhaube herum, um meiner Mutter aus dem Wagen zu helfen. Bronko war schon herausgesprungen und starrte misstrauisch auf die Eingangstür zur Praxis, als ob er die dort vermerkten Öffnungszeiten lesen könnte.

„Bronko, hierher!“, befahl ich. Bronko warf mir einen verächtlichen Blick zu, lief zur Hauswand und hob sein Bein. „Bronko, nein!“, rief ich unterdrückt und sah mich schnell um. Die beiden Jungs waren stehengeblieben und sahen aufmerksam zu uns herüber. Meine Mutter lachte.

„Na, der horcht ja prima! Nimm ihn doch an die Schnur!“

„Ich hab keine“, sagte ich. „Ich dachte, wir könnten die Leine von Zorro nehmen.“

„Zorros Leine liegt mit ihm hinten im Garten begraben“, sagte meine Mutter trocken und marschierte zielstrebig zum Eingang. „Und außerdem ist sie hier viel zu klein für Zorros Leine.“

„Er!“, sagte ich mit Nachdruck. „Mutter, es ist ein Er!“

„Ja, aber trotzdem passt ihm die Leine nicht.“

Sie hatte recht. Bronko war zu klein für Zorros Leine. Und ich wusste auch gar nicht, ob es mir gefallen hätte, ihn an Zorros Leine zu nehmen.

Zorro, der alte, stets wedelnde, gutgelaunte, muffig riechende Zorro fehlte mir. Er hatte nie so recht auf mich gehört und immer seinen eigenen Dickkopf durchgesetzt – manchmal hatte ich mich auch gefragt, ob die Halsstarrigkeit meiner Mutter auf ihn abgefärbt hatte –, aber er war ein unendlich lieber und gutmütiger Hund gewesen.

Kurz nach dem Tod meines Vaters hatte ich die Annonce, in der er in einem kostenlosen Anzeigenblättchen für 150 DM feilgeboten wurde, entdeckt und ihn gleich darauf abgeholt, um ihn meiner Mutter als Seelenpflaster zu präsentieren.

Mein Plan war wunderbar aufgegangen. Nach anfänglichem Zögern seitens meiner Mutter – „mein Gott, hat der ein großes Maul! Huh!" – hatte Zorros freundliches Wesen beide von Grund auf zusammengeschweißt, und vielleicht hatte ich mir Bronko nun aus demselben Grund von Hermann aufschwatzen lassen.

Dabei hatte meine Mutter doch eigentlich gar kein Seelenpflaster nötig.

Aber ich vielleicht. Auch wenn ich es mir nicht eingestehen konnte.

„Britt, kommst du?", fragte meine Mutter. Ich schreckte hoch. Meine Mutter stand vor der Eingangstür zur Praxis und hielt den Finger vorsichtig über die Klingeltaste, während sie mich nachdenklich betrachtete. Bronko stand zu meinen Füßen und sah mit scheinbar unbeteiligter Miene in die Luft. Dennoch schien er mir nervös. Aber mochte sein, dass ich mir das nur einbildete.

Vielleicht war ich ja selbst nervös. Manchmal wusste ich nicht genau, was ich fühlte. Aber das ging ja nicht nur mir so, sondern vielen anderen Menschen auch.

„Britt?"

„Ja, klar, klingel doch schon mal", sagte ich und bückte mich zu Bronko hinunter, um ihm beruhigend über den Kopf zu streicheln. Bronko wandte mir seinen grässlich vorstehenden Unterkiefer zu und sah mich aus seinen dunklen Augen fast flehend an. „Schon gut, es passiert nichts Schlimmes", sagte ich zu ihm. „Dr. Gerdes untersucht dich nur mal kurz und guckt, ob auch alles mit dir wirklich in Ordnung ist. Dr. Gerdes ist nett, wirklich. Der hat alle unsere Hunde behandelt, du brauchst dich nicht zu fürchten!“

„Der fürchtet sich doch nicht“, sagte meine Mutter und legte den Finger fest auf die Klingeltaste. „Ich glaube, das ist ein sehr tapferer Hund. Aber du fürchtest dich vielleicht!“

Woher sie das nun schon wieder wissen wollte! Ich straffte die Schultern und hob Bronko in Ermangelung einer Leine kurzerhand auf den Arm, was er sich widerstandslos gefallen ließ. Er wog nicht viel, ich schätzte, höchstens vier oder fünf Kilo. Der Türöffner summte, und meine Mutter drückte die Tür auf und trat in den Vorraum.

„Hallo!“, rief sie munter und lächelte der Arzthelferin zu, die hinter dem weißen Resopaltresen saß und augenscheinlich einen Stapel Rechnungen sortierte. Die Tür zum Wartezimmer gleich gegenüber stand offen. „Tagchen! Na, wie geht es denn so?“

Die Arzthelferin, eine junge, leicht übergewichtige Dunkelhaarige mit auffällig blassem Teint, sah hoch und lächelte erst meine Mutter und dann mich freundlich an, wobei sie die Lippen fast geschlossen hielt. „Guten Tag! Frau Pott-önke, nicht wahr? Sie waren ja lange nicht hier!“

„Na, ich hatte ja auch keinen Grund“, sagte meine Mutter aufgeräumt und stützte einen Arm auf den Tresen, während sie sich neugierig umsah. „Der Hund lebt ja nicht mehr, und ich selber gehe lieber zu Dr. Schlüter als zu Dr. Gerdes. Oder wie würden Sie das sehen?“

Die Arzthelferin starrte meine Mutter verdutzt an, dann kicherte sie schrill auf und schlug sich gleich darauf eine Hand vor den Mund, aber ich hatte ihr schiefes Gebiss dennoch bemerkt. Sie hätte in ihren Jugendjahren, die noch nicht allzu lange vorbei waren, dringend einer

Klammer oder aber einer kieferchirurgischen Behandlung bedurft. Allerdings gaben die unregelmäßigen Zähne ihrem Gesicht wiederum einen reizvollen Charakter, wie ich fand. Mich persönlich hatten schiefe Zähne schon immer angezogen. Nur gepflegt und sauber mussten sie sein.

Ich sah zu Bronko hinunter, der wie ein nasser Sack auf meinem Arm hing und teilnahmslos vor sich hin starrte. Ob er mich deswegen so gerührt hatte? Wegen seines grässlichen Gebisses?

Bronko erwiderte meinen Blick und klappte ratlos seine Schlappohren von hinten nach vorn und wieder zurück. „Schon gut, mein Kleiner", sagte ich und lächelte die Arzthelferin an. „Guten Tag! Eigentlich sind wir wegen dieses kleinen Hundes hier. Ich würde ihn gern mal kurz von Dr. Gerdes untersuchen lassen, ob alles mit ihm in Ordnung ist. Wir haben ihn neu. Aus einer Art Tierheim."

Die Arzthelferin lächelte, wobei sie die Lippen über ihre Zähne stülpte. „Ach, das tut mir leid, aber Dr. Gerdes ist gar nicht da", sagte sie und zog ein bedauerndes Gesicht.

„Nicht?", fragte ich verdutzt. „Aber Sie haben doch geöffnet?"

Sie nickte. „Er ist in Urlaub", sagte sie. Aus dem Wartezimmer kam heiseres Gebell, und meine Mutter reckte den Kopf, trat zum Türrahmen und lugte hinein.

„Ach, guck mal, da ist ja Frau Matuschek!", rief sie erfreut. „Hallo! Na, auch mal wieder unterwegs?" Fröhlich plappernd wackelte sie in das Wartezimmer hinein.

„Wann kommt Dr. Gerdes denn wieder?", wandte ich mich an die Arzthelferin.

„Übernächste Woche."

„Das ist ja noch lang hin." Es gab sicher noch ein oder zwei andere Tierärzte in der Stadt, aber ich war noch nie bei einem anderen als bei Dr. Gerdes gewesen. Irgendwie fühlte ich mich schlagartig überfordert. „Können Sie mir denn einen anderen Arzt hier in der Stadt empfehlen?“, fügte ich hinzu.

„Dr. Tönnies ist auch in Urlaub“, sagte die Arzthelferin. „Und dann gibt es noch Frau Dr. Sebalde, die ist aber in Osterbrock, da sollten Sie vielleicht lieber vorher anrufen.“

Osterbrock war ein kleines Bauernnest, ungefähr zehn Kilometer entfernt. Eine Tierärztin, die sich dort niederließ, kannte sich sicher mit kalbenden Kühen und Koliken bei Pferden aus. Aber ob das für Bronko das Richtige wäre?

„Ja, aber wenn Sie möchten“, sagte die Arzthelferin und deutete auf die Tür zum Untersuchungsraum auf der anderen Seite des Flures, „dann können Sie gern zu unserer Vertretungsärztin hinein. Die ist auch sehr nett.“

Warum hatte sie das denn nicht gleich gesagt? Manchmal wurde ich aus den Leuten hier einfach nicht schlau. „Gern“, sagte ich und nickte. „Okay. Kann ich ihn mal runtersetzen? Ich hab aber keine Leine dabei!“

Die Arzthelferin lächelte Bronko an. „Ja, sicher. Solange er nicht überall hinpieselt.“

Eigentlich wusste ich das natürlich nicht, aber ich schüttelte den Kopf und setzte Bronko auf den Boden. Er stand einen Augenblick lang witternd da, dann marschierte er zur Wartezimmertür, schnüffelte ausgiebig am Rahmen und hob das Bein.

„Bronko!“, zischte ich scharf. Es wirkte. Bronko ließ sofort sein Bein sinken, blieb aber an der Tür stehen und blickte mit erhobener Rute ins Wartezimmer hinein.

Ein leises Knurren antwortete ihm, kaum durch das muntere Schwatzen meiner Mutter vernehmbar. Bronko wedelte kurz und zog sich vorsichtig wieder von der Tür zurück.

„Wir können ja schon mal die Karteikarte ausfüllen“, sagte die Arzthelferin, klemmte die Zunge zwischen die Lippen und beugte sich geschäftig über die Karte, die sie schon für mich herausgesucht hatte. „Also, Name?“

„Meiner oder der des Hundes?“

„Der vom Hund“, sagte sie. „Ihrer kommt danach!“

„Bronko“, sagte ich und kam mir komisch vor. Bronko sah zu mir hoch. Seine Augen glänzten.

„Wie schreibt sich das?“, fragte die Arzthelferin.

Wie in aller Welt sollte sich Bronko schon schreiben? „B-R-O-N-K-O“, buchstabierte ich geflissentlich und sah auf den dichten dunklen Schopf der Arzthelferin nieder, die eifrig Buchstabe für Buchstabe über der dafür vorgesehenen Linie auf der Karteikarte malte.

„Und jetzt der Nachname?“

„Meiner?“, fragte ich unsicher.

„Ja, Ihrer! Das ist ja dann eigentlich auch der vom Hund“, sagte die Arzthelferin und kicherte charmant.

„Potönke.“

Bronko wedelte leicht.

„Na, da guckst du, was?“, fragte ich ihn. „Bronko Potönke. Klingt eigentlich ein bisschen wie Franka Potente.“

Bronko legte den Kopf schief. Seine linke Oberlippe hing halb über sein Gebiss herab. Das machte es auch nicht besser.

„Po-tönke“, buchstabierte die Arzthelferin beflissen. „Gut, dann noch Ihr Vorname?“

„Mai-Britt.“ Ich buchstabierte meinen Vornamen, aber dennoch brauchte die junge Dame mehrere Anläufe, bis mein Name richtig verzeichnet war. Als Nächstes erfolgte die nicht minder mühsame Erfassung meiner Adresse, wobei ich vorsichtshalber die Adresse meiner Mutter angab, dann folgten noch einige Fragen zu Bronko, die ich allesamt nicht beantworten konnte. Ich wusste weder, wie alt Bronko genau war, noch welche Elternteile ihm sein interessantes Aussehen vererbt hatten. Nur sein Geschlecht konnte ich unzweifelhaft bestimmen. „Männlich“, sagte ich mit fester Stimme.

Im Wartezimmer lachte meine Mutter laut auf und schwatzte munter weiter mit ihrer Bekannten.

Die Arzthelferin klemmte sich wieder die Zunge zwischen die Lippen, legte den Kopf schief wie gerade noch Bronko und notierte ein letztes Wort. Dann sprang sie erstaunlich behände auf und lief mit der Karteikarte zum Untersuchungsraum gegenüber dem Wartezimmer, klopfte und zog beim Hineingehen die Tür fest hinter sich zu.

Ich ging zum Wartezimmer hinüber und sah um die Ecke. Meine Mutter saß neben einer älteren Dame mit Wasserwelle – wie lange hatte ich diese Art von Frisur eigentlich schon nicht mehr gesehen? – und redete ohne Unterlass auf sie ein, ohne mich weiter zu beachten. Zwischen beiden lag ein betagter Rauhaardackel, den Kopf mit geschlossenen Augen auf die Vorderpfoten gebettet. Als er mich bemerkte, blickte er ruckartig auf, fletschte die Zähne und fing an zu knurren.

„Still, Nicki“, sagte seine Besitzerin müde, nickte mir zu und widmete sich wieder dem Redefluss meiner Mutter. Ich zog mich schnell zurück, gerade rechtzeitig, um die Arzthelferin mit fröhlichem Blick auf mich zueilen zu sehen.

„Sie können gleich reingehen!“, sagte sie und zeigte mit dem Daumen über die Schulter nach hinten.

„Ach ... aber ist die Dame da im Wartezimmer nicht vor mir dran?“

„Nein, Frau Matuschek ist schon fertig mit ihrem Hund.“

„Frau Matuschek wartet noch auf ihren Mann, dass der sie abholt“, rief meine Mutter aus dem Wartezimmer. Wie es ihr immer wieder gelang, trotz ihres Redeschwalls auf andere Leute zu horchen, war mir stets aufs Neue ein Rätsel. „Und ich leiste ihr Gesellschaft. Geh du ruhig allein rein! Das wirst du schon schaffen."

Ich sah zu Bronko hinunter, der leicht mit der Rute wedelte, dann nickte ich ihm aufmunternd zu. „Na, dann komm, mein Kleiner", sagte ich beruhigend, klopfte auf meinen Oberschenkel und ging zur Tür hinüber. Bronko folgte mir zögernd.

Hinter der Milchglasscheibe war keine Bewegung auszumachen. Ich sah noch einmal zu Bronko hinunter, der mich aufmerksam anstarrte, die Kringelrute halb erhoben, dann klopfte ich an.

„Sie können ruhig reingehen, Frau Doktor erwartet Sie", sagte die Arzthelferin hinter mir.

„Na gut", sagte ich, drückte die Klinke herunter und trat ein, Bronko dicht auf den Fersen.

Helles Sonnenlicht flutete den Raum, den ich seit meiner Kindheit kannte. Die Einrichtung hatte sich nicht verändert, immer noch hingen die altmodischen weißen Medizinschränke an der linken Wand, unter den Fenstern zur Rechten stand die urtümlich anmutende Waage, daneben ein Besucherstuhl. Direkt vor mir glänzte der Untersuchungstisch aus Edelstahl, auf dem alle unsere Haustiere schon mehrfach im Laufe ihres Lebens mehr oder minder widerstrebend gehockt hatten, und dahinter stand immer noch der große Bürotisch, auf dem sich die Ablagefächer in bedenklicher Höhe türmten. Nur der weiße Bürodrehstuhl schien neu. Und die kräftige, große, blonde Ärztin darauf, die sich jetzt schwungvoll zu mir herumdrehte und aufsprang, war es ebenfalls.

„Guten Tag!", sagte sie und streckte mir die Hand entgegen. „Frei mein Name."

Ich wollte sprechen, aber ich konnte es nicht. Ich konnte auch nicht nicken, und mich bewegen konnte ich ebenfalls nicht. Ich konnte sie nur anstarren, mit halb geöffnetem Mund.

Einen Moment lang hing ihre Hand zwischen uns in der Luft, dann gelang es mir endlich, meine eigene auszustrecken und in ihre zu legen.

Ihre Hand war trocken und warm und sehr groß. Ich ließ sie einen Augenblick zu rasch wieder los.

Die Tierärztin zog leicht die Brauen hoch und senkte den Kopf, um mich über ihre Lesebrille hinweg genauer zu betrachten. Was sie in meinem Gesicht sah, schien sie nicht sonderlich zu fesseln, denn ihr Blick glitt weiter an mir hinunter, über mein viel zu weites, grässliches T-Shirt und die verschlissene Jogginghose zu Bronko, der, vermutlich eine Übersprunghandlung, neugierig an der Sohle meines rechten Sportschuhs schnüffelte. Ich hob den Fuß, um ihn zum Aufhören zu bewegen, aber Bronko ließ sich nicht stören. Offenbar roch er tatsächlich etwas Interessantes.

„Wen haben Sie mir denn da mitgebracht?" Die Tierärztin lächelte leicht in sich hinein, dann nahm sie die Lesebrille ab, legte sie hinter sich auf den Tisch und schnalzte mit der Zunge. „Na, Kleiner? Willst du nicht mal lugen?"

Die Art, wie sie das u in „lugen" dehnte, machte mich schwach in den Knien. Immer noch konnte ich mich nicht bewegen, und so sah ich wie festgefroren zu, wie sie lautlos auf ihren weißen Sportschuhen um den Untersuchungstisch herumkam und sich ein Stückchen entfernt vor Bronko hinhockte. Ihr weißer, sehr sauberer Arztkittel, den sie über ihrer karierten Bluse und der Jeans trug, raschelte leicht.

„Na, Kleiner?", wiederholte sie mit ihrer sanften, dennoch rauen Stimme und streckte die Hand aus. Bronko sah auf und musterte sie misstrauisch, dann ließ er endlich von meinem Schuh ab und tappte vorsichtig zu ihr hinüber. Ich sog die Luft ein. Ein Pfeifen entwich meiner Lunge, und sowohl Bronko als auch die Ärztin sahen zu mir auf.

Diese Augen! Herr im Himmel, hatte diese Frau blaue Augen!

„Alles in Ordnung?“, fragte sie und lächelte jetzt mich an. Ihre Vorderzähne standen ein wenig schief, leicht nach innen gekehrt. Mir stockte der Atem.

Hilflos rang ich einen winzigen Moment nach Luft, dann nickte ich ruckartig. „Ja“, sagte ich, wobei meine Stimme eher nach einem Ächzen klang, „ja, alles ... alles in Ordnung. Ich habe mich nur ...“

Mir fiel nichts ein, womit ich den Satz hätte beenden können. Gar nichts. *Ich habe mich nur erkältet? Erschrocken? Schlagartig in Sie verliebt?*

Aber sie beachtete mich nicht weiter, sondern senkte wieder den Kopf und hielt Bronko die Hand hin, der noch näher kam und vorsichtig an ihren langen, gepflegten Fingern schnüffelte. Nach Worten suchend, starrte ich hilflos auf meine abgestoßenen Sportschuhe.

„Das ist Bronko“, krächzte ich.

„Bronko“, wiederholte sie freundlich und lachte in sich hinein, „das ist in der Tat ein sehr großer Name für einen so kleinen Hund.“

Jedes ihrer Worte schien mir sorgfältig formuliert, gleichsam modelliert. Noch nie hatte ich jemanden derart anziehend reden hören. Es war, als ob sie die Worte nicht ausspräche, sondern sanft aus ihrem Mund in die Welt entließe. Und die behutsame Art, wie sie die Endungen dehnte, machte mir eine Gänsehaut.

Benommen sah ich zu, wie Bronko sich schließlich in ihre Hände schmiegte und entspannt streicheln ließ. Dann, wie abgesprochen, sahen beide zu mir auf.

„Und was fehlt dem kleinen Mann?“, fragte die Tierärztin und zog die Brauen hoch.

Bronkos bepelztes Hundegesicht mit dem fulminanten Unterbiss wirkte noch schräger neben ihrem gut geschnittenen Antlitz. Beide sahen mich von unten herauf auffordernd an, aber immer noch gelang es mir nicht, halbwegs vernünftig zu reagieren. Stattdessen spürte ich, wie sich ein albernes, dümmliches Grinsen auf meinen Lippen festsetzte. Ein Blitz schien mich getroffen und partiell gelähmt zu haben. Leider waren es die Bereiche, in der Sprachfähigkeit und Reaktionsvermögen beheimatet waren.

Ich schluckte und versuchte es dennoch. „Bronko … Wir haben Bronko vom Gnadenhof mitgenommen, und da wollte ich nur sichergehen, dass es ihm gut geht.“

„Aber er macht ja einen ganz heiteren Eindruck.“

Aus der Schweiz kam sie! Eindeutig. Das, was da einem elfenhaften Gesang gleich aus ihrem schönen, breiten Mund kam, war ein schweizerischer Akzent, zweifellos. Ich kannte ja einige Schweizer, aber keiner von ihnen sprach mit einem derart wunderschönen Akzent wie sie.

„Ja, also, aber es könnte ja eine Wurmkur nötig sein. Das hat mein Freund gesagt.“ Mein Freund? Nicht, dass sie Falsches dachte! „Mein Bekannter, der den Gnadenhof leitet. Das ist ein Männerpärchen, und einen davon kenne ich. Schon lange“, fügte ich hinzu. Mein Gott, was redete ich denn da? Als ob sie das interessieren könnte!

Die Tierärztin legte beide Hände zart um Bronkos kompakten, kleinen Leib und richtete sich auf, wobei sie ihn kurzerhand hochhob. Bronko schien sich nicht daran zu stören. Erst, als er sanft auf dem Untersuchungstisch abgesetzt wurde, blickte er sich verwirrt um und fing an zu zittern.

Die Tierärztin legte ihm beruhigend ihre große Hand auf den kleinen Leib. „Es hat keinen Aufzug“, sagte sie lächelnd und sah mich über Bronko hinweg geradeheraus an.

Ich hatte keine Ahnung, wovon sie wohl reden mochte. „Was? Äh, wie bitte?"

„Das Tischli hier hat keinen Aufzug. Man kann es nicht einfach per Hand bedienen, das war für mich gänzlich neu", erklärte sie ruhig. Ihre Augen waren sehr blau, und ihre Nase war wunderschön gebogen. Andere mochten sie zu groß finden, diese Nase, aber ich fand sie perfekt. „Jedes einzelne Tier muss man hinaufheben", fuhr sie fort und schüttelte leicht den Kopf, „das kostet gelegentlich in der Tat einiges an Kraft. Aber es freut mich doch, dass hier so vieles noch ganz altertümlich daherkommt. Hier zählt eben nur die Heilkunst, nicht das Drumherum, nicht wahr?"

Ich nickte rasch. „Ja, be… bestimmt."

Bronko schien sich sehr wohl unter ihren Händen zu fühlen, denn er hatte zu zittern aufgehört und die Augen behaglich halb geschlossen.

„Dann werde ich Ihren kleinen Freund einmal gründlich untersuchen, richtig?"

„Gern", sagte ich und räusperte mich. „Äh, soll ich … soll ich ihn lieber mit festhalten?"

Sie lächelte und schüttelte den Kopf. „Das ist nicht nötig, denke ich. Danke schön. Er macht ja einen sehr ruhigen und freundlichen Eindruck, Ihr kleiner Hund."

„Es ist eigentlich nicht mein Hund, sondern der Hund meiner Mutter", sagte ich und fügte dann sinnloserweise hinzu: „Sie wartet draußen."

„Ach? Warum das?"

„Sie hat eine Bekannte getroffen. Meine Mutter redet gern. Mit Bekannten. Ich meine, auch sonst, aber mit Bekannten … da redet sie besonders gern." Ich verstummte und spürte, wie meine Wangen zu glühen begannen. Meine Güte, was war denn mit mir los? So einen Unsinn redete ich doch sonst auch nicht zusammen.

Die Tierärztin nickte gütig, sah mich noch einen Moment nachdenklich an, dann nahm sie das Stethoskop, das um ihren Hals hing, und setzte es sanft an Bronkos Brustkorb.

Ich hielt die Luft an und hörte mein eigenes Herz schlagen. Viel zu schnell, auf jeden Fall. Wenn es sich nicht bald ein wenig beruhigte, würde ich umfallen.

„Sie dürfen ruhig weiteratmen", sagte sie lächelnd. „Das Herz des Hundes ist jedenfalls wunderbar in Ordnung. Und nun …" Sie beugte sich vor und brachte Bronko mit sanftem Druck ihrer Finger dazu, seine Schnauze zu öffnen. „Aha. Dein Gebiss ist in der Tat höchst bemerkenswert", sagte sie und blinzelte mir zu.

Ich zwang mich, den Blick von ihrem Gesicht loszureißen und auf Bronkos aufgeklapptes Maul zu richten. Tatsächlich, nicht nur sein Unterbiss war phänomenal, auch die Schiefstellung seiner Zähne schien sensationell. Sie ragten in alle Richtungen, einige fehlten gänzlich. „Dass er damit überhaupt kauen kann!", sagte ich verblüfft.

„Ach, das dürfte nicht das Problem sein. Aber wir sollten sicherstellen, dass er keine Schmerzen dabei hat." Sie nahm eine kleine Taschenlampe aus ihrem Kittel und leuchtete in Bronkos Mundhöhle hinein. Ich schloss schnell die Augen. Der Anblick war einfach zu grässlich. Zugleich aber fiel mir ein, dass schließlich ich den armen Hund hergebracht hatte, und ich legte beruhigend meine Hand auf seinen Rücken, ohne die Augen zu öffnen. Versehentlich berührte ich dabei einen Finger der Ärztin, und ich riss die Augen wieder auf und zog meine Hand weg. „Uh, pardon!"

„Aber ich bitte Sie, das macht doch gar nichts!" Sie warf mir einen leicht amüsierten Blick unter ihren halbgeschlossenen Lidern hervor zu, dann widmete sie sich wieder Bronko, um ihn weiter eingehend zu untersuchen. Vorsichtig befühlte sie seinen Kopf und seinen Hals, dann wanderten ihre Finger über seinen Rücken und den Bauch bis zum Hinterteil. Ich trat unruhig von einem Bein aufs andere. Diese Hände! Sie hatte unglaublich schöne Hände, mit kräftigen, langen Fingern und gepflegten Nägeln. Für einen Moment wünschte ich mir, mit Bronko zu tauschen. Aber gleich darauf verwarf ich den Gedanken wieder.

Die Tierärztin legte den Kopf in den Nacken und konzentrierte sich, während sie behutsam mit einer Hand zwischen Bronkos Beinen herumtastete. Mich schauderte. „Ach, man hat dich entmannt", sagte sie ruhig. „Wie schade. Dann kannst du dein vortreffliches Gebiss gar nicht weitervererben, was?" Sie lachte, und ich fiel einen Moment zu spät und einen Tick zu laut mit ein. Schlagartig verstummte ich wieder.

Sie sah mich an. Ich versuchte ein Lächeln, das mir leider misslang.

„Alles in Ordnung?", fragte die Tierärztin.

Ich nickte stumm. Mein Herz hämmerte immer noch. Irgendetwas musste ich jetzt sagen, etwas Normales, Unverfängliches, sonst hielt sie mich noch für vollkommen verrückt. „Ich glaube, der Hund … der Hund bräuchte noch eine Wurmkur. Also, wie gesagt. Es könnte sein."

„Geimpft ist er, ja?"

„Ja. Aber …" Der Impfpass! Den hatte ich bei meiner Mutter auf die Anrichte gelegt. „Aber den habe ich jetzt gar nicht dabei! Wie dumm von mir! Daran hab ich überhaupt nicht gedacht!"

Die Tierärztin hob die Hand, um mich zu beschwichtigen. „Schon gut, das ist nicht so schlimm. Bringen Sie ihn doch einfach mal bei nächster Gelegenheit rein, dann schauen wir ihn uns zusammen an, ja? Und nun wollen wir den kleinen Kerl einmal auf die Waage stellen und schauen, was er da hinaufbringt."

Ihre gepflegte Wortwahl brachte mich schier um den Verstand. Ich hatte schon immer eine Schwäche für Menschen gehabt, die sich gut und gewählt ausdrücken konnten. Aber sie war die Krönung! Und das, gepaart mit ihrer attraktiven, kräftigen Erscheinung, war fast mehr, als ich aushalten konnte. Plötzlich wurde mir schwach in den Knien, und ich wankte zum Besucherstuhl hinüber und ließ mich daraufsinken. Besorgt sah sie von Bronko, den sie schon zur Waage hinübergetragen hatte, auf.

„Alles in Ordnung mit Ihnen? Sie machen einen … einen etwas erschöpften Eindruck. Darf ich Ihnen ein Glas Wasser bringen?"

„Ach was, nein, es ist alles in Ordnung", wehrte ich ab. „Es ist nur … es sind vermutlich nur die Wechseljahre", fügte ich hinzu. Im nächsten Moment biss ich mir auf die Lippen. Die Wechseljahre! Wie konnte ich nur! Das war ein Witz, den man nur unter Freundinnen machte! Aber doch nicht vor einer Wildfremden! Einer Wildfremden, die man atemberaubend attraktiv fand!

Ihr nachdenklicher Blick ruhte auf mir, dann fing sie an zu schmunzeln und beugte sich wieder zu Bronko. „Knapp fünf Kilo", stellte sie fest. „Weniger darf er nicht wiegen, sonst ist er zu dünn. Aber mehr als sechs sollte er auch nicht auf die Waage bringen."

„Gut", sagte ich. „Werde ich meiner Mutter sagen."

Die Tierärztin tätschelte Bronko den Kopf, dann entließ sie ihn von der Waage und stand auf. „Ich werde Ihnen eine Wurmkur überreichen, die geben Sie ihm heute Abend bitte mit ins Futter", sagte sie. „Nun sind wir fertig. Ich müsste nur noch die Karte ausfüllen, einen Moment lang müssen Sie sich noch gedulden, wenn es recht ist."

„Klar, ja, kein Problem", sagte ich und blieb sitzen. Bronko tappte hinter der Ärztin zum Tisch und nahm dankbar einen kleinen Hundekuchen in Empfang, den er an Ort und Stelle vertilgte, während sie sich setzte und die Karteikarte aufklappte.

Mein Herz hämmerte immer noch. Jetzt, jetzt, genau jetzt musste ich noch etwas sagen, sonst war es zu spät.

Ida hätte gewusst, was zu tun war. Ida konnte so etwas. Aber ich nicht.

Stumm saß ich da und rang mit mir, während nur Bronkos gieriges Knurpsen und das leise Kratzen des Kugelschreibers zu hören waren, mit dem meine Tierärztin etwas notierte. Ich schloss die Augen. Und öffnete sie wieder.

Sie hielt die Schultern sehr gerade, das gelang mir nie, wenn ich am Schreibtisch saß. Ich seufzte innerlich. Dann fasste ich mir ein Herz.

„Sind Sie für länger hier? Also, als Vertretung für Herrn Gerdes?"

„Nur für drei Wochen", sagte sie, ohne sich umzudrehen. Der Kugelschreiber kratzte weiter über das Papier. „Obwohl es mir ausgezeichnet hier gefällt. Aber mein eigenes Zentrum wartet auf mich."

Eine Esoterikerin? Das hatte ich gar nicht vermutet. Irgendwie sah sie nicht danach aus. „Ihr Zentrum?", fragte ich nach.

„Ja, daheim leite ich ein kleines Hundezentrum. Bewegungstraining und dergleichen."

„Und, äh, wo ist daheim? Ich meine, woher kommen Sie?"

„Aus der schönen Schweiz", sagte sie, ließ die Mine wieder im Kugelschreiber verschwinden und klappte die

Karteikarte zu. Dann drehte sie sich zu mir um, die Karteikarte in den Händen. „Das macht nun genau 16 Euro und 50 Cent", sagte sie, und ihr Blick schien mir eine Spur traurig dabei.

„Oh, ich …" Ich öffnete meinen Rucksack, aber sie hob abwehrend die Hand.

„Die Summe können Sie gern draußen bei meiner netten Assistentin begleichen", sagte sie freundlich und stand auf. Bronko, der sich neben ihren Füßen zusammengerollt hatte, sah verblüfft hoch. Ich stand ebenfalls auf. Mir war schwindlig, und mein Mund war auf einmal ganz trocken. Wortlos schwang ich mir den Rucksack auf den Rücken und spürte, wie ihr Blick kurz an mir herunter- und wieder hinaufglitt. Warum in aller Welt hatte ich bloß diese grässlichen alten Klamotten angezogen?

Sie sah mich geradeheraus über den Untersuchungstisch hinweg an. Ihre blauen Augen leuchteten. Einen Moment standen wir schweigend da und sahen uns an, dann streckte sie die Hand aus. „Es war mir ein Vergnügen", sagte sie. „Alles Gute – für Sie, Ihren kleinen Hund und natürlich auch Ihre Frau Mutter."

„Danke", sagte ich mit kratziger Stimme und legte meine Hand in ihre. Für einen Moment hatte ich das Gefühl, auf eine Art mit ihr verbunden sein, die mir noch nie zuvor begegnet war – zwischen uns war mehr als nur Handfläche auf Handfläche, es schwang mehr mit als dieses Lächeln, das von ihren Augen zu meinen flog und sich in unser beider Mundwinkel festsetzte.

Dann ließ sie meine Hand los, und der Zauber war gebrochen. „Nehmen Sie die bitte mit hinaus?" Sie drückte mir die Karteikarte in die Hand, und ich nickte wortlos und öffnete die Tür, ohne sie noch einmal anzusehen. „Komm, Bronko", sagte ich heiser.

Bronko blickte zu seiner neuen Freundin hoch, dann setzte er sich widerwillig in Bewegung und folgte mir.

Als er die Schwelle passiert hatte, zog ich die Tür energisch hinter mir zu, lehnte mich dagegen, schloss die Augen und atmete tief aus.

„Na, und ist der Hund gesund?“, fragte meine Mutter fröhlich. Ich öffnete die Augen. Meine Mutter stand am Tresen und lächelte erfreut zu Bronko, der sich wedelnd um ihre Beine schmiegte, herunter.

Ich nickte. „Ja“, krächzte ich. Wie auf Stelzen marschierte ich zum Tresen hinüber, reichte der Arzthelferin die Karte und kramte zwei Zehner aus meinem Portemonnaie. „Stimmt so“, krächzte ich, und dann ging ich einfach hinaus.

Ich wollte nur weg hier.

Aber am liebsten wäre ich für immer geblieben.

Den ganzen Heimweg über plapperte meine Mutter munter vor sich hin, ohne den Zustand tiefster Verwirrung, in dem ich mich befand, überhaupt zu bemerken. Und offenbar verwunderte es sie auch nicht, dass ich – ganz entgegen meiner sonstigen Art – auf ihren Wunsch bereitwillig im Halteverbot vor dem Modegeschäft Brockmann parkte und sie in den Laden begleitete. Bronko, der säuerlich dreinblickte, ließ ich im Auto zurück. Vielleicht offenbarte er ja noch Fähigkeiten als Wachhund.

Eine geschlagene halbe Stunde lang stand ich zwischen erdfarbenen Strickoberteilen und weit geschnittenen Karohosen herum, während meine Mutter mit diversen Pullovern und Strickjacken beladen in der Umkleidekabine verschwand und wieder auftauchte. Jedes Mal sah ihr Gesicht ein wenig mehr gerötet aus denn zuvor; ein interessanter Kontrast zu meinem eigenen bleichen Antlitz, das mir aus dem Spiegel zwischen den Damenblazern entgegenblickte.

Kein Wunder, dass sie mir nicht ihre Telefonnummer zugesteckt hatte! Ich sah jämmerlich aus. Blass, schlecht angezogen, frustriert. Wie eine langweilige, uninteressante Landpomeranze.

„Das hier nehme ich, findest du nicht?“, verkündete meine Mutter schließlich strahlend, schwenkte ein schwarzmeliertes Strickteil vor mir hin und her und marschierte glücklich zum Tresen. Ich trottete ergeben hinter ihr her.

Noch nie war mir so etwas passiert. Noch nie! Noch nie hatte ich eine derart anziehende Frau getroffen, dass es mir die Sprache verschlug.

So etwas gab es nur im Film. Oder in Büchern. Aber doch nicht in Wirklichkeit.

Stumm trabte ich hinter meiner Mutter her zum Auto, nahm wortlos den Strafzettel hinter dem Scheibenwischer heraus und tätschelte Bronko, der sich auf dem Fahrersitz niedergelassen hatte, schweigend den Kopf.

Als ich anfuhr, schrillte mein Telefon. Mein Herz blieb für einen Moment stehen, und ich fischte eilig meinen Rucksack vom Rücksitz.

„Geh nicht ran! Du fährst Auto!“, rief meine Mutter, aber ich warf dennoch einen Blick aufs Display. Meine Nummer stand schließlich auf der Karteikarte!

Aber es war Ida. Ich hob das Handy ans Ohr. „Hi, Ida“, sagte ich. „Was gibt es?“

„Ich hab dir eine Karte besorgt!“, rief Ida mir quer übers Land zu. „Pass auf, das wird toll!“

Ich brummte.

„Ist was?“, fragte Ida. „Du klingst so komisch.“

„Ich hatte eine Erscheinung.“

„Eine Erscheinung?“

„Ja. Erzähl ich dir, wenn ich zurück bin. Jetzt kann ich nicht. Ich fahre. Tschüs!“ Ich legte auf und schob das Handy zwischen meine Oberschenkel.

Meine Mutter warf mir einen vorwurfsvollen Blick von der Seite zu. „Musste das sein?“

„Freu du dich doch einfach lieber über dein Oberteil“, sagte ich grimmig.

„Mach ich ja. Aber was hattest du denn für eine Erscheinung?“, fragte meine Mutter ungerührt.

Ich sah kurz zu ihr hinüber, dann in den Rückspiegel. Bronko saß kerzengerade auf dem Rücksitz und starrte aus dem Seitenfenster. Sein Unterbiss ragte deutlich hervor, und seine Schlappohren waren aufmerksam gespitzt.

„Der da hinten“, sagte ich. Bronko drehte den Kopf und sah mich im Rückspiegel an, und in seinem wissenden Blick lag die Wahrheit verborgen.

Nur, dass es mir nicht gelang, sie zu lesen.

Etwas war mir geschehen. Etwas Ungeheuerliches, Grandioses.

Aber ich hatte keine Ahnung, was ich damit anfangen sollte.

„Ich habe mir überlegt, du kannst den Hund bei mir lassen. Also erst mal. Auf Probe“, sagte meine Mutter neben mir und lächelte mich an. „Und jetzt, jetzt habe ich Hunger!“

Kapitel 2

Du musst es einfach probieren. Geh auf sie zu, lächle, frage sie direkt, ob sie mit dir essen geht. Sei offensiv, das mögen die Frauen!“ Idas Stimme klang geradezu enthusiastisch.

„Warum machst du nicht eigentlich eine Zusatzausbildung als Coach?“, fragte ich und gab Gas. Die Ampel zeigte noch grün; wenn ich mich beeilte, würde ich sie gerade noch schaffen.

Ida schwieg einen Moment. „Weil ich mit meiner Tätigkeit als Informatikerin erstens sehr gut ausgefüllt bin und zweitens genug damit zu tun habe, dich zu coachen“, antwortete sie leicht pikiert.

Ich lehnte mich nach vorn, aber zu spät. Die Ampel schaltete gerade auf Gelb, und ich seufzte und nahm den Fuß vom Gaspedal.

„Und du brauchst gar nicht so entnervt zu seufzen“, sagte Ida. „Du kannst froh sein, dass du immer wieder auf meinen reichhaltigen Erfahrungsschatz zurückgreifen darfst. Seit Jahren stehe ich dir mit Rat und Tat zur Seite!“

„Und, was hat es genützt? Ich bin immer noch Single. Und das auch seit Jahren“, sagte ich und trat auf die Bremse. Vor mir bog ein niederländischer Lastwagen gemächlich nach rechts ab. Dahinter folgte ein Trecker. Kein Zweifel, ich näherte mich meiner Heimatstadt.

„Ja, weil du dir selbst immer wieder ein Beinchen stellst“, erklärte Ida. „Und du suchst dir auch immer wieder die falschen Frauen aus. Vanessa zum Beispiel, die wäre die Richtige für dich. Beständig, ruhig, interessiert, treu, zuverlässig …“

„Und bodenlos langweilig!“, rief ich und kontrollierte im Rückspiegel meine Frisur. Heute früh noch, vor meiner Abreise, hatte ich mir bei einem In-Friseur in der Innenstadt die Haare schneiden lassen. Ich war mir allerdings nicht sicher, ob das Ergebnis gelungen war. Ein Undercut … würde ich damit wirklich punkten können?

„Pah!“, rief Ida durchs Telefon. „Vanessa ist nicht langweilig. Sie sagt vielleicht nicht allzu viel, aber das heißt ja nicht gleich, dass sie langweilig ist!“

„Gib doch Vanessa meine Eintrittskarte für die Lesung nächsten Samstag, mit schönem Gruß von mir. Bei einer Lesung muss sie ja auch nicht viel sagen.“ Ich grinste hämisch in mich hinein, und Ida schwieg einen Moment konsterniert. Vanessa war eine ihrer Kolleginnen, und seit Monaten versuchte Ida immer wieder auf Neue, mich mit ihr zu verkuppeln.

„Kommt überhaupt nicht in Frage. Ich verzeihe dir sowieso jetzt längere Zeit nicht, dass du heute nicht mit mir ins Kino gehst wie geplant und stattdessen diesem Phantom hinterherhechelst. Da muss es sich schon wenigstens lohnen! Also, du gehst hin, fragst sie, ob sie abends mit dir essen geht, und fertig“, fasste sie unbeeindruckt zusammen. „Falls sie nicht kann, dann schlägst du den nächsten

Abend vor. Und falls sie da auch nicht kann, den übernächsten."

„Da muss ich wieder arbeiten." Die Ampel schaltete auf Grün, und ich gab Gas. Auf dem Radweg neben der Straße strampelte ein älterer Mann in Gummistiefeln und einem zerschlissenen Overall mühsam gegen den Wind an. Nach einem Moment erkannte ich ihn. Herr Gärtner war offenbar mal wieder unterwegs zu Millie. Und zu meiner Mutter.

„Dann nimmst du dir frei", sagte Ida entschieden und gab eine Art Knurren von sich. „So, und jetzt will ich keine Ausflüchte mehr hören. Melde dich, wenn du die Verabredung in der Tasche hast."

„Also vermutlich nie wieder", brummte ich und winkte Herrn Gärtner zu, während ich ihn überholte. Aber er bemerkte mich nicht. Tief über den Lenker gebeugt, starrte er konzentriert nach vorn.

„Bis nachher. Und, Britti: Nur Mut! Das kriegst du schon hin!", flötete Ida und legte auf. Die Freisprechanlage knackte, dann herrschte Ruhe im Wagen. Nur der unbarmherzige Wind, gegen den Herr Gärtner sich so tapfer auf seinem Hollandrad anstemmte, war noch zu hören. Weiter vorn kam schon die letzte Kurve in Sicht, dann tauchte das Haus meiner Mutter schemenhaft hinter einer Baumreihe auf. Ich seufzte und warf noch einen Blick in den Rückspiegel.

Eben sah ich die gebückte Gestalt Herrn Gärtners in der Kurve auftauchen. Für einen Augenblick fühlte ich mich ihm sehr verbunden. Eigentlich befanden wir uns beide in der gleichen Situation: Beide waren wir unterwegs, um das Herz einer gewissen Dame zu erringen.

Günter Gärtners Chancen standen nicht sonderlich gut, das war mir schon klar. Aber meine eigenen schienen mir auch nicht viel besser. Dennoch, einen Versuch war es wert!

„Überraschung!", rief ich, stieg aus dem Wagen und warf die Tür mit Schwung ins Schloss.

Ein heiseres Kläffen, das sich in eine Art Jaulen hochschraubte, antwortete mir. Hinter dem Gartentor war eine Bewegung auszumachen, und als ich mich hinüberbeugte, sah ich Bronko, der abrupt verstummte und zu wedeln begann. Freudig sprang er am Gartentor hoch und stellte sich auf die Hinterbeine, um wie ein Zirkuspferdchen mit beiden Vorderpfoten zu winken.

„Huch!", sagte ich verdutzt. „Bronko! Was hat sie mit dir angestellt in dieser einen Woche?"

„Wir haben geübt!", rief meine Mutter von der Hintertür. „Aber Bronko konnte das ja schon alles. Sie kann sich sogar auf den Hinterbeinen drehen!"

„Er, Mutter. Du hast mit ihm Kunststücke geübt?", fragte ich ungläubig. „Das kann ich mir ja gar nicht vorstellen!"

„Doch!" Meine Mutter nickte energisch und kam die Vortreppe hinunter, um mich mit einer festen Umarmung in Empfang zu nehmen. Das dauerte allerdings einen Moment, denn erst musste ich Bronko noch ausgiebig für seine gelungene Vorstellung loben. Er grinste mich fröhlich mit seinem Unterbiss an, aber schließlich hatte ich ihn genug gestreichelt und wandte mich meiner Mutter zu, die mich interessiert beobachtet hatte.

„Ich dachte, ich komme noch mal vorbei", sagte ich und lächelte sie möglichst unverfänglich an.

„Aha. Und warum auf einmal?"

„Ich hatte Lust", sagte ich und zuckte mit den Schultern; ein bisschen zu spät, und natürlich entging das meiner Mutter nicht.

„Soso. Und diese Lust hat nicht zufällig einen besonderen Grund?"

„Nein, ich wollte nur mal sehen, ob du dich mit Bronko schon ein wenig eingelebt hast“, erklärte ich und trug meine Tasche an meiner Mutter vorbei ins Haus. Bronko folgte mir schwanzwedelnd.

„Hab ich!“, rief meine Mutter von draußen. „Hallo, Günter!“

Ich setzte meine Tasche ab und lugte durch das Fenster im Vorraum nach draußen. Auf der anderen Straßenseite strampelte Herr Gärtner keuchend auf seinem Fahrrad heran und winkte meiner Mutter freudig zu, einen dümmlich-glücklichen Ausdruck in seinem alten Bauerngesicht.

Nie, niemals durfte ich so gucken, wenn sie mich sah! Mein Gesicht durfte auf keinen Fall diesen dümmlich-glücklichen Ausdruck tragen, der auf einen Schlag alles, aber auch alles verriet. Damit wären meine Chancen gleich null. Niemand, und schon gar nicht so eine versierte Frau von Welt, niemand will eine Frau, die ihre Sehnsucht deutlich zur Schau trägt. Das ging nicht. Auf gar keinen Fall!

Ich versuchte, mein Gesicht in einen unbeteiligten Ausdruck zu zwängen, während Herr Gärtner seine Geschwindigkeit verlangsamte und noch glücklich-dümmlicher zu meiner Mutter herüberlächelte. Dann aber begann sein Rad bedenklich zu wackeln, und er nahm wieder an Fahrt auf. Seine nächste Chance würde sich ja wenige Minuten später bieten, am hinteren Gartenzaun, wenn er Millie fütterte. Falls meine Mutter dann in der Nähe sein sollte.

Im Moment aber war sie in meiner Nähe. Genauer gesagt, direkt hinter mir. „Wieso guckst du denn so komisch?“, fragte sie und legte ihre Gartenhandschuhe auf die Anrichte, die mein Vater vor mehr als dreißig Jahren selbst gezimmert hatte und die auch genau danach aussah.

„Wie gucke ich denn?“, fragte ich möglichst unbeteiligt zurück.

„Ja, so komisch. Als hättest du ein Gebiss eingesetzt gekriegt“, sagte meine Mutter und beäugte meine Reisetasche. „Hast du mir gar nichts mitgebracht?“

Nein, es war meine Mutter, die da vor mir stand, nicht etwa meine Nichte Sarah, fünf Jahre alt.

„Doch.“ Ich zog eine kleine Tüte mit Leckerlis aus meiner Tasche und überreichte sie meiner Mutter. „Für Bronko.“

„Ja, und für mich nichts?“ Meine Mutter drehte die Tüte in ihren Händen und blickte unglücklich drein.

Ich musste grinsen. „Doch, für dich hab ich auch was.“ Ich nahm ein kleines viereckiges Paket heraus und gab es ihr. „Bitte schön.“

Sie riss die Geschenkverpackung unverzüglich auf und lächelte erfreut. „Oh, ein neues Phase-10-Spiel! Ach, dann lass uns doch gleich spielen!“

„Aber gern“, sagte ich. „Sofort. Ich will mir nur noch die Hände waschen. Und meine Sachen reintragen.“

Oben in meiner kleinen Kemenate öffnete ich als Erstes die Schranktür, räumte mein altes Harley-Davidson-Shirt und die Jogginghose heraus und warf sie in einen blauen Müllsack. Dann legte ich meine neu erworbene Yogahose, die mich erstaunlich schlank machte, wie Ida festgestellt hatte, und zwei nagelneue einfarbige Shirts ins Schrankfach und nahm die neuen schwarzen Air-Max-Trainingsschuhe aus meiner Tasche.

Einen Moment stand ich da und überlegte, dann nahm ich alles wieder heraus und zog es an. Prüfend sah ich an mir hinunter. Elegant, da konnte ich mich anstrengen, wie ich wollte, würde ich sowieso nie wirken. Ja, in meiner Businesskleidung, die ich Tag für Tag auf der Arbeit trug, sah ich gut aus, geschäftstüchtig und korrekt, aber eher in einem lässig-sportlichen als eleganten Stil. Diesem Stil musste ich treu bleiben, hatte ich befunden. Man sollte sich ja nicht verstellen, das brachte nichts. Und außerdem hatte die Tierärztin aus der Schweiz ja auch Sportschuhe getragen. Nikes, die mit dieser neuen, komisch durchgestanzten Schuhsohle, die aussah wie die Kette einer Planierraupe.

Zu diesem Schuhwerk hatte ich mich aber nicht durchringen können, obwohl Ida mir dringend dazu geraten hatte: „Damit wirkst du sportlich-souverän, Britti, und man sieht gleich, dass du auf der Höhe der Zeit bist!" Also wirklich, manchmal redete Ida so, als stammte ich aus dem letzten Jahrhundert. Ich hatte ihr widersprochen und mich für die zeitlos-klassischen Air Max entschieden. Eine gute Wahl, wie ich gemeint hatte. Jetzt aber, als ich in meiner neuen Kluft vor dem Spiegel im Bad stand und versuchte, mich in dem winzigen Alibertschrank von oben bis unten zu betrachten, jetzt war ich mir nicht mehr so sicher. Sah ich nicht doch ein wenig zu sehr auf jugendlich getrimmt aus?

Nachdenklich ging ich die Treppe hinunter. Meine Mutter saß schon in der Küche und hatte die Karten gemischt und ausgeteilt.

„Da bist du ja!", sagte sie zufrieden und nahm die erste Karte vom Stapel, bevor ich saß. „Ich fange an." Sie steckte die Karte in ihr Blatt, zählte durch und legte drei Elfer und vier Achten vor sich auf den Tisch. Dann, nach einem triumphierenden Grinsen, fügte sie drei Joker an die Achten und warf die letzte Karte auf den Tisch. „Ha, fertig!"

„Ich sitze noch nicht mal richtig", sagte ich griesgrämig und zog den Schreibblock zu mir heran, auf dem wir unsere Spielergebnisse vermerkten.

„Null Punkte und die erste Phase geschafft", sagte meine Mutter ungerührt. „Und du bist dran mit Mischen. Und was hast du eigentlich für eine komische Frisur? Das sieht ja grauslich aus."

Ein harter Knoten bildete sich in meinem Magen, während ich die Karten aufnahm und durchzumischen begann. „Das ist ein Undercut", sagte ich scharf. „Das ist jetzt total modern."

„Ja, vielleicht bei den Teenagern", sagte meine Mutter und tätschelte Bronko, der hoffnungsvoll an ihr hochgesprungen war, liebevoll den Kopf. „Aber doch nicht bei Frauen mittleren Alters. Das sieht auf jeden Fall irgendwie komisch aus. Als wäre die Friseuse nicht fertig geworden oder so."

„Friseurin heißt das heute", knurrte ich. Meine Mutter streckte ungeduldig die Hand aus, und ich warf verärgert die ersten zwei Karten vor ihr auf den Tisch. „Und das sieht gar nicht komisch aus. Das sieht gut aus!"

„Na ja", sagte meine Mutter in dem zweifelnden Ton, der mich schon seit jeher rasend gemacht hatte, „wer's mag. Los, du bist dran!"

Ich versuchte mich innerlich zu beruhigen, obwohl es mir schwerfiel. Aber ich wollte keinen Streit riskieren, der womöglich meinen fein säuberlich ausgeklügelten Plan ins Wanken gebracht hätte. Also teilte ich die Karten schweigend bis zum Ende aus und sortierte sie auf meiner Hand. Nein, meine Frisur war nicht grauenhaft, darauf bestand ich. Aber mein Blatt!

„Du musst die erste Phase machen", erklärte meine Mutter und lehnte sich genüsslich zurück. „Und ich die zweite."

„Ich weiß!", sagte ich mürrisch.

„Ich meine ja nur, falls du es vergessen hast. Weil du ja gar nicht rauskommst."

„Mutter!“ Ich warf die erste Karte auf den Tisch. „Bitte sehr. Du bist dran!“

Meine Mutter starrte die Karte an, dann griff sie hastig danach und sortierte sie ein. Ich warf einen Blick aus dem Fenster. Hinten, an der Weide, stand Günter Gärtner und schüttete Millie soeben einen Eimer Wasser in den Trog. Millie wedelte träge mit dem Schwanz und wackelte mit den Ohren, um ein paar Fliegen zu verscheuchen. Dann senkte sie den Kopf und fing an zu trinken. Herr Gärtner hob den Eimer und sah sehnsüchtig zum Haus herüber.

Ich wusste, dass er mich nicht durch die Fliegenfenster hindurch sehen konnte, aber dennoch wandte ich rasch den Blick ab und betrachtete die Karte, die meine Mutter mir mit listigem Blick hingelegt hatte. Mein Blatt war schon wieder unerträglich schlecht, und diese Karte würde es auch nicht besser machen. Ich zog und legte eine andere Karte ab.

Meine Mutter grinste vorfreudig und nahm die Karte auf, um sie zielstrebig einzusortieren. Jetzt! Die Gelegenheit war günstig!

„Morgen muss ich mit Bronko übrigens noch mal zu Dr. Gerdes“, sagte ich beiläufig und versuchte mich nicht allzu sehr darüber zu ärgern, dass meine Mutter siegesgewiss begann, einen Drilling und eine Viererfolge auf dem Tisch abzulegen. „Machst du etwa schon wieder Schluss?“

„Nein, noch nicht ganz!“, flötete meine Mutter und legte eine Vier auf den Stapel. Die konnte ich nun überhaupt nicht brauchen. „Du bist noch in der ersten Phase“, fügte sie überflüssigerweise hinzu.

„Weiß ich doch.“

„Na ja, falls du es vergessen haben solltest“, sagte meine Mutter und zog eine Karte vom Stapel. Über ihr Gesicht schoss ein freudiges Lächeln. „Was willst du denn schon wieder mit dem Hund bei Dr. Gerdes?“

„Ich muss den Heimtierpass nachtragen lassen“, sagte ich und presste die Lippen zusammen, als meine Mutter triumphierend einen Joker an ihre Folge anlegte und die letzte Karte auf den Stapel warf. „Schluss!“, rief sie vergnügt.

„Jajaja“, sagte ich wütend und begann zu zählen. 95 Punkte! Das war schon fast Rekord!

Nun ja. Ich wollte mich nicht aufregen. Sie hatte den Arztbesuch jedenfalls geschluckt, ohne nachzufragen. Davor hatte ich mich nämlich ein wenig gefürchtet. Denn wenn meine Mutter Lunte roch, konnte ich vor Neckereien nicht mehr sicher sein. Das aber galt es unbedingt zu vermeiden – schließlich brauchte ich all meine Kraft, um mein ehrgeiziges Vorhaben auch in die Tat umzusetzen.

„Hast du dir deshalb diese komische Frisur schneiden lassen? Um Dr. Gerdes zu beeindrucken?“, erkundigte sich meine Mutter und nahm den Kartenstapel hoch.

„Nein“, sagte ich ärgerlich. „Bestimmt nicht Dr. Gerdes.“

„Ha! Vielleicht die Sprechstundenhilfe?“

„Mutter!“

„Na, ist ja auch egal“, sagte meine Mutter und fing an zu mischen. „So, ich hab Phase zwei geschafft und du bist immer noch in Phase eins. Jetzt musst du dich aber richtig anstrengen, wenn du mich noch einholen willst!“

Der Rest des Tages verging in nahezu ungestörter Harmonie. Natürlich, mit ausreichendem Kartenspiel war meine Mutter grundsätzlich gut bei Laune zu halten. Wehe nur, wenn sie allzu oft verlor! Dann hing der Haussegen bedrohlich schief. Es war schon vorgekommen, dass meine Mutter lauthals schimpfend die Spielkarten in der gesamten Küche verteilt und weinend die Küche verlassen hatte, um sich mehrere Stunden lang in ihrem Zimmer einzuschließen. Nur mit viel gutem Zureden gelang es dann, sie wieder herauszulocken und zum Weiterspielen zu bewegen.

Meine Brüder und ich waren diese Verhaltensweise seit frühester Kindheit gewohnt und hatten einige feine Techniken entwickelt, um einer derartigen drohenden Katastrophe vorzubeugen, indem wir unsere Mutter geschickt und unauffällig gewinnen ließen.

Doch an diesem Abend war das Spielglück ohnehin auf ihrer Seite. Sie gewann nahezu jedes Mal, und als ich später eine letzte Runde mit Bronko über die gegenüberliegende Wiese und dann an Millies Weide vorbei drehte, stellte ich verdrossen fest, dass ich meinen bisherigen Rekord an Minuspunkten heute gleich zweimal hintereinander eingestellt hatte.

Aber Pech im Spiel bedeutete ja schließlich Glück in der Liebe, nicht wahr?

Versonnen streichelte ich Millie die dicke Schnauze, sog noch einmal die milde Abendluft ein und stapfte dann zum Haus zurück, hinter Bronko her, der fröhlich an jedem Grashalm schnüffelte, der sich ihm entgegenrankte.

Bronko hatte hier sein Glück gefunden, so schien es mir.

Vielleicht würde es mir ja genauso ergehen?

Diesmal stand ein weiterer Wagen neben dem blauen Peugeot in der Einfahrt zur Tierarztpraxis, ein riesiger Geländewagen. Vom Rücksitz aus fletschte ein großer Dobermann furchterregend die Zähne, als ich mit dem verschreckten Bronko auf dem Arm daran vorbeiging, und gleich darauf war wütendes Gebell aus dem Wageninneren zu hören.

Im Haus setzte ebenso wütendes, mehrstimmiges Gebell ein, und einen Moment stand ich unschlüssig vor der Praxistür, den Finger dicht über dem Klingelknopf. Aber dann fasste ich mir ein Herz und drückte beherzt auf die Klingel.

Fast augenblicklich ertönte der Summer, und die Tür sprang auf, als ich leicht dagegen drückte.

Das Bellen wurde noch lauter. Bronko legte die Ohren zurück und barg seinen pelzigen Kopf an meiner Brust, während ich mutig voranschritt, dem Tresen entgegen, hinter dem die Arzthelferin mir freundlich zunickte.

Ich nickte zurück. „Guten Morgen“, setzte ich an, aber weiter kam ich nicht. Das Bellen aus dem Wartezimmer steigerte sich zu einem wütenden Stakkato, durchsetzt mit hysterischem Geheul, und ich spürte, wie sich meine Nackenhaare aufrichteten. Es klang, als ob eine Meute Wölfe auf ihre Untersuchung wartete, und unwillkürlich presste ich Bronko fester an mich. „Guten Morgen“, rief ich nochmals, in der vergeblichen Hoffnung, den ohrenbetäubenden Lärm zu übertönen.

Die Arzthelferin lächelte hilflos und zuckte mit den Schultern. Ihr Mund formte Worte, die ich nicht verstehen konnte, und ich trat noch näher an den Tresen heran und beugte mich darüber, den zitternden Bronko fest im Arm.

„Timmy, Tommy, seid still!“, brüllte eine rohe Männerstimme im Wartezimmer, aber leider erfolglos. Timmy und Tommy heulten jetzt im Chor, durchsetzt mit wütendem Gekläff.

Bronko auf meinem Arm zitterte, und ich legte schützend die Hand über seinen Kopf. Die Arzthelferin sah mich fragend an.

„Ich möchte gern …“, begann ich, aber meine Stimme verlor sich im durchdringenden Gebell der beiden Hunde im Wartezimmer. Ich räusperte mich und setzte noch einmal an, diesmal deutlich lauter. „Ich wollte …“ Meine

Stimme schraubte sich in eine voluminöse Lautstärke empor, aber auch sie reichte nicht aus. „Ich möchte …"

„Wollt ihr wohl!", brüllte der Herr im Wartezimmer, aber Timmy und Tommy störten sich nicht daran. Die Arzthelferin stand auf, kam um den Tresen herum und zog die Tür zum Wartezimmer mit einem entschuldigenden Blick hinein fest zu. Augenblicklich verstummte das Gebell. „Na, geht doch", sagte sie und trat zum Tresen zurück. Ich nutzte die plötzliche wohltuende Stille.

„Ich wollte Frau Dr. Frei Bronkos Heimtierpass noch zum Ausfüllen nachreichen", sagte ich rasch. „Sie hatte darum gebeten."

Hatte sie zwar nicht, aber das war ja kaum nachzuprüfen. Im Zweifelsfall konnte ich immer noch sagen, ich hätte mich verhört. Die Arzthelferin nahm mir im Vorbeigehen den Pass aus den Fingern und schlug ihn auf. „Das müsste dann Dr. Gerdes machen", sagte sie und setzte sich wieder auf ihren Stuhl. „Frau Dr. Frei ist ja nicht mehr bei uns."

Das Blut in meinen Adern hörte für einen Augenblick auf zu zirkulieren. Fassungslos starrte ich die Arzthelferin an. „Was?"

Sie blickte nicht auf. „Ja, Dr. Gerdes ist ja wieder zurück aus dem Urlaub. Aber warten Sie, eigentlich kann ich das ja selbst …"

„Wie? Sie ist weg?"

Die Arzthelferin nickte, und ihr nachlässig gezogener Scheitel verschwamm vor meinen Augen. „Zurück in der Schweiz", sagte sie und nahm einen Stempel zur Hand. „Hier, das kann ich selbst erledigen. Einen Moment!"

Ich sah stumm zu, wie sie zwei Stempel in den Pass setzte und mit erstaunlich kindlicher Schrift die verabreichte Wurmkur notierte. Dann klappte sie den Pass wieder zu, sah zu mir auf und hielt ihn mir hin. „Schon fertig!"

Mit zitternden Fingern nahm ich den Pass. „Sie ist … zurück in der Schweiz, ja?"

Die Arzthelferin nickte und entblößte ihr schiefstehendes Gebiss zu einem sanften Lächeln. „Ja, genau. Wenn Sie möchten, können Sie aber kurz warten, Dr. Gerdes nimmt Sie dann gleich nach Timmy und Tommy dran."

„Nein, ich …" Ich schluckte. Mir war schummrig zumute, und irgendwie übel war mir auch. *Sie war nicht mehr hier?* „Aber sollte Dr. Gerdes nicht noch zwei Wochen in Urlaub bleiben?"

Die Arzthelferin sah mich ein wenig verwundert an. „Zwei Wochen? Nein, das weiß ich nicht. Jedenfalls ist er wieder da. Seit Mittwoch."

Ich starrte sie an. Mir war immer noch schummrig. Sehr schummrig. Ich holte tief Luft. „Sagen Sie, haben Sie … haben Sie denn die Adresse von Frau Dr. Frei in der Schweiz?"

Zum ersten Mal zog so etwas wie Misstrauen über das Gesicht der Arzthelferin. Sie kniff die Augen zusammen und musterte mich einen Moment, dann schüttelte sie den Kopf. „Nein, tut mir leid, die hab ich nicht. Frau Dr. Frei ist ja nur vorübergehend hier gewesen. Ich weiß nur, dass sie aus der Schweiz kommt."

„Aha", sagte ich dümmlich. Aus dem Wartezimmer war plötzlich ein tiefes Knurren zu hören, und Bronko duckte sich in meinem Arm.

Die Arzthelferin sah mich an. Ich sah sie an.

„Äh, ich wollte mich eigentlich noch bei ihr bedankt haben. Für die Wurmkur", sagte ich lahm.

Die Arzthelferin lächelte leicht irritiert. „Ach ja, das ist ja nett. Vielleicht kann Dr. Gerdes ihr das ja ausrichten, falls er noch mal mit ihr spricht oder so."

„So. Na gut, dann …“ Ich wollte mich schon umdrehen, da kam mir eine Idee. „Wissen Sie, ich hätte gern die Adresse, denn ich fahre demnächst auch in die Schweiz, und wenn dann Bronko etwas hätte, dann hätte ich ja gleich eine gute Tierarztadresse“, sagte ich hastig. „Ob Dr. Gerdes die Adresse denn vielleicht hat?“

Es klingelte an der Praxistür, und augenblicklich begannen Timmy und Tommy im Wartezimmer wieder zu bellen, diesmal wütender denn je zuvor.

„Timmy, Tommy!“, brüllte ihr Besitzer. „Jetzt hört aber doch mal auf! Das gibt's doch gar nicht! Still!“

Eine ältere Dame mit einem frisch ondulierten, silbrig schimmernden Pudel betrat die Praxis und lächelte der Arzthelferin zu. „Guten Tag!“

„Tach, Frau Kapielski!“ Die Arzthelferin deutete auf die geschlossene Wartezimmertür. „Sie können noch einen Moment warten!“

Verblüfft sah ich zu, wie die ältere Dame todesmutig die Tür öffnete, während ihr verängstigt wirkender Pudel sich stur in die Leine legte. Augenblicklich verstummten Timmy und Tommy. „Guten Tag!“, flötete sie und ging hinein, den armen Pudel straff hinter sich herziehend.

„Frau Kapielski hört nicht so gut“, erklärte mir die Arzthelferin freundlich. „Aber sie kann von den Lippen lesen. So, jetzt herrscht ja endlich ein wenig Ruhe. Ich werde mal Dr. Gerdes fragen, ob er die Adresse von Frau Dr. Frei hat!“ Sie verschwand nach einem kurzen Klopfen im Behandlungsraum, und ich hörte sie mit Dr. Gerdes murmeln, während ich unruhig von einem Bein aufs andere trat. Im Wartezimmer blieb alles ruhig; nicht ein Laut war zu hören. Irgendwie beunruhigte mich das, und ich ging vorsichtig zur Tür hinüber, den immer noch leicht zitternden Bronko auf dem Arm, und legte das Ohr daran.

Im selben Moment öffnete sich die Tür zum Behandlungszimmer, und erschrocken drehte ich mich um. Die Arzthelferin stand mit gerunzelter Stirn auf der Schwelle, und hinter ihr Herr Dr. Gerdes, den ich seit meiner Kindheit kannte. Er schob die Brille auf seine Nasenspitze und räusperte sich vielsagend, während ich mich hastig aufrichtete und die Arzthelferin schnell zu ihrem Platz hinter dem Tresen zurückging. „Soso, die Frau Potönke“, sagte er dröhnend. „Wir haben uns ja lange nicht mehr gesehen. Und einen neuen vierbeinigen Freund haben Sie sich auch zugelegt!“ Er musterte Bronko mit abschätzendem Blick. „Einen Mischling diesmal, aha. Nun gut. Wollte Ihre Frau Mutter denn nicht vielleicht einmal wieder einen Dackel nach dem Ableben des Labradors?“

Dr. Gerdes war seit jeher der Vorsitzende des Dackelvereins meiner Heimatstadt, erinnerte ich mich. „Ach, Bronko ist ja so etwas Ähnliches wie ein Dackel“, versuchte ich zu scherzen, aber Dr. Gerdes verzog keine Miene.

„Nun denn, Sie möchten die Adresse von Frau Dr. Frei?“, fragte er und sah mich durchdringend an. Sogleich fühlte ich mich schlecht.

„Äh, ja, gern, ich will ja mit Bronko in die Schweiz und da dachte ich ...“

Aber Dr. Gerdes unterbrach mich und steckte die Hände in die Taschen seines Arztkittels. „Aus Gründen des Datenschutzes darf ich Ihnen die Adresse nicht geben“, sagte er streng. „Aber so viel sei gesagt: Frau Dr. Frei hat eine eigene kleine Hundeschule, und zwar, wenn ich mich recht entsinne, im Kanton Zug oder Luzern, da bin ich aber nicht ganz sicher. Sie werden die Adresse bestimmt selbst herausfinden. Auf Wiedersehen und schönen Gruß an Ihre Frau

Mutter!“ Er nickte mir zu, machte zwei straffe Schritte in Richtung Wartezimmer und öffnete die Tür. Augenblicklich setzte dunkles, wütendes Gebell ein, lustig konterkariert von einem hohen Gekläffe aus einer dritten Hundekehle.

„Timmy! Tommy! Seid still! Wollt ihr wohl!“

Ich nickte der Arzthelferin zu, die mich verstohlen musterte, und zog die Eingangstür auf.

Draußen setzte ich Bronko ab, der sich schüttelte und dann sofort gegen den großen Topf mit roten Geranien neben der Eingangstür pinkelte. Ich ließ ihn gewähren.

Traurig stand ich in der hellen Maisonne und sah auf meine lässige Trainingshose und die frisch polierten Sportschuhe hinunter.

Aus der Traum. Sie war weg. Und es stand in den Sternen, ob ich sie jemals wiedersehen würde.

„Du bist ja schon wieder zurück!“, rief meine Mutter erstaunt. Sie stand mit Herrn Gärtner am Zaun und trug ihre Gartenhandschuhe und den blauen Sonnenhut, den sie nur bei der Gartenarbeit aufsetzte. Herr Gärtner hatte seinen eigenen Hut abgenommen und drehte ihn verlegen in den schwieligen Händen.

„Hallo!“, sagte er. „Na, auch mal wieder im Lande?“

„Hallo, Herr Gärtner.“ Ich ließ Bronko aus dem Wagen springen. Schwanzwedelnd lief er auf meine Mutter zu und drängte sich an ihre Beine, um sich ausgiebig von ihr streicheln zu lassen. Dann erblickte er seinen gefüllten Fressnapf an der Hausecke und flitzte los. „Mutter, ich muss dringend etwas erledigen. Geschäftlich. Entschuldigt mich bitte.“ Ich schob mich an beiden vorbei und rannte ins Haus, wobei ich mir eilig die Jacke auszog.

Die steilen Treppenstufen brachten mich fast zu Fall, als ich immer drei auf einmal nahm, aber dann war ich oben, hockte mich auf die Bettkante und klappte meinen Laptop auf. Fiebernd saß ich da und sah zu, wie sich die Internetverbindung langsam aufbaute. Ungeduldig trommelte ich mit den Fingern auf meinen Knien, während ich von unten meine Mutter mit Herrn Gärtner reden hörte. Gut, dass sie beschäftigt war.

Schließlich stand die Verbindung, und ich öffnete den Browser und tippte ein paar Wörter in die Suchmaske: *Frei Schweiz Tierärztin.*

Atemlos wartete ich, während sich die Seite neu aufbaute. Dann schluckte ich. Über zwei Millionen Ergebnisse!

Ich klickte die erste Seite an.

9 offene Stellen für MPA, Arztsekretärin und medizinisches Praxispersonal in der ganzen Schweiz.

Ich scrollte weiter hinunter.

Noch mehr Stellenangebote. Dann die Website einer Tierarztpraxis. Versuchsweise sah ich mir den Link an.

Frau Eggenschwiler ist wahrscheinlich die erfahrenste „Schildkröten-Tierärztin" in der Schweiz. Auf der Homepage finden sich viele Hinweise und frei verfügbare Merkblätter über verschiedene Themen im Zusammenhang mit Schildkröten.

Weiter.

Der Vorstand der Gesellschaft Schweizer Tierärztinnen und Tierärzte GST unterstützt die Revision des Epidemiengesetzes und …

Das war sicher ehrenwert, aber mir momentan nicht wichtig. Ich versuchte es noch einmal, diesmal mit einem zusätzlichen Wort in der Suchleiste.

Frei Tierärztin Schweiz Hunde

Eine Information über Berner Sennenhunde sprang mir ins Auge: *Die Zeitlupe zeigt, wie sanft und frei von Hektik die Hunde miteinander umgehen.*

Sehr schön. Noch mal.

Das Schweizer Tiermagazin verkündete, dass die freie Tierarztwahl für den Kunden galt.

Auch gut.

Ich klemmte die Zunge zwischen die Zähne und dachte nach. Mein Rücken begann leicht von der unbequemen Haltung zu schmerzen, aber das war es mir wert. Unten, am Tisch in der Küche, war ich vor den Nachstellungen meiner Mutter nicht sicher. Sie würde mir sofort über die Schulter sehen und unbequeme Fragen stellen, die ich nicht beantworten wollte. Also lieber krumm sitzen.

Kleine Aufstellung von freien Tierarztpraxen in der Sächsischen Schweiz.

Herrje! Ich scrollte weiter runter.

Selbst bei solchen Hunden, die im Hauptröntgen HD-frei befunden wurden und die nur eine Arthrose in der Vorhand zeigten (in der Regel im Ellbogen), haben …

Ich seufzte und lehnte mich zurück. Mein Hinterkopf bekam die ganze Härte der Wand zu spüren, aber das kümmerte mich nicht weiter.

Warum nur musste sie ausgerechnet Frei mit Nachnamen heißen? Wenn ich nur wüsste, wie ihr Vorname lautete!

„Britt? Bist du oben?"

Ich seufzte noch einmal. „Ja!", rief ich in betont fröhlichem Tonfall. „Ich hab noch etwas zu tun, dauert noch einen Moment!"

„Warum sitzt du denn nicht hier unten?"

„Ich … ich hatte es eilig", rief ich und setzte mich wieder aufrecht hin. Der Cursor blinkte. Wie hatte sie noch gleich gesagt? „Ich habe ein kleines …"

Frei Tierärztin Schweiz Hunde Zentrum

Treffer! Oder? *Tierärztin Eigene Praxis für Verhaltenstherapie Eigene Hundeschule Referentin und … Schweiz Schöftland. Astrid Rüthi, Hundetrainerin für Agility Buchautorin …*

Enttäuscht atmete ich tief aus. Auf der Treppe hörte ich das Tapsen kleiner Pfoten, das zusehends lauter wurde. Dann streckte Bronko seinen kleinen Kopf in die Tür und starrte mich fragend an.

„Na, komm her, Dicker", sagte ich und klopfte neben mir auf die Decke. Bronko entblößte seine obere Zahnreihe, nahm Anlauf und hüpfte neben mir aufs Bett. „So war das eigentlich nicht gemeint gewesen", sagte ich und kraulte ihm den Schädel. Bronko schloss genießerisch die Augen, brummte zufrieden und rollte sich an meinem Oberschenkel zusammen.

Nachdenklich betrachtete ich die kleine Hundekugel. Dann scrollte ich weiter hinunter.

Die freie Tierarztpraxis Olten Village präsentiert auch in diesem Jahr das beliebte Schnauzenfest am Sonntag, den …

Ich würde sie nicht finden. Nie. Es war zwecklos.

Und überhaupt – in was hatte ich mich da verrannt? Diese Frau hatte ein paar Sätze mit mir gewechselt, mich ein paar Mal kurz angesehen und ein- oder zweimal gelächelt. Weil man das eben so machte mit seinen Kunden.

So ausgehungert war ich doch nun auch nicht, dass ich sinnlosen Träumereien hinterherjagen musste! Meine letzte Liebschaft lag gerade mal drei Monate zurück. Sie hatte allerdings nur wiederum zwei Monate gedauert, weil meine plötzlich aufgeflackerte Begeisterung für die rothaarige Sekretärin aus der benachbarten Anwaltskanzlei dann wieder erloschen war. Und es hatte nicht daran gelegen, dass sie irgendetwas Unpassendes gesagt oder getan hatte. Nein, im Gegenteil, sie hatte sich stets tadellos gekleidet und verhalten. Das war es ja!

Wenn ich ehrlich war, dann hatte mich das Beisammensein mit ihr von Anfang an ein wenig gelangweilt. Wir hatten uns schlichtweg nichts zu sagen gehabt. Aber im Bett war es toll gewesen.

Allerdings eben auch nur einige Wochen lang. Dann hatte mich auch diese Ebene gelangweilt.

Ich seufzte, und Bronko neben mir seufzte ebenfalls. Sein rechtes Ohr zuckte, dann klappte er es nach vorn.

Immer langweilten mich alle! Entweder gleich oder ganz bald. Und das Schlimme war: Ich wusste es stets von Anfang an! Eigentlich war mir schon immer zu Beginn einer Liebschaft ungefähr klar, wie lange sie dauern würde. Nie kam ich über einige Monate hinaus.

Nur bei Chantal war es anders gewesen. Chantal … Chantal war groß und dunkelhaarig und üppig gewesen, und sie hatte mich an den Rand eines Nervenzusammenbruchs getrieben, und das gleich mehrere Male im Laufe der acht Jahre, die sie mich durchs Leben gescheucht hatte. Aber sie war mir nie langweilig geworden, nie! Dann hatte sie mir Knall auf Fall den Rücken gekehrt und war nach Pulheim bei Köln gezogen, um sich dort mit einer Werbegrafikerin zu verpartnern.

Wahrscheinlich scheuchte sie die jetzt durchs Leben. Und ich irrlichterte seither durch fremde Betten.

Ich musste kichern. Schön wäre es ja, wenn es so wäre. Faktisch aber irrlichterte ich seit Monaten nur durch mein eigenes Bett.

Aber war das Grund genug, mich auf die nächstbeste Tierärztin zu stürzen wie eine Verdurstende auf eine Wassertonne?

„Wann kommst du denn runter? Ich mach jetzt Sauerkrautsuppe!“, rief meine Mutter zu mir herauf.

„Gut!“, schrie ich zurück. Bronko öffnete ein Auge, sah zu mir hoch und schloss es dann wieder.

Die Tierärztin hatte mir einfach unglaublich gut gefallen. Noch nie hatte ich eine derartige Anziehungskraft gespürt wie in dem Moment, als sie zu mir hochgesehen hatte. Noch nicht einmal damals, als Chantal mir bei unserer ersten Begegnung im Wartezimmer unseres gemeinsamen Zahnarztes kräftig auf den Fuß getreten und dann herzhaft darüber gelacht hatte, bevor sie sich entschuldigte.

Ich schloss die Augen und öffnete sie wieder.

Mit zweien ihrer Hunde legte sie erfolgreich Prüfungen der Schweizer Bergwacht ab.

Mein Herz klopfte ein wenig schneller. Ob sie das sein konnte?

Mit angehaltenem Atem klickte ich mich bis zu einem Foto der betreffenden Tierärztin durch. Sie war zwar blond, lebte aber in der Oberpfalz. Und sah meiner Frau Dr. Frei nicht im Entferntesten ähnlich.

Ich stieß die Luft aus und sah aus dem Fenster. Der Himmel hatte sich verdüstert; dunkle Wolken ballten sich weit hinten zusammen. Auch das noch.

Ich kniff die Augen zusammen, sah auf den Bildschirm und tippte noch ein zusätzliches Wort in die Suchleiste.

Frei Tierärztin Schweiz Hunde Zentrum klein

Gespannt wartete ich ab, bis sich die Seite neu aufgebaut hatte.

Also bei unserem Hund ist auch alles supi, das Einzige, was mich stört ist, das meine Schweizer Sennenhündin beim Kleintierzentrum Döberitz nicht auch mit unseren Hasen spielen darf.

„Mist!", rief ich entnervt und ließ mich zurückfallen. Bronko stieß einen erschrockenen Laut aus und sprang hoch. „Ruhig, mein Kleiner!" Ich streichelte ihn behutsam, aber Bronko sah mich weiterhin misstrauisch an. „Schon gut! Ich bin nur ein wenig traurig, mein Lieber!"

Bronko schob sein Kinn noch ein wenig vor und starrte mich weiterhin an.

„Ich werde einen Detektiv einschalten müssen, Bronko", erklärte ich ihm. „Anders geht es wohl kaum."

Bronko legte den Kopf schief.

„Ich weiß noch nicht mal, wie man mit der Suchmaschine richtig sucht", sagte ich traurig.

„Britt?", rief meine Mutter von unten. „Redest du mit mir?"

„Nein, mit Bronko!", rief ich zurück.

Bronko spitzte die Ohren und sprang vom Bett. Gleich darauf hörte ich ihn die Treppe hinunterhopsen.

„Ja, klar, verlass du mich auch noch." Entmutigt sah ich auf den Bildschirm und tippte nacheinander *Zug* und *Luzern* zusätzlich in die Suchleiste.

Bei *Zug* kam nichts Neues, bei *Luzern* erschien ein neuer Link, den ich sogleich anklickte.

Ida Wilkening mit ihrer kleinen Whippethündin Magda besucht seit zwei Monaten regelmäßig die freie Welpenspielgruppe im Schweizerischen Frauenfeld …

Ida! Na klar. Ida war Informatikerin. Wenn jemand eine Suchmaschine richtig bedienen konnte, dann sie. Ich griff nach meinem Handy. Es wurde Zeit, nochmals auf ihren reichhaltigen Erfahrungsschatz zurückzugreifen.

„Sie wohnt in Zug. Jedenfalls vermute ich, dass sie das ist", sagte Ida und schnaufte aufgeregt. „Guck mal, ist sie das?"

„Moment, ich bin noch nicht so weit." Ich rutschte ganz vorn auf die Bettkante und starrte fieberhaft auf den Bildschirm. Ida hatte mich kaum fünf Minuten nach meinem Hilfeschrei zurückgerufen, auf sie war einfach Verlass. Gut, dass ich eine Informatikerin zur besten Freundin hatte! „Wo? Wo denn?"

„Hast du es denn eingegeben?“

„Ja klar!“, rief ich und hörte, dass meine Stimme in ein hysterisches Kreischen umzukippen drohte. „*Dog-Center Zug*, oder?“ Vor mir erschien eine grün unterlegte Website, von der mir drei sehr unterschiedliche Rassehunde entgegenhechelten: ein Boxer, ein Schäferhund und ein winzig kleiner Hund, der eine entfernte Ähnlichkeit mit Bronko besaß. Nur sein Unterbiss war vielleicht nicht ganz so ausgeprägt. „Und wo ist sie?“, fragte ich hastig.

„Der Boxer ist niedlich“, sagte Ida verträumt. „Boxer sind süß.“

„Es ist mir vollkommen egal, wie der Boxer aussieht“, sagte ich gereizt. „Ich möchte wissen, ob das wirklich ihre Website ist.“

Ida seufzte, und Bronko, der zwischenzeitlich nach unten zu meiner Mutter verschwunden und dann wieder zu mir zurückgekommen war, seufzte ebenfalls. „Geh mal auf *Team*.“

Ich schob den Cursor nach links. Die Stichwortleiste war recht übersichtlich: Über dem Punkt *Team* stand *Home*, darunter waren sechs weitere Rubriken aufgelistet: *Gesunde Ernährung*, *Bewegungstraining*, *Agility*, *Partner im Zwiegespräch*, *Workshops und Preise*, *Kontakt*. Ich klickte auf *Team*, und nach einem Moment lächelte mir eine dunkelhaarige, leicht giftig aussehende Frau in den Fünfzigern entgegen. „Das ist sie nicht! Ich hab doch gesagt, dass sie blond ist!“, sagte ich enttäuscht.

„Britt, komm essen!“, schrie meine Mutter von unten die Treppe herauf. Bronko spitzte die Ohren. Das letzte Wort hatte er offensichtlich gut verstanden.

„Ja, gleich!“, rief ich zurück und drückte das Handy fester ans Ohr. „Sie ist blond, Ida, und die hier ist dunkelhaarig!“

„Nicht gleich, sondern sofort!“, rief meine Mutter, und Bronko sprang auf und hüpfte vom Bett.

„Jaha! Sofort!“

„Mensch, Britt, nun brüll mir doch nicht so ins Ohr“, sagte Ida entrüstet. „Und entweder hast du jetzt die Güte, durchzulesen, was da genau steht, oder du hörst mir zu!“

„Ja ja, schon gut“, sagte ich und überflog den Begleittext. Die abgebildete Frau hieß Maria Baumgartner und war, so viel konnte ich in der Kürze entnehmen, die Vorbesitzerin und Gründerin des Dog-Centers. Sie leitete gelegentlich noch Workshops im Center, würde dieses Jahr aber ganz ausscheiden und wurde auf der Website mit warmen Dankesworten bereits jetzt entsprechend gewürdigt.

„Scroll doch einfach mal weiter runter“, sagte Ida geduldig. „Und, ist sie das?“

„Wo? Wo denn?“ Ich bewegte den Cursor weiter nach unten. Unter Maria Baumgartner tauchte das Bild eines älteren Herrn auf – Roland Lüthi, Mitarbeiter des Dog-Centers. Und darunter … Mir stockte der Atem. Darunter lächelte eine blonde Frau seitlich in die Kamera. Sie hatte ein Basecap tief in die Stirn gezogen und eine Trillerpfeife im Mund, und zu allem Überfluss war die Aufnahme auch noch recht unscharf geraten. War sie das?

Ich kniff die Augen zusammen.

Nicole Frei, Hundetrainerin und Veterinärin, stand unter dem Foto. Meine Güte, war das unscharf! Wer in aller Welt stellte denn derart unscharfe Fotos auf eine Website?

„Ist sie das?“

„Äh …“ Sie konnte es sein, durchaus. Aber sie konnte es ebenso gut nicht sein.

„Sauerkrautsuppe!“, rief meine Mutter verärgert von unten. „Also, ich esse jetzt!“

„So-fohort!“, flötete ich, und Ida quiekte auf.

„Mensch, Britt, so geht das nicht! Entweder oder!"

„Meine Mutter hat das Essen fertig", sagte ich nervös. „Du weißt doch, wie sie ist."

„Ja, und ich weiß auch, dass du inzwischen dreiundvierzig Jahre alt bist und schon längst einen Weg gefunden haben solltest, der Herrschsucht deiner Mutter etwas entgegenzusetzen. So, und ist sie das nun oder nicht?"

„Ich weiß es nicht", sagte ich kläglich. Je länger ich hinsah, desto unsicherer wurde ich. Die blonden Haare, das Profil … doch, ja, das war meine Tierärztin. Das war Frau Dr. Frei. Oder nicht? „Wie alt ist die denn?", fragte ich ratlos.

„Hä?" Ida schnaubte. „Das weiß ich doch nicht! *Du* musst doch wissen, wie alt sie ist. *Du* hast ihr doch gegenübergesessen."

„Aber ich … ich weiß es nicht, Ida. Vielleicht ist sie das, vielleicht aber auch nicht. Das Foto ist so schrecklich unscharf! Und dann noch von der Seite!"

Ida schwieg. Von unten hörte ich das Geklapper von Tellern und mürrisches Gemurmel heraufdringen. Meine Mutter aß bereits, und ich konnte mir gut ausmalen, wie sie dabei aussah.

„Weißt du", sagte Ida schließlich. „Ich bezweifle doch sehr, dass die Dame dir so wichtig ist, wie du sagst, wenn du sie jetzt noch nicht mal wiedererkennst."

„Ich … ich muss jetzt essen gehen", sagte ich verdrossen, und Ida lachte auf.

„Britt! Also ehrlich! Wie alt bist du denn – zwölf? *Ich muss jetzt essen gehen*", äffte sie mich nach. „Was ist denn jetzt wichtiger – deine Mutter oder Frau Dr. Frei?"

Ich starrte das Profil auf dem Bildschirm an. Die Form des Mundes kam mir bekannt vor – aber andererseits auch wieder nicht. Wie sollte man auch die Form eines Mundes wiedererkennen, wenn eine Trillerpfeife darin steckte? „Ich esse jetzt, und dann gucke ich mir das alles noch mal in Ruhe an“, sagte ich beherzt. „Und dann rufe ich dich zurück, okay?“

Ida schnaubte erneut. „Wenn du meinst“, sagte sie schnippisch. „Dann tu das. Adieu.“ Und damit legte sie auf.

„*Adieu, adieu*!“, äffte ich sie nach, während ich die Treppe hinuntermarschierte und Kurs auf die Küche nahm. „*Adieu*! Wie affig!“

Und gleich war mir ein wenig leichter zumute.

Nach der Sauerkrautsuppe zwang meine Mutter mich zu einem Spielchen, aber ich saß wie auf heißen Kohlen. Natürlich verlor ich haushoch, und ich spürte tiefe Dankbarkeit in mir hochfluten, als meine Mutter draußen am Zaun Herrn Gärtner mit seinem Futtereimer sichtete und energischen Schrittes zu ihm hinausmarschierte, um ein Pläuschchen zu halten, wobei sie die Hintertür offenließ. Hastig eilte ich die steile Stiege hinauf in mein Jugendzimmer. Bronko sah mir verwirrt nach, offenbar wusste er nicht genau, wem er folgen sollte. Am Ende entschied er sich dann doch für meine Mutter. Es versetzte mir einen kleinen Stich, aber er währte nur kurz. Sollte er doch! Ich konnte froh sein! Schließlich war er nicht mein Hund, sondern der Hund meiner Mutter! Pah!

Ich nahm den Laptop wieder auf meine Knie und meine Sitzung wieder auf.

Dieses Basecap … Passte das eigentlich zu ihr? Aber warum nicht?

Kam mir die Gesichtsform wirklich bekannt vor? Wenn ich nur ihre Augen hätte sehen können … oder ihre Zähne, diese leicht schiefstehenden Vorderzähne …

Ich klickte eine Weile auf der Seite herum, aber es war kein weiteres Foto von Frau Dr. Nicole Frei zu finden. Halbherzig gab ich den Namen noch mal in die Suchleiste ein, aber auch das blieb ohne rechten Erfolg. Zahlreiche Nicole Freis lächelten mich an, aber keine sah aus wie meine Frau Dr. Frei. Tatsächlich hatte das von Ida empfohlene Foto die größte Ähnlichkeit mit dieser atemberaubend attraktiven Frau, der ich in Dr. Gerdes' Praxis sprachlos gegenübergesessen hatte.

Ich schloss die Augen. Ein sehr leises Geräusch war zu hören, und als ich die Augen wieder öffnete, stand Bronko vor mir und starrte mich fragend an, den Unterbiss unvorteilhaft zur Hälfte mit der Oberlippe bedeckt.

„Mach die Schnauze richtig zu, Bronko", sagte ich. Bronko wedelte kurz und sprang zu mir aufs Bett, um sich erneut an meine Seite zu kuscheln. Ich streichelte ihm kurz über den winzigen Schädel, dann seufzte ich tief und sah erneut auf den Bildschirm.

Doch, sie war es … vielleicht! Wenn ich den Bildschirm ein wenig drehte, dann schien mir die Ähnlichkeit doch etwas deutlicher.

Schließlich klickte ich noch einmal die anderen Menüpunkte der Reihe nach an.

Unter *Partner im Zwiegespräch* war ein ellenlanger Text zu finden, den ich rasch hinter mir ließ. Auch bei der *gesunden Ernährung* hielt ich mich nicht allzu lang auf. Was sollte ich mich groß damit befassen? Bronko bekam Hundefutter, Hundekekse und gelegentlich das ein oder andere übriggebliebene Teilchen vom Tisch meiner Mutter. So waren alle unsere Hunde ernährt worden, und es hatte keinem von ihnen geschadet.

Das Bild unseres früheren, sehr rundlichen und im Alter etwas kurzatmigen Labradors Willi tauchte vor mir auf, aber ich schob es schnell weg. Labradore neigten nun mal zum Übergewicht, das wusste man ja. *Bewegungstraining?*

Na ja. Spazierengehen und mal gelegentlich ein Bällchen werfen, das würde schon reichen, was Bronko anging. Außerdem hatte er ja den großen Garten, in dem er sich nach Lust und Laune austoben konnte.

Ich blickte auf den schlafenden Hund an meiner Seite und setzte mich ein wenig bequemer hin, um den nächsten Menüpunkt anzuklicken. *Agility*, aha.

Agility bedeutet: Spaß haben mit Hunden!

Na, das klang doch gut!

Vergleichbar ist dieser Hundesport mit dem Springreiten im Pferdesport – auch bei Agility wird ein Parcours mit verschiedenen Geräten aufgebaut, die vom Hund in einer vorgegebenen Reihenfolge genommen werden müssen.

Sofort stellte ich mir Bronko vor, wie er mit Mühe über eine tiefhängende Latte sprang. Der Arme! Ob es auch einen Zwergenparcours gab? Ich musste grinsen, aber dann fiel mir der eigentliche Zweck meines Besuchs der Seite wieder ein, und ich klickte noch mal zum Foto von Dr. Nicole Frei zurück.

Diese Nase … Ich war jetzt fast sicher. Nein, eigentlich war ich sicher.

Eigentlich.

Ein Schauder lief mir über den Rücken, und ich setzte mich wieder gerade hin. Dann fuhr ich mit dem Cursor wieder über die Menüleiste und klickte *Kontakt* an.

Eine Adresse im schweizerischen Zug. Zug … War das nicht das Steuerparadies? Und wo lag das noch mal?

Auf *Google Maps* fand ich die Antwort. Zwischen Zürich und Luzern, aha. Direkt an einem großen See. Bestimmt hübsch da.

Ich ging zu *Workshops und Preise.*

Nächstes Wochenende fand ein *Agility-Einsteigerworkshop* statt. Nur ein Platz war noch frei. Aber schrieb man das nicht immer, damit die Leute angelockt wurden?

Ein Gedanke formte sich in meinem Kopf, und ich klickte wieder zurück zu *Agility.*

Die Hunde werden ohne Leine, nur durch Körpersprache und akustische Signale vom Hundeführer über den Parcours dirigiert. Grundvoraussetzung zur Teilnahme am Agility ist ein guter Grundgehorsam.

Ich blickte zweifelnd auf Bronko hinunter, der leise vor sich hin schnarchte.

Sitz, Platz und Bleib müssen vom Hund beherrscht werden und auch das Abrufen und Mitlaufen sind wichtig.

Konnte Bronko eigentlich *Sitz*?

„Bronko?“ Ich wackelte mit der Hüfte, und Bronko machte ein Auge auf. „Geh mal runter!“ Ich zeigte auf den Fußboden, aber Bronko sah mich einfach nur an. Dann schloss er wieder die Augen.

„Bronko! He, Dicker!“ Ich schüttelte ihn ein wenig, und Bronko hob verdutzt Kopf. Vorsichtig drückte ich eine Hand unter seinen Hintern und schob ihn sanft nach vorn, auf die Bettkante zu. Bronko sah mich mit beleidigter Miene an, krallte sich kurz in der Bettdecke fest, aber ich blieb standhaft. Mit einem kleinen Plumps landete er auf dem Fußboden, und ich hob schnell die Hand, tat so, als hielte ich ein Leckerli darin versteckt, und zeigte sie ihm. „Sitz, Bronko!“, rief ich.

Bronko sah mich einen Augenblick lang zweifelnd an, dann setzte er sich auf sein Hinterteil.

„Na, geht doch prima!“ Ich tätschelte ihm befriedigt den Kopf und klopfte wieder neben mich aufs Bett. Bronko betrachtete mich einen Moment, dann machte er kehrt und marschierte aus dem Zimmer. Kurz darauf hörte ich ihn die Treppe hinuntertapsen.

Zufrieden wandte ich mich wieder der Website zu.

Im Agility-Einsteigerworkshop werden dem Hund und dem Hundeführer die verschiedenen Hindernisse gezeigt und gelehrt, wie man sie am besten bewältigt.

Hindernisse, hm. Würde Bronko überhaupt irgendwelche Hindernisse bewältigen können, so klein, wie er war? Aber bestimmt waren solche Workshops auch auf kleine Hunde hin ausgerichtet, oder? Ich klickte kurz auf *Home*. Da, der eine Hund darauf war schließlich auch nicht gerade groß! Bestimmt kaum größer als Bronko!

Wir trainieren nicht auf Leistung hin oder gar für Wettkämpfe, bei uns stehen Spaß und die Gesundheit der Hunde im Vordergrund!

Na, aber das passte doch prima!

Ich dachte kurz nach, dann ging ich zurück auf *Workshops und Preise*. Der Preis für den zweitägigen Workshop ohne Verpflegung und Übernachtung war horrend. Viel zu teuer. Unglaublich teuer sogar.

Ich schüttelte den Kopf, dann sah ich mir noch einmal das Foto von Dr. Nicole Frei an.

Doch, sie war es. Ganz bestimmt war sie es!

Ich holte tief Luft und schloss die Augen.

Nächstes Wochenende. Ich hatte einen ganzen Schwung Überstunden angehäuft. Neulich erst hatte mich der Abteilungsleiter gefragt, wann ich sie abzufeiern gedachte.

Meinen Kalender brauchte ich gar nicht erst herauszuholen, ich wusste auch so, dass ich nächstes Wochenende nichts weiter vorhatte – außer, mit Ida zu der leidigen Lesung zu gehen. Aber darauf konnte ich notfalls gern verzichten. Und vielleicht hatte Vanessa ja stattdessen Zeit, mit Ida und Anja hinzugehen. Ich grinste kurz in mich hinein, dann holte ich nochmals tief Luft und griff nach meinem Handy.

Es klingelte dreimal, dann nahm jemand ab. Mein Herz stockte. Eine sehr tiefe, sehr sonore Männerstimme sprach etwas Unverständliches in mein Ohr.

„Äh … hallo?“, fragte ich zögernd. „Spreche ich mit dem Dog-Center Zug?“

Der Mann lachte freundlich. „Ja, hallo!“, antwortete er mit kräftigem Schweizer Akzent. „Sicher, Sie sprechen mit dem Dog-Center Zug. Lüthi hier. Was darf ich für Sie tun?“

„Ich rufe an wegen des Agility-Workshops. Nächstes Wochenende. Ist da noch ein Platz frei?“ Ich stotterte fast und spürte, wie ich rot anlief. Gott sei Dank konnte mich niemand sehen. Und sie schon gar nicht!

„Ach, das ist fein, das müsste ich allerdings erst einmal erfragen. Da müsste ich mich zunächst einmal mit meiner Tochter besprechen, denn ich bin nicht, verzeihen Sie, auf dem neuesten Stand, und meine Tochter ist gerade auf Reisen und kommt erst morgen zurück. Darf ich Sie vielleicht zurückrufen?“ Sein Akzent klang, als ob er sänge. Sehr melodisch, tatsächlich, und erstaunlich gut zu verstehen.

„Ja, aber ich rufe aus Deutschland an“, sagte ich zögerlich.

„Haben Sie vielleicht eine Festnetznummer?“, sang Herr Lüthi vergnügt. „Das wäre doch etwas kostengünstiger.“

„Ja …“ Ich gab ihm die Nummer meiner Mutter und fragte mich im selben Moment, ob das nicht ein schwerer Fehler war. Egal, nun war es zu spät.

„Vielleicht lassen Sie mir schon Ihre Eckdaten da, dann geht es einfacher, sollte noch ein Plätzchen für Sie frei sein!“

Ich nickte und nannte Herrn Lüthi meinen Namen und meine Adresse, dazu noch Bronkos Namen, Rasse und

Alter (Mischling, ca. drei Jahre). Dann gab ich mir einen Ruck, bevor er zur Verabschiedung ansetzen konnte. „Sagen Sie, Ihre Tochter …" Ich holte tief Luft. „Die ist ja blond, nicht wahr?"

Herr Lüthi schwieg überrascht. „Jawohl", sagte er vorsichtig. „Meine Tochter ist blond, ja."

„Entschuldigen Sie, das klingt jetzt vielleicht dumm, aber ich wollte wissen – war sie vielleicht kürzlich in Norddeutschland?"

„Na, woher Sie das wissen!", rief er erfreut. „Sie ist ja sogar jetzt noch in Norddeutschland unterwegs und kommt erst morgen zurück! Kennen Sie sich?"

Eine warme Woge der Erleichterung überspülte mich. Das konnte kein Zufall sein. Sie war es tatsächlich. „Ja, sozusagen", sagte ich glücklich. „Also vielleicht … ach, egal, jedenfalls – Sie melden sich dann ja bei mir, nicht wahr?"

„Aber selbstverständlich", sagte er warmherzig. „Spätestens heute am Abend werden Sie von mir hören. Ich werde versuchen, meine Tochter gleich zu erreichen, und rufe Sie sehr gern zurück."

„Danke. Dann noch einen schönen Tag für Sie!"

„Für Sie auch", sang er sonor ins Telefon. „Auf Wiederhören!"

Ich legte das Handy beiseite, betrachtete noch einen Moment lang das Foto meiner Angebeteten, dann schaltete ich den Laptop aus und stand auf.

Ja, doch, sie war es!

Pfeifend sprang ich die Treppe hinunter. „Mutter!", rief ich. „Mutter, wollen wir noch mal spielen?"

Meine Mutter antwortete nicht, da sie immer noch draußen bei Millie stand, zusammen mit Herrn Gärtner. Schon durchs Fenster sah ich, wie er sie verliebt anstarrte, während sie ihm offenbar einen Vortrag hielt, worüber auch immer. Er hing mit Inbrunst an ihren Lippen, und ich nahm mir vor, bei einer eventuellen Begegnung mit Frau Dr. Frei darauf zu achten, dass ich nicht einen derart hingebungsvollen Ausdruck im Gesicht trug. Wenn überhaupt, dann sollte ich mir diesen für spezielle Gelegenheiten aufsparen. Aber auch damit musste man vorsichtig sein, das hatte mich die Erfahrung gelehrt. Manchmal konnte ein allzu hingegossener Blick beim Liebesspiel schließlich das jähe Aus bedeuten; alle Gefühle entglitten schlagartig, und plötzlich blieb nichts außer einer gelinden Form von Angewidertsein und einen Art Peinlichkeit, die auch bei späteren Begegnungen in unverfänglichen Situationen stets ansatzweise wiederkehrte.

Wen man auch nur ein einziges Mal beim Liebesspiel nicht mehr ernst nehmen konnte, der schied als Partner unwiderruflich aus.

Ha, aber so weit waren wir ja noch lange nicht, meine Frau Dr. Frei und ich!

Erst mal musste ich überhaupt einen Platz im Agility-Einsteigerworkshop bekommen.

Und bis dahin die Zeit überbrücken.

Beschwingt stapfte ich auf meine Mutter und Herrn Gärtner zu, der mir ein freundliches Grinsen zuwarf und sich dann wieder meiner Mutter widmete. Millie kaute gemächlich auf einer Mohrrübe herum und würdigte mich kaum eines Blickes, ganz im Gegensatz zu Bronko, der fröhlich auf mich zuhopste und mit seinem Ringelschwanz so etwas wie eine Pirouette zu drehen vermochte. Nachtragend war er also nicht, der Kleine.

Ich tat meinerseits ebenfalls so, als hätte ich ihn seit Ewigkeiten nicht mehr gesehen. „Bronko! Na, mein Guter! Wie geht es dir?“

Bronko sprang an meinen Beinen hoch und wedelte heftig. Ich tätschelte ihm eine Weile den Kopf, dann gesellte ich mich zu Herrn Gärtner und meiner Mutter. „Na, worüber redet ihr?"

„Über die Liebe", sagte meine Mutter, und Herr Gärtner lief augenblicklich puterrot an. Rasch bückte er sich und streichelte Bronko ausgiebig. „Nein, nein, wir reden über das neue Modegeschäft, das letzte Woche aufgemacht hat, gleich neben Brockmanns", stellte meine Mutter vergnügt richtig, und Herr Gärtner nickte erleichtert.

Ich fragte mich, was er wohl über ein Modegeschäft zu erzählen hatte, aber natürlich, so war es nun mal mit der Liebe – auch ich würde mit Sicherheit jedes auch nur erdenkliche Thema mit Frau Dr. Frei besprechen, nur um ihr nahe zu sein. Armer Herr Gärtner.

„Und, gefällt euch der Laden?", fragte ich aufs Geratewohl. Meine Mutter lachte.

„Mir schon, aber Herr Gärtner hat eigentlich keine Ahnung, wovon ich rede", sagte sie ungeniert. „Und das muss er ja auch nicht. Herr Gärtner kann seinen Overall ruhig noch ein paar Jährchen anziehen, aber ich brauche nun mal von Zeit zu Zeit ein neues Oberteil."

Herr Gärtner, der ganz offensichtlich nicht wusste, wie er diese Bemerkung einordnen sollte, machte ein ratloses Gesicht und lächelte nervös. „Aber irgendwann brauche ich ja auch mal einen neuen, wat", sagte er schließlich und drehte seinen Hut in den Händen. „Dann kann ich da ja mal gucken."

„Genau", sagte meine Mutter und drehte sich um. „Mach das, Günter. Vielleicht komm ich dann ja mal mit! Jetzt muss ich aber rein." Sie marschierte los, aufs Haus zu, und Herr Gärtner starrte ihr verdutzt hinterher. Ich konnte in seinem faltigen Gesicht lesen, dass ihm diese ruppige Drohung wie eine romantische Verabredung vorkam.

„Dann brauchen Sie aber ein dickes Fell", sagte ich und lächelte ihn aufmunternd an. „Meine Mutter kann sehr … wie soll ich sagen … sehr energisch sein. Eigentlich lässt sie andere Geschmäcker nicht unbedingt gelten."

Herr Gärtner streckte die Hand aus und streichelte Millie hinter einem ihrer großen grauen Ohren. Millie mampfte zufrieden auf ihrer Möhre und richtete ihre dichtbewimperten Augen nachdenklich auf mich. Für einen Moment.

„Aber Ihre Frau Mutter hat ja auch einen guten Geschmack", sagte Herr Gärtner mit einem nahezu ehrfürchtigen Gesichtsausdruck. „Dat muss ich wohl sagen."

Ich nickte halbherzig. Ja, er hatte recht, meine Mutter verfügte in der Tat über einen sehr stilsicheren, insbesondere eigenen Geschmack – ich hatte sie nie in biederer oder auch nur unauffälliger Kleidung gesehen wie die meisten anderen Frauen ihres Alters; meine Mutter bevorzugte farbenfrohe, lässige Kleidungsstücke, wie auch sehr junge Frauen sie trugen, nur eben in höheren Konfektionsgrößen. Aber das Einkaufen mit ihr war andererseits kein Vergnügen, das wusste ich aus Erfahrung. Gnadenlos und unbarmherzig sezierte sie körperliche Problemzonen und Unzulänglichkeiten. Ich mochte mir gar nicht ausmalen, was sie über Herrn Gärtners gebeugte Haltung, seinen flachen Hinterkopf und seine krummen O-Beine sagen würde.

Millie grunzte und sah mich immer noch an. Für einen Augenblick hatte ich den Eindruck, dass sie genau wusste, was ich gerade gedacht hatte. Ich fühlte mich ertappt und nickte ihr rasch zu, wie einem flüchtigen Bekannten, den man auf der Straße versehentlich übersehen hat und nun nachträglich grüßt.

„Und vielleicht", fügte Herr Gärtner in stiller Vorfreude hinzu, „vielleicht kaufe ich mir dann bei der Gelegenheit gleich noch ein Hemd und eine Hose. Wenn Ihre Frau Mutter mich berät, kann da ja nichts schiefgehen, wa?"

O Gott. Ich lächelte schief, dann nickte ich ihm zu. „So, ich muss nun auch wieder rein. Es wird frisch hier, nicht wahr?"

Herr Gärtner nickte mit einem entrückten Lächeln, dann bückte er sich und zog eine weitere Mohrrübe aus dem Eimer, der zu seinen Füßen stand.

Als ich mich an der Haustür umdrehte, sah ich, dass Millies dunkle Augen mir immer noch aufmerksam folgten.

Meine Mutter saß in der Küche am Tisch. Beim Anblick ihres verklärt wirkenden Gesichts spürte ich ein unangenehmes Kribbeln in meinem Nacken.

„Was ist denn?", fragte ich alarmiert. Meine Mutter legte das Telefon auf den Tisch, das sie in der Hand gehalten hatte, und lächelte vergnügt.

„Da hat ein sehr netter Herr gerade angerufen", sagte sie. „Der wollte dich sprechen. Der hatte eine sehr nette Stimme!"

Mein Herz fing an zu klopfen. „Was hat er denn gesagt?"

„Eine sehr nette Stimme, wirklich. Wo wohnen denn solche Leute? Mit solchen Stimmen?"

„Mutter! Was hat er gesagt!" Meine eigene Stimme klang viel zu laut, und meine Mutter runzelte missbilligend die Stirn.

„Was hast du denn auf einmal?", fragte sie. „Was ist denn los?"

„Ich will nur wissen, was er gesagt hat!", rief ich aufgeregt. „Mensch, Mutter, nun sag doch mal! Hieß er Lüthi?"

„Lüthi, genau! Das klingt aber komisch. Woher kommt er denn?"

„Aus der Schweiz!" Jetzt brüllte ich fast, und meine Mutter schüttelte den Kopf.

„Aber Britt! Was ist denn mit dir los? Du bist ja die ganze Zeit schon so komisch. So aufgeregt, das versteh ich gar nicht. Was hast du denn?"

„Nichts, Mutter!" Ich spürte eine Berührung an meinem Unterschenkel und sah hinunter. Bronko stand zu meinen Füßen, auf den Hinterbeinen, die Vorderpfoten erhoben. Wie ein Zirkushündchen stand er da und sah mich bittend an. Irgendwie überforderte mich das.

„Ist ja gut, Bronko", sagte ich, ein wenig ruhiger. „Aber, Mutter, jetzt sag schon, was genau hat er gesagt."

Meine Mutter setzte eine wichtige Miene auf. „Dein Herr Lüthi", sagte sie langsam, „dein Herr Lüthi hat mit dieser unglaublich schönen, warmherzigen Stimme gesagt, dass ich dir ausrichten solle, ein Platz in so einem Workshop sei noch frei und er habe dich nun vorsichtshalber eingetragen. Er schickt dir die Unterlagen zu. Und wenn noch etwas sein solle, dann sollst du zurückrufen."

Ich starrte sie an, dann ballte sich ein Jubelschrei in meiner Kehle, den ich nicht zu unterdrücken vermochte. „Yeah!", schrie ich, sprang hoch und stieß die Fäuste in die Luft. „Yeah! Juhu! Es klappt!"

Bronko verzog sich mit eingerollter Rute schnell unter dem Stuhl meiner Mutter, während sie mich mit erhobenen Brauen betrachtete.

„Was für ein Workshop ist das eigentlich?", fragte sie.

Ich ließ mich schwer atmend auf den Stuhl ihr gegenüber fallen. „Ein Agility-Workshop. Nächstes Wochenende."

„Agility?"

„Ja, das ist so ein Hundetraining."

Meine Mutter und ich sahen uns über den Tisch hinweg an. „Hundetraining?", fragte sie nach. „Da möchtest du hin, ja?"

Ich nickte. Frau Dr. Frei. Ich würde sie wiedersehen. In genau einer Woche. Sieben Tage. Siebenmal schlafen, dann würde ich sie wiedersehen!

„Und du trainierst da Hunde oder wie?", fragte meine Mutter.

„Was? Nein, ich … Ja, sozusagen." Ich lehnte mich zurück. „Also, genauer gesagt, das ist für Hunde und ihre Besitzer", sagte ich. „Da müsste ich dann … äh, da müsste ich mir dann mal kurz Bronko für ausleihen." Ich räusperte mich. „Nur für ein paar Tage." Ich bückte mich unter den Tisch, aber Bronko saß wie festgefroren unter dem Stuhl meiner Mutter und dachte nicht daran, zu meiner lockenden Hand herüberzukommen.

Als ich wieder hochkam, starrte meine Mutter mich immer noch an. „Bronko?", fragte sie. „Wozu denn das?"

„Na ja", murmelte ich. „Weil … weil es gut für ihn ist."

Meine Mutter kniff die Augen zusammen und musterte mich nachdenklich. Sie durchschaute mich. Natürlich durchschaute sie mich, auch wenn sie nicht genau wusste, was ich vorhatte. „Und darüber freust du dich so, ja?"

„Ach ja", sagte ich rasch. „In der Schweiz ist es einfach sehr schön." Ich konnte ihr nicht von Frau Dr. Frei erzählen. Auf gar keinen Fall. Sie würde mich nicht damit in Ruhe lassen. Weder jetzt noch in Zukunft. Meine Mutter besaß ein untrügliches Gespür für die wunden Punkte ihrer Mitmenschen, die ihrer eigenen Kinder natürlich allen voran. Wenn sie Unzulänglichkeiten wie die Unfähigkeit zu leichter Konversation und ausgeprägte Schüchternheit witterte, brachte sie diese unweigerlich auf den Tisch und stocherte so lange darin herum, bis ihr Gegenüber schutzlos und bar jeglicher Waffen vor ihr stand wie ein von einer Wolfsmeute umzingeltes und in die Ecke getriebenes zitterndes Reh. Sie war der Meinung, dass man sich seinen Unzulänglichkeiten unerbittlich stellen musste, um sie zu überwinden und loszuwerden.

Eins musste man ihr lassen: Auch mit sich selbst war sie in dieser Hinsicht gnadenlos.

Aber sie kannte auch keine Schüchternheit. Ich hatte sie nie verlegen erlebt, nicht ein einziges Mal in meinen dreiundvierzig Jahren.

Und jetzt … wenn sie wüsste, worum es mir eigentlich ging, würde sie mich so lange mit Vorschlägen der Kontaktanbahnung triezen, bis ich zusammenklappte und mich gar nicht mehr in den Workshop traute, aus Angst, vollends zu versagen.

„Aber Bronko ist doch mein Hund", sagte sie lauernd und legte den Kopf schief. „Da müsste doch dann eigentlich ich mit ihr so einen Kurs besuchen und nicht du."

Schockiert starrte ich sie an. „Was?"

„Na, Bronko ist doch mein Hund", wiederholte meine Mutter. „Vielleicht komme ich dann einfach mit. Wann genau ist der Kurs?"

Sprachlos saß ich da, dann schluckte ich. „Mutter!", sagte ich. „Du willst doch nicht im Ernst so einen Workshop besuchen! Da müssen die Hunde über Hindernisse springen und so. Das ist doch viel zu anstrengend für dich."

„Ich muss doch nirgendwo rüberspringen", sagte sie achselzuckend. „Das muss ja der Hund."

Ich schwieg konsterniert.

Meine Mutter sah mich ernst an, dann kicherte sie. „Ach, Brittchen, den Kurs überlasse ich gern dir. Guck du man ruhig zu, wie Bronko über irgendwas rüberspringt. Meinetwegen kannst du dann selbst noch hinterherspringen. Aber immerhin ist Bronko ja mein Hund. Und in der Schweiz war ich noch nie. Und wenn die Herren in meinem Alter da so nette Stimmen haben …" Sie lächelte versonnen. „Weißt du was? Ich komme mit! Ich muss mir schließlich auch mal was gönnen. Und wer weiß, wie lange ich noch reisen kann! Dir ist das doch recht, oder?"

Ich saß stumm da und sah meine Mutter an. Wenn meine Mutter sich für etwas entschieden hatte, dann führte kein Weg mehr zurück. Und jetzt hatte sie sich entschieden.

Ich würde Frau Dr. Frei wiedersehen.

Und meine Mutter kam mit.

Kapitel 3

Mutter! Kommst du?“ Meine Mutter betrachtete die dünne rote Fleecedecke mit einem Blick, den ich nur allzu genau kannte. „Mutter, lass sie liegen!“, flüsterte ich ihr zu. „Die brauchst du nicht!“

Meine Mutter legte die Decke wieder auf den Flugzeugsitz und sah mich missbilligend an. „Aber so eine hab ich noch nicht!“, begehrte sie halbherzig auf.

„Und die brauchst du auch nicht!“, zischte ich. „Los jetzt, komm doch bitte!“

Die Transporttasche mit Bronko darin schnitt mir in die Schulter, und ich wuchtete sie vorsichtig neu aus, während ich meiner Mutter den Vortritt ließ. Mühsam hievte sie sich aus der engen Sitzreihe in den Gang vor mir, legte sich umständlich ihren kleinen Rucksack um und ging endlich los. Ich warf den ungeduldig hinter mir Wartenden ein entschuldigendes Lächeln zu, dann folgte ich ihr.

Bronko ruckelte unruhig in seiner Tasche hin und her, und ich langte durch die kleine Öffnung am Kopfende und tätschelte seine Schnauze. Zum Dank nieste er mir direkt in die Hand.

Die Stewardessen verabschiedeten uns am Eingang mit einem freundlichen Lächeln, und ich sah genau, dass meine Mutter – als Entschädigung für den vereitelten Diebstahl der Decke – nicht nur eins der in rote Zellophanfolie verpackten Schokoherzen, die der lächelnde Steward am Ausgang feilbot, nahm, sondern gleich drei, die sie rasch in ihrem Rucksack verschwinden ließ. Ich schüttelte den Kopf.

Meine Mutter! So lange ich denken konnte, heimste sie überall alles ein, was sich ihr bot: Kugelschreiber in der Bankfiliale, Seifenstücke in Hotelzimmern, gelegentlich auch das eine oder andere Geschirrstück in einer Kantine oder einem Café. Nicht, dass es ihr an all diesen Dingen gemangelt hätte – nein, zu Hause hortete sie eine ganze Batterie von Seifenstücken, und mit den gesammelten Kugelschreibern meiner Mutter konnten noch ganze Generationen munter ihre Memoiren niederschreiben –, nein, vermutlich war das ein Erbe aus Nachkriegs- und damit Notzeiten. Auszutreiben war es ihr mit Sicherheit nicht mehr, aber gelegentlich gelang es mir doch, sie von dem einen oder anderen kleinen Diebstahl abzuhalten.

Eingepfercht in die Menge aus Geschäftsreisenden und Pendlern trotteten wir langsam durch die enge Fluggastbrücke Richtung Ausgang. Der Züricher Flughafen war sehr groß und sehr weitläufig, und bei früheren Gelegenheiten hatte ich schon gelernt, dass es wichtig war, den Anschluss an die anderen Reisenden nicht zu verpassen, sonst irrte man am Ende hilflos umher. Mit meiner äußerst neugierigen Mutter im Schlepptau war das allerdings kein leichtes Unterfangen.

Ich wuchtete die Tasche mit dem verwundert dreinblickenden Bronko darin auf einen Gepäckwagen und rieb mir erleichtert das Schultergelenk. Bronko mochte zwar nur fünf Kilo wiegen, aber gut eine Stunde fünf Kilo auf dem Schoß sitzen zu haben und dann um die Schulter gehängt, das war doch ein recht strapaziös. Meine Knie waren zwar einigermaßen gut gepolstert, aber die Jüngste war nun auch ich nicht mehr.

Ich beugte mich vor und lugte durch das dunkle Gitternetz in Bronkos braune, seelenvolle Augen, die mich leicht vorwurfsvoll anblickten. „Ist gleich vorbei, Dicker, jetzt noch das Gepäck abholen und fertig. Mutter?“ Ich richtete mich auf und blickte mich um. Einen Moment durchfuhr mich ein Anflug von Panik – meine Mutter war nirgends zu sehen. Was, wenn sie davonmarschiert war und ich sie nicht wiederfand?

Dann rief ich mich zur Ordnung. Meine Mutter war kein Kind mehr, sondern dreiundsiebzig Jahre alt und durchaus nicht senil, sondern in guter geistiger Verfassung. Sie mochte sich zwar verirren, aber abhanden kam sie gewiss nicht.

Und wenn … Für einen Moment durchfloss mich ein gelindes Gefühl der Erleichterung. Niemand, der mich zur Rede stellen würde, wenn ich ängstlich-verträumt vor mich hinstarrte und darüber sinnierte, wie ich Frau Dr. Frei gegenüber auftreten sollte: eher lässig-kühl oder freundlich-verbindlich? Für jedwede Variation hatte ich jedenfalls passende Kleidung dabei.

„Britt! Guck mal!“ Die Stimme meiner Mutter riss mich aus meinen Überlegungen. Sie stand direkt neben mir und zupfte mich am Ärmel, ein erfreutes Lächeln im Gesicht. In der anderen Hand trug sie einen Strauß Rosen.

„Was … was hast du denn da?“

„Na, Rosen!“

Jetzt entdeckte ich auch den etwas verwirrt aussehenden jungen Mann in einem dunklen Anzug, der ein Stück weiter hinter ihr stand. In der einen Hand trug er ein Schild mit der Aufschrift „Herzlich willkommen in der Schweiz!", in der anderen eine einzige übriggebliebene Rose, die er in diesem Moment einer vorbeieilenden Dame hinhielt. Sie aber schüttelte nur den Kopf und zog hastig ihren Rollkoffer hinter sich her in Richtung Gepäckausgabe.

„Und wieso hast du so viele?"

„Na ja", sagte meine Mutter und steckte die Nase in eine der Rosen, um genießerisch einzuatmen, „er hatte ja so viele und sah so müde aus, da hab ich gefunden, er kann mir doch gleich ein paar geben. Dann muss er auch nicht mehr so lange herumstehen."

„Aber, Mutter, wir müssen doch noch Zug fahren und alles. Willst du wirklich die ganze Zeit den Blumenstrauß mit dir herumschleppen?"

„Ach, Blumen wiegen doch nichts", sagte meine Mutter und sah sich neugierig um. „Wo müssen wir denn eigentlich hin?"

Die letzten Passagiere aus unserem Flugzeug waren schon längst über die nächste Rolltreppe verschwunden, und ich dirigierte meine Mutter vorsichtig in dieselbe Richtung. Seufzend hievte ich die Tragetasche mit Bronko wieder hinunter und ließ den Wagen stehen, um meiner Mutter schnell auf die Treppe zu folgen. Sie betrachtete interessiert die großformatigen Fotos an der Wand, die idyllische Landschaftsansichten der Schweiz zeigten.

„Das ist ja hübsch! Fahren wir da auch rauf?" Sie zeigte auf ein Foto des Matterhorns, das in strahlendem Sonnenschein aufleuchtete.

„Nein, Mutter, das ist das Matterhorn, und da fahren wir nicht hin. Das liegt ganz woanders."

„Ach. Schade. Und wo fahren wir noch mal hin?"

„Nach Zug."

„Ach!“

Wir waren am Ende der Rolltreppe angekommen, und sie griff mit ihrer freien Hand nach dem Geländer, um mit einem vorsichtigen Schritt auf den festen Boden überzusetzen. Es dauerte ein bisschen, und ich musste hastig rückwärts auf die nächsthöhere Treppenstufe hüpfen, um nicht mit ihr zusammenzustoßen. Allerdings stand dort schon jemand.

„Entschuldigung!“, sagte ich und sprang an meiner Mutter vorbei, die stehengeblieben war und interessiert einen Kleiderständer vor einer Boutique musterte.

„Oh, Britt, warte mal, da muss ich mal gucken!“, sagte sie erfreut und trat hinüber. Der Herr, den ich soeben unsanft nach hinten geschubst hatte, rettete sich mit einem behänden Sprung vor der nächsten Kollision und zog sein Köfferchen mit leicht grimmiger Miene rechts an meiner Mutter vorbei, die jetzt den Ständer erreicht hatte und mit einem gierigen Gesichtsausdruck begann, die feilgebotenen Oberteile zu prüfen.

„Mutter!“, sagte ich. „Komm jetzt, wir müssen das Gepäck holen!“

„Das läuft doch nicht weg. Hier, halt doch mal“, sagte sie, drückte mir den Rosenstrauß in die Hand – es waren bestimmt zehn Stück; wie in aller Welt hatte sie den jungen Mann dazu gebracht, ihr derart viele Rosen zu schenken, und dann auch noch in so kurzer Zeit? – und beugte sich herunter, um das Preisschild an einer dunklen Bluse mit Flatterärmeln zu studieren. „Was, 250 Euro?“

„Franken“, sagte ich. „Das sind Franken. Und Mutter, wir haben jetzt keine Zeit!“

„Aber ich möchte mir die Oberteile mal richtig ansehen!“

„Und Bronko möchte mal austreten“, sagte ich. „Komm, wir gehen weiter!“

Widerwillig ließ meine Mutter von der Bluse ab und folgte mir durch die lichtdurchfluteten Gänge zur Gepäckausgabe. Überall hasteten eilige Fluggäste durch die Gegend, ihre Koffer hinter sich herziehend, und aus den unauffällig an den Decken angebrachten Lautsprechern perlten sanfte Melodien, gelegentlich durchbrochen von mild vorgetragenen Durchsagen.

„Nie darf ich mir mal in Ruhe was angucken", murrte meine Mutter. „Dabei gibt es hier so schöne Sachen!"

„Du wirst dir noch genug Sachen angucken können, Mutter", versuchte ich sie zu besänftigen. „Schließlich bin ich morgen ja den ganzen Tag auf dem Workshop, da hast du genug Zeit. Unser Hotel liegt in der Stadtmitte, quasi direkt in der Fußgängerzone."

„Ja, aber ich gucke ja lieber mit dir zusammen", erklärte meine Mutter und sah sehnsüchtig zu einem weiteren kleinen Kleidergeschäft hinüber. „Wie viel sind denn eigentlich 250 Franken?"

Ich wechselte den Blumenstrauß in die andere Hand und steuerte auf das Gepäckband Nummer 3 zu, um das sich schon die anderen Passagiere unseres Fluges versammelt hatten. Die Ersten hatten schon ihr Gepäck in Empfang genommen und marschierten gen Ausgang, aber der große Rest bildete eine dichte Traube um das laufende Band. Dennoch konnte ich zwischen den Rümpfen und Beinen den leuchtenden Pinkton des Koffers meiner Mutter ausmachen. Ich drückte meiner Mutter den Rosenstrauß in die Hand, setzte Bronko in seiner Tasche ein wenig unsanft ab und bahnte mir einen Weg zwischen den Wartenden hindurch. „Entschuldigen Sie!", rief ich, aber die Umstehenden traten nur unwillig zur Seite. Als ich das Band endlich erreicht hatte, beschrieb der Koffer gerade einen eleganten Bogen zu meiner Linken und trudelte dann in unerreichbare Weiten davon.

„Britt? Hast du ihn?“, rief meine Mutter und reckte neugierig den Hals.

„Nein!“, rief ich unterdrückt zurück und lächelte verlegen in die Runde. Eine Frau mit sorgfältig in die Höhe frisierten Locken hob beide Brauen, ein dicklicher Mittvierziger mit einem Hertha-BSC-Fanschal um den Hals rülpste verstohlen in die Hand, der Herr neben ihm starrte jedoch mich ungnädig an. Und nach einem Moment erkannte ich in ihm den jungen Geschäftsmann, den ich vorhin auf der Rolltreppe so unsanft angestoßen hatte, und ich lächelte noch breiter, allerdings ohne Erfolg.

„Britt?“, rief meine Mutter hinter ihm und hob den Rosenstrauß, um mir damit zuzuwinken.

„Ja-ha!“, rief ich zurück und spürte, wie ich errötete. Die ältere Dame neben mir blickte mich vorwurfsvoll an, und ein Teenagerpärchen in flotten Sportklamotten kicherte hinter vorgehaltener Hand.

„Brittchen, wo ist denn der Koffer?“

„Er rollt!“ Eingepfercht zwischen all den anderen Passagieren klang meine Stimme in meinen eigenen Ohren überlaut.

„Was?“

Ich vermeinte zwischen dem leisen Stimmengewirr der Umstehenden ein Wuffen zu vernehmen, aber vielleicht hatte ich mich auch getäuscht. Hoffentlich.

Der Koffer trudelte langsam um die nächste Kurve, ruckte leicht an der Ladeluke, drehte sich einmal im Kreis und blieb hängen. Ich hielt die Luft an.

„Britt!“, rief meine Mutter drängend. „Was machst du denn da so lange?“

Ich ließ meinen Blick über das Laufband gleiten und entdeckte, dass meine eigene Reisetasche soeben an mir vorübergeglitten war. Energisch kniff ich die Augen zusammen und drängte mich so sanft wie möglich an den neben mir Stehenden vorbei. Unwilliges Brummen begleitete meinen Spießrutenlauf, aber endlich hatte ich meine Tasche erreicht, griff nach der Umhängeschlaufe und zerrte sie hastig vom Band. Wenigstens das war mir gelungen!

„Entschuldigen Sie", sagte jemand hinter mir in starkem Schweizer Akzent. „Aber ich glaube, das ist mein Koffer?" Er hob die Stimme am Ende und akzentuierte sehr deutlich, sodass ich ihn gut verstehen konnte. Verwirrt starrte ich auf die Tasche in meiner Hand. Tatsächlich, sie gehörte nicht mir; die Henkel waren nicht mit einer gummierten Zone verstärkt, sondern gänzlich aus Leder gefertigt.

„Oh", sagte ich. „Ach! Das tut mir leid." Ich überließ dem freundlich lächelnden Herrn die Tasche und drehte mich wieder zum Band um, auf dem soeben der pinkfarbene Koffer meiner Mutter vorbeisegelte.

Als ich mich einige Minuten später endlich zu meiner Mutter durchgekämpft hatte, mit ihrem Koffer in der einen Hand und meiner Tasche in der anderen, war sie allerdings nicht mehr dort, von wo sie mir zuletzt zugewinkt hatte. Nur die Hundetasche stand noch verlassen am Boden, mit Bronko, der traurig durch das Maschennetz starrte. Ich ließ Koffer und Tasche fallen und hockte mich vor ihn hin. „Dicker! Du arme Socke! Hat sie dich hier einfach stehen lassen?" Verärgert öffnete ich den Reißverschluss, klickte seine Leine ins Halsband ein und ließ Bronko hinausspringen. Er schüttelte sich kurz, warf mir einen leicht beleidigten Blick zu, fletschte seinen Unterbiss und trabte zu meiner Reisetasche hinüber, um sie ausgiebig zu beschnüffeln. Ich sah mich nach meiner Mutter um und entdeckte sie ein paar Meter weiter, eifrig ins Gespräch mit einer jungen Frau vertieft, die ein ganzes Bataillon Koffer im Zebradesign um sich herum aufgeschichtet hatte.

„Mutter!“, rief ich aufgebracht.

Meine Mutter warf mir nur einen kurzen Blick zu, lachte noch einmal mit der jungen Frau und kam schließlich zu mir herüber, den Rosenstrauß wie eine Trophäe vor sich hertragend. „Hier, halt doch mal bitte, Britt“, sagte sie und drückte ihn mir in die Hand. „Da bist du ja endlich. Das hat aber gedauert! Die Frau war sehr nett. Sie hat zwar komisch gesprochen, aber sie wollte wissen, wo ich den schönen Rosenstrauß her habe. Und ich wollte wissen, wo sie ihre Bluse gekauft hat. Aber ich habe den Namen vom Laden nicht richtig verstanden. Kannst du nicht noch mal nachfragen?“

„Nein, kann ich nicht. Und Mutter, du kannst doch Bronko nicht einfach so mitten in der Halle stehen lassen!“

„Ach, Gott, die nimmt doch keiner weg“, sagte meine Mutter und sah sich nach Bronko um.

„Den!“, sagte ich mürrisch. „Es ist ein Er!“ Ich konnte keinerlei Schuldbewusstsein in ihrer Miene entdecken. Natürlich nicht. Gegen derlei Anwandlungen war meine Mutter offenbar von Geburt an gefeit.

„Na gut, dann eben er. Und jetzt muss er ja auch nicht mehr pinkeln“, sagte sie und kicherte vergnügt.

Ich drehte mich alarmiert um. Bronko ließ soeben sein Bein wieder sinken und wedelte mich freundlich an. Schockiert starrte ich auf den gelblichen See, der sich über meine Tasche ausbreitete und wie in Zeitlupe an der Seite herunter auf den Boden lief.

„Na dann“, sagte meine Mutter, „dann können wir ja losgehen. Wann fährt denn der Zug?“

Den Zug nach Zug erreichten wir ohne weitere große Probleme. Bronkos Hinterlassenschaft hatte ich mit einer eilends aus dem Damen-WC geholten Klopapierrolle weggewischt, unter den wachsamen Augen der Wartenden am Gepäckband Nr. 4 nebenan. Unsere Mitpassagiere waren bereits mit ihren Gepäckstücken verschwunden, so hatte sich meine Schmach zumindest einigermaßen in Grenzen gehalten. Die Zebradame hatte meiner Mutter freundlich zugewinkt, und meine Mutter hatte genauso freundlich zurückgewinkt.

„Nett, diese Schweizer“, befand sie, nachdem wir uns in Bewegung gesetzt hatten. „Sie hat übrigens gesagt, sie kommt aus Schortschi und will nach St. Moritz. Wo liegt denn das, Schortschi?“

„Schortschi? Ich nehme an, sie meint Sotschi. Das liegt in Russland.“

„Ach“, sage meine Mutter verdutzt. „Da reden die dann also auch so komisch? Und deshalb hab ich den Namen vom Laden nicht verstanden. Ich kenne ja keine russischen Läden.“

„Schweizer Läden aber auch nicht“, stellte ich fest.

Aber meine Mutter schüttelte den Kopf. „Doch! *Calida*. Das ist auch ein Schweizer Laden. Da kann man schöne Schlafanzüge kaufen. Vielleicht ist hier ja …“ Sie blickte sich suchend um, aber ich fiel ihr ins Wort.

„Nein, Mutter. Hier nicht. Wir gehen jetzt schnurstracks zum Fahrkartenschalter und kaufen zwei Tickets nach Zug. Und da kannst du nach Herzenslust bummeln.“

Die Aussicht ließ meine Mutter verstummen, zumindest für den Moment.

An einem Geldautomaten zog ich ein dickes Bündel Schweizer Franken heraus und wanderte dann zielstrebig zum Fahrkartenschalter hinüber. Meine Mutter amüsierte sich sehr über den Angestellten, der mir die Fahrkarten verkaufte.

„Händ Si es Generalabo?“, fragte er in breitestem Schweizerdeutsch und starrte mich aufmerksam durch seine dicken Brillengläser an, die sich in der Trennscheibe zu spiegeln schienen.

Ich schob den Blumenstrauß ein wenig zur Seite. „Ein was, bitte?“

Er beugte sich vor. Meine Mutter hinter mir beugte sich ebenfalls vor. „Ein Generalabonnement?“, sagte er, diesmal auf Hochdeutsch, wenn auch mit starkem Schweizer Dialekt. „Oder wahlweise auch ein Halbtaxabonnement?“

„Äh, nein“, sagte ich ein wenig ratlos.

„Dann also ein gewöhnliches Billet?“

Meine Mutter kicherte.

Ich wedelte mit einer Hand nach hinten, um sie zum Schweigen zu bringen, und lächelte freundlich. „Ja, genau. Zwei gewöhnliche Billette, bitte.“

Hieß es womöglich Billets? Mein Schulfranzösisch war derart eingerostet, dass es mir nichts mehr nutzte. Für einen Moment fragte ich mich, ob ich für meinen Besuch hier in der Schweiz nicht noch mein Französisch etwas hätte aufpolieren müssen. Aber in Zug redete man doch wohl deutsch und nicht französisch! Dennoch, ein Hauch Unsicherheit blieb mir.

„Reh-Tour?“ Der Fahrkartenverkäufer sah mich erwartungsvoll an.

„Bitte?“

„Möchten Sie Reh-Tour oder eine einfache Fahrt?“, wiederholte er.

„Reh-Tour?“, wiederholte meine Mutter albern hinter mir.

„Mutter!“, zischte ich und lächelte dem Fahrkartenverkäufer freundlich zu. „Reh-Tour, bitte.“

„Sehr gern. Das macht dann 33,20 Franken, bittä!“

Ich blätterte ihm vierzig Franken hin und seufzte innerlich – der Ausflug würde wirklich teuer werden –, während ich das Wechselgeld einsteckte, dann fasste ich mir ein Herz. „Sagen Sie, in Zug spricht man doch kein Französisch, oder?“

Ein leicht spöttisches Lächeln zog über seine Lippen, und er lupfte seine Brille ein wenig höher und legte eine Kunstpause ein, bevor er mir antwortete: „Aber sicher, junge Frau, selbstverständlich sprechen wir in Zug auch französisch! In der gesamten Schweiz wird französisch gesprochen, das lernen wir bereits sehr früh in der Schule! Und nicht nur in der französischsprachigen Schweiz, sondern in der Gesamtschweiz! Wir sprechen überall französisch!“

Ich spürte, wie ich rötlich anlief, während ich den unsäglichen Rosenstrauß, der bereits ein wenig ramponiert aussah, verlegen in die andere Hand nahm. „Nein, also ich meinte …“

Er verstummte und sah mich mit gespitzten Lippen an, während er darauf wartete, dass ich meinen Satz zu Ende führte.

„Ach“, sagte ich rasch. „Schon gut, danke schön!“

Er nickte, höchst zufrieden mit sich, und blickte an mir vorbei zum nächsten Kunden, der hinter uns wartete. Ich raffte die Billets zusammen und drehte mich zu meiner Mutter um.

„Wieso redet der so komisch?“, flüsterte sie und griff Bronkos Leine fester. „Man versteht ja fast kein Wort!“

„Mutter, der Mann ist Schweizer!“ Ich steckte die Fahrkarten ein und griff nach meiner Reisetasche.

„Das klingt aber blöde, wie der redet. Der nette Herr am Telefon klang ganz anders“, sagte sie und ging los. Das heißt, eigentlich folgte sie Bronko, der sie an seiner Leine zielstrebig hinter sich herzog, zufälligerweise in die richtige Richtung. Ich beeilte mich, zu ihnen aufzuschließen.

„Das mag sein, Mutter. Aber beide sind nun mal Schweizer. Bei uns gibt es doch auch unterschiedliche Dialekte."

„Ja, aber dieser gefällt mir nicht. Wohin will Bronko eigentlich?"

„Nach Zug", sagte ich und griff an ihrer Hand vorbei, um Bronkos Rollleine zu arretieren. „Halt, Dicker!"

Als ich mich umdrehte, war meine Mutter stehengeblieben und schob einen Drehständer mit Oberteilen vorsichtig einmal im Kreis herum. Bronko setzte sich folgsam zu meinen Füßen hin, und ich betrachtete meine Mutter einen Moment lang, als sähe ich sie zum ersten Mal.

Sie war groß und ein wenig übergewichtig, wie die meisten Frauen ihres Alters. Dafür aber war sie durchaus ein wenig moderner angezogen – zum dunklen, langärmligen Oberteil trug sie eine schwarze Jeans, die ihre erstaunlich langen Beine betonte, geschnürte Lederstiefel und eine türkisfarbene Softshelljacke darüber. Ihr dünnes Haar hatte sie kurz schneiden lassen, es lag wie ein silbrig schimmernder Helm um ihren Kopf. Auf dem Rücken hing ihr kleiner, heißgeliebter Lederrucksack, den pinkfarbenen Rollkoffer sowie Bronkos Reisetasche hatte sie mir gnädigerweise überlassen.

Sie sah zwar aus wie eine Frau über siebzig, aber ihr Gesicht trug den Ausdruck eines neugierigen Kindes, das zu allen Schandtaten bereit war, vor allem aber dazu, sich ein schönes neues Spielzeug in Gestalt eines Oberteils auszusuchen.

Schon immer hatte ich die Vermutung gehabt, dass bei meiner Mutter – als ältestes Mädchen von sechs – das Spielen in Kinderjahren deutlich zu kurz gekommen war, das Vergnügen ohnehin, aber auch allfällige Bestätigung in

Form von Geschenken. Kein Wunder, dieses Schicksal teilte sie sicherlich mit den meisten Menschen ihrer Kriegsgeneration. Auf jeden Fall aber war ihr die Lust am Spielen und an Geschenken geblieben, und zwar in einem Maße, das deutlich über den Durchschnitt hinausging. Schon als Kinder hatten wir immer dafür gesorgt, dass meine Mutter zu Weihnachten und zum Geburtstag reich beschenkt wurde. Aber es war uns nie gelungen – und ich hatte den Verdacht, dass es überhaupt niemandem je gelingen würde –, auch nur annähernd auszugleichen, was ihr in Kinderjahren so massiv gefehlt hatte.

Meine Mutter beugte sich vor und begutachtete eines der Oberteile näher, und ihr zarter, leicht faltiger, vom Alter gebeugter Nacken sah für einen Moment derart ungeschützt aus, dass ich das dringende Bedürfnis verspürte, sie gegen alle Unbill der Welt zu beschützen.

Auch das würde mir nicht gelingen.

Dann hob meine Mutter wieder den Kopf und zog mit triumphierender Miene ein Oberteil vom Ständer, und der Eindruck war auch schon wieder verflogen. Sie drehte sich zu mir um und hielt einen dunkelgrünen Pullover mit Fledermausärmeln in die Höhe. „Britt!“, rief sie mit unternehmungslustig blitzenden Augen. „Guck mal! Wie findest du den?“

Für einen Moment stellte ich mir Frau Dr. Frei neben ihr vor. Beim besten Willen, es war mir nicht möglich.

Ich schüttelte langsam den Kopf.

Der Zug nach Zug war ziemlich eng und überfüllt, und es gelang mir nur mit Mühe, zwei Sitzplätze nebeneinander zu finden. Meine Mutter sah sich mit gerunzelter Stirn um, bevor sie den Gangplatz wählte. Ihr gegenüber hatte sich ein junger Mann mit den obligatorischen Kopfhörern auf den Ohren in den Sitz gelümmelt, zog aber brav die Beine an, als meine Mutter sich mit einem leisen Ächzen hinsetzte. Ich zwängte mich am Tischchen unter dem Fenster vorbei auf den Sitz und schob die Tasche mit Bronko darin auf meinen Knien in eine etwas bequemere Position, während ich den Rosenstrauß vorsichtig auf dem Tischchen abzulegen versuchte. Es gelang mir nicht ganz, im nächsten Moment fiel er auch schon herunter. Der junge Mann sah mich mit hochgezogenen Brauen an, bückte sich und hob ihn auf.

„Ach, danke schön!“ Ich nahm den Strauß wieder an mich und hielt ihn mit einer Hand fest, während ich die andere um Bronkos Tasche legte.

Bereits jetzt war ich schweißgebadet. Hoffentlich hatte ich genügend Kleidungsstücke dabei, um mich ausreichend oft umziehen zu können. Mir war schließlich sehr daran gelegen, den ersten Eindruck, den ich mit meiner nachlässigen Kleidung bei Frau Dr. Frei sicherlich hinterlassen hatte, wieder auszumerzen. Ich hatte nur gute Sachen dabei, Ida hatte mich beraten.

„Und wie lange müssen wir jetzt fahren?“, fragte meine Mutter und öffnete ihren Rucksack.

„Ungefähr eine halbe Stunde.“

„Ach“, sagte meine Mutter und guckte in ihren Rucksack. „Hast du eigentlich Phase 10 eingepackt?“

„Ja, Mutter. Aber dafür ist hier jetzt kein Platz.“

„Das sehe ich selbst“, sagte sie und fing an, in ihrem Rucksack zu kramen. „Wo hab ich denn eigentlich mein Strickzeug?“

„Das weiß ich doch nicht.“ Bronko verlagerte das Gewicht und schniefte, und ich ließ den Rosenstrauß vorsichtig wieder auf den Tisch sinken.

„Das ist hier aber auch nicht gerade seniorengerecht eingerichtet“, sagte meine Mutter und sah sich leicht missbilligend um, während sie den Rucksack wieder schloss.

„Es ist ja auch kein Seniorenabteil“, sagte ich leicht verärgert.

„Ach? Es gibt hier Seniorenabteile?“, fragte meine Mutter interessiert und sah sich neugierig um.

„Nein, Mutter. Die gibt es nirgendwo.“

„Warum sagst du das denn dann? Na, jedenfalls ist es hier nicht gerade seniorengerecht. Man kommt ja kaum die engen Treppen hoch, und die Sitze sind auch ganz schön durchgesessen. Aber egal“, sagte sie. „Ich kann ja froh sein, dass ich mitkommen darf.“

Im gleichen Moment klickte es aus den Lautsprechern oberhalb der Verbindungstür, und eine schnarrende Männerstimme rief: „Willkommen bei der SBB!“

„SPD?“, wunderte sich meine Mutter. „Gibt es die hier auch?“

„SBB, Mutter. Die Abkürzung für die Schweizerischen Bundesbahnen.“

„… genießen Sie Ihre Reise!“, schnarrte die Stimme. „Genießen Sie einen kulinarischen Zwischenstopp im SBB-Restaurant in der Zugmitte!“ Dann folgte dieselbe Durchsage noch einmal auf Französisch.

Meine Mutter sah mich nahezu erbost an. „Und was redet der jetzt?“

„Dasselbe wie gerade, nur auf Französisch.“

„Versteh ich nicht.“

„Du kannst ja auch kein Französisch.“

„Pah, aber du!“, sagte meine Mutter eingeschnappt, setzte eine undurchdringliche Miene auf und machte sich daran, die umsitzenden Fahrgäste genauer zu inspizieren. Ich selbst lehnte mich zurück und ließ meinen Blick über die vorbeiziehende Landschaft gleiten.

Flache, hellgestrichene Industriebauten säumten die lieblich daliegenden sanften Hänge der weitläufigen Hügel. „Bäder und Plättlis" stand in großen Lettern an einer Dachkante, die sich in der Sonne spiegelte, „Lindt und Sprüngli" an einer anderen, weiter hinten leuchteten helle Berggipfel in der Maisonne. Auf den Wiesen grasten träge mit den Schwänzen um sich schlagende Kühe, und selbst die auf den gut geteerten Straßen entlangsummenden Autos wirkten beschaulich.

Ach, was war die Schweiz schön! Ich war bislang zweimal hier gewesen, einmal in Zürich zu einem Kongress, einmal in Bern, mit Chantal, die sich zum Ziel gesetzt hatte, alle europäischen Hauptstädte der Reihe nach zu besuchen. Bern war, wie ich bei dieser Gelegenheit gelernt hatte, zwar keine Haupt-, sondern eine Bundesstadt, aber das tat nichts zur Sache.

Insgesamt hatte ich es mit Chantal zusammen nach Lissabon, Tallinn, Paris und, wie gesagt, Bern geschafft. Da allerdings hatte es pausenlos geregnet, und mir war der vom Hotel ausgeliehene Schirm am Brunnen vor dem Münster abhandengekommen, was Chantal nachhaltig geärgert hatte. Sie hatte mir dies Missgeschick mehrere Monate lang immer wieder vorgehalten, eigentlich bis zu unserer Trennung.

Ich seufzte wieder und betrachtete einen alten Wandersmann in zünftiger Kleidung mit Ledergamaschen, der zielstrebig am Straßenrand entlangschritt, bevor der Zug um eine sanfte Kurve bog und er außer Sichtweite geriet.

Beziehungen. Was tat man sich damit nur an?

Aber mit Frau Dr. Frei war es ja etwas anderes. Ich wollte sie einfach nur wiedersehen. Mehr erst mal nicht.

Mein Herz schlug schneller, als ich ihr Gesicht wieder vor mir sah. Diese Augen …

Eine Glocke ertönte aus dem kleinen Lautsprecher am Ende des Waggons, und eine zarte Männerstimme rief: „Thalwil. Nächster Halt Thalwil."

„Oh, sind wir schon da?", fragte meine Mutter und schloss rasch ihren Rucksack.

„Nein, dann kommt noch Baar, und dann Zug."

„Gibt es da eigentlich Berge?", fragte meine Mutter.

„In der Schweiz, Mutter, gibt es fast überall Berge."

„Nun tu mal nicht so eingebildet", sagte meine Mutter und sah mich vorwurfsvoll an. Dann beugte sie sich vor und blickte Bronko durch das Netzgitter freundlich an. „Na, mein Kleiner, bald sind wir da. Ich hoffe, es wird auch für dich schön in der Schweiz. Nicht, dass du pausenlos turnen und so was machen musst. Und das alles nur, weil Britt unbedingt in die Schweiz muss!"

Ich verdrehte die Augen. Der Zug verlangsamte sein Tempo und fuhr in den Bahnhof ein, und ich betrachtete die Fahrgäste, die mit gelassenen Mienen auf dem Bahnsteig herumstanden. Niemand schubste, niemand drängelte, ganz anders als in Oldenburg oder anderen größeren deutschen Städten. Man konnte sagen, was man wollte, aber die Schweizer waren wirklich ein sehr höfliches Völkchen. Wenn auch vielleicht etwas langsam.

Frau Dr. Frei allerdings nicht. Sie hatte überhaupt nicht langsam auf mich gewirkt.

Ein übler Geruch stieg mir in die Nase, und ich sah alarmiert zu Bronko hinunter. Er hechelte, so viel konnte ich durch das Netzgitter gut erkennen.

„Na, Dicker?", flüsterte ich. „Alles gut mit dir?"

„Es stinkt", stellte meine Mutter fest.

Der junge Mann gegenüber warf mir einen angeekelten Blick zu und drehte den Kopf zur Seite. Zwei junge Frauen, die gerade im Gang vorüberliefen, hielten sich die Nase zu.

„Warst du das, Brittchen?“, fragte meine Mutter und kicherte.

Ich verdrehte die Augen erneut, dann schloss ich sie einfach. Hinter meinen Lidern lächelte Frau Dr. Frei mich an und beugte sich näher zu mir.

Als der Zug hielt, hatten wir uns bereits mitsamt dem Gepäck und dem immer noch hechelnden Bronko zur Tür begeben. Neugierig sah meine Mutter aus den ungewöhnlich sauberen Fensterscheiben hindurch auf den blitzblank gefegten Bahnhof, auf dem nur einige wenige Fahrgäste auf unseren Zug warteten. Es war später Freitagnachmittag, und der größte Wochenendansturm war offenbar bereits vorüber. Oder vielleicht tickten in der Schweiz die Uhren auch anders, was wusste ich schon!

Ich wusste nur, dass ich in der Stadt angekommen war, in der Frau Dr. Frei lebte. Und dass ich sie schon morgen sehen würde.

Mein Herz schlug schneller, als sich die Türen mit einem Zischen öffneten und erstaunlich frische Luft hereindrang. Meine Mutter stieg auf den Bahnsteig und blieb augenblicklich stehen, um sich umzusehen. Ich lächelte einer älteren Dame entschuldigend zu, die sich mit hochgezogenen Brauen an meiner Mutter vorbeischob, dann stieß ich meine Mutter leicht mit dem Koffer an und drängte mich, als das nicht fruchtete, selbst an ihr vorbei, wobei ich die Tasche mit Bronko und meine eigene Reisetasche vorsichtig um sie herumbugsierte und gleichzeitig den Rosenstrauß ein wenig in die Höhe hielt, damit er nicht noch mehr litt.

Der junge Mann, der uns gegenübergesessen hatte, machte einen großen Satz an meiner Mutter vorbei, aber sie sah sich weiterhin ungerührt um.

„Komm", sagte ich. „Wir können hier direkt auf den Bahnhofsvorplatz, da fahren auch Busse."

Meine Mutter folgte mir über den Bahnsteig und eine weitläufige Treppe hinunter zum großflächig betonierten Vorplatz. Ich fand es erstaunlich kühl, und eine leichte Brise griff mir unter die Jackenärmel. Vorsichtig setzte ich die Tasche mit Bronko ab und öffnete den Reißverschluss. Bronko sprang hinaus und schüttelte sich, dann sah er sich suchend um und machte ein paar unsichere Schritte. Rasch klinkte ich die Leine in sein Halsband ein und stellte sie fest. Bronko sah mit einem fast gekränkten Ausdruck zu mir auf. Ich konnte ihn gut verstehen; weit und breit war kein Baum oder Busch in Sicht. „Schon gut, Dicker, wir machen uns gleich auf den Weg, und dann kannst du mal", sagte ich tröstend. Zur Antwort scharrte Bronko mit den Pfoten auf dem Beton, wie um ihn zu prüfen.

Meine Mutter drehte sich um und blickte an der verglasten Fassade des Bahnhofgebäudes empor, die von zwei großen Betonpfeilern flankiert wurde.

„Nicht gerade schön, das Ding", sagte sie und zuckte mit den Schultern. „Aber sonst", sie wies zu der Bahnhofstraße hinüber, die von vielen kleinen Geschäften gesäumt war, vor denen emsiger Betrieb herrschte, „aber sonst sieht das ja eigentlich ganz normal aus hier. Wie in einer ganz normalen Stadt."

„Das ist ja auch eine ganz normale Stadt", sagte ich und hängte mir die leere Hundetasche über die Schulter. „Was hast du denn gedacht?"

„Ich dachte, hier wohnen nur die Reichen, und hier gibt es nur Wolkenkratzer und riesige Bankgebäude", erläuterte meine Mutter und betrachtete die Dächer der Ladenzeile, die steil in den milden Nachmittagshimmel ragten. Ein paar Wolken schoben sich im Mailicht an den Dachfirsten vorbei, und das Sonnenlicht spiegelte sich in den gläsernen Schutzdächern, die den Passanten Schutz vor Regen und Wind boten. Vielleicht schützten sie aber auch vorrangig die Kleider und Wollknäule, die in Körben oder an Ständern vor den Schaufenstern auf Käufer warteten. Jetzt hatte meine Mutter die feilgebotenen Waren auch erspäht.

„Oh!“, sagte sie. „Guck mal, Britt! Da muss ich mal hin!“ Und schon marschierte sie los. Ich warf einen Blick zu Bronko hinunter, der mit hocherhobenem Ringelschwanz dastand und ihr hinterhersah, dann blickte ich mich vorsichtig um. Es schadete gewiss nichts, ein wenig die Bahnhofstraße hinunterzuflanieren. Wenn ich richtig sah, waren weiter hinten ein paar dürftige Büsche gepflanzt, an denen Bronko eventuell seine Notdurft würde verrichten können. Und vielleicht, ganz vielleicht hatte Frau Dr. Frei heute, am späten Freitagnachmittag, auch noch etwas in der Bahnhofstraße zu erledigen. Konnte doch sein!

Ich straffte die Schultern, warf einen prüfenden Blick an mir hinunter, dann wuchtete ich das Gepäck hoch und folgte meiner Mutter, mit geraden Schultern und hoch erhobenem Kopf.

Ich war nun in Zug. Ab jetzt hieß es, Haltung zu bewahren. Schließlich konnte mir jederzeit die Frau meines Lebens über den Weg laufen.

Meine Frau Dr. Frei.

Das Hotel, das ich nach längerem Abwägen für uns gebucht hatte, lag einen knappen Kilometer vom Bahnhof entfernt, zentral in der Altstadt und unmittelbar am Zugersee gelegen. Eigentlich hatte ich den Bus nehmen wollen, aber meine Mutter hatte sich an den vielen Geschäften entlang der Bahnhofstraße einfach nicht sattsehen können, sodass ich schließlich kapituliert und das Gepäck schnaufend hinter ihr her getragen hatte. Zum Glück hatte ich alle paar Meter, wenn meine Mutter einen neuen Laden genauer inspizierte, eine Pause einlegen können, und Bronko war auf diese Weise schließlich auch zu einem recht ausgedehnten Spaziergang gekommen. Bei den ersten Malen, wenn er wieder einmal an einem Laternenpfahl oder, schlimmer noch, an einem Verkaufskorb das Beinchen hob, versuchte ich noch, ihn unauffällig weiterzuziehen, aber nach dem vierten oder fünften Vorkommnis hatte ich es aufgegeben und sah einfach tunlichst zur Seite.

Auf diese Weise hatten wir uns zum Hotel vorgekämpft, und als wir schließlich vor dem vierstöckigen, nicht sonderlich attraktiv anmutenden Klotz standen, dämmerte es bereits über den Bergen, die rund um den still daliegenden See dahinter aufragten.

„Ach!“, rief meine Mutter und verstaute die Tüte aus recyclingfreundlichem Material, in der ein neuerworbener Schal steckte, umständlich in ihrem Rucksack. „Das ist aber hübsch hier! Guck mal, die Schwäne!“ Sie wies mit ihrer freien Hand auf ein hochmütig dreinblickendes Schwanenpaar, das sich soeben am ein paar Schritte entfernten Seeufer niedergelassen hatte.

Im selben Moment hatte Bronko sie offenbar auch entdeckt, denn er ruckte derart heftig an seiner Leine, dass sie mir aus den Fingern glitt. Laut kläffend und mit hoch erhobenem Ringelschwanz rannte Bronko auf die beiden Schwäne zu, die Rollleine mit ihrem Plastikgehäuse laut klappernd hinter sich herziehend. Die Spaziergänger an der nahen Seepromenade blieben stehen und sahen zu Bronko hinüber, der das Schwanenpärchen nun aufgeschreckt hatte und immer noch wild kläffend um sie herumsprang. Der größere der beiden Schwäne streckte den Hals vor und zischte laut und vernehmlich, bevor er seine riesigen Flügel ausbreitete und drohend hin und her schwenkte. Der andere, etwas kleinere Schwan nahm Anlauf und lief, ebenfalls zischend, auf Bronko zu, der jetzt erschrocken zurückhüpfte und um einen Mülleimer am Wegesrand herum flüchtete. Mit einem letzten Klappern wickelte sich der Leinengriff um den Fuß des Mülleimers, und Bronko wurde zurückgerissen. Die beiden Schwäne hatten ihn nun fast erreicht, und schockiert sah ich, wie ihre großen Schnäbel auf- und zuklappten, begleitet von einem grässlichen Zischen und Fauchen.

„Bronko! Warte!“, brüllte ich und rannte los.

Jemand rief etwas, meine Mutter schrie auf, Bronko quiekte durchdringend, dann, plötzlich, löste sich der Mechanismus der Leine und gab sie frei, und Bronko hüpfte noch weiter zurück. Im nächsten Moment war ein lautes Klatschen zu hören, als Bronko über den Rand der Promenade setzte und im Zugersee verschwand, während die Schnäbel der Schwäne dicht über der Stelle, wo er gerade noch an der Leine gezerrt hatte, die Mailuft zerhackten.

Der Größere der beiden richtete sich zu voller Gänze auf und streckte den Schnabel triumphierend in die Luft, während der andere Anlauf zu nehmen schien, um ins Wasser zu springen und Bronko endgültig den Garaus zu machen.

„Weg!“, schrie ich und wedelte heftig mit den Armen, während ich auf sie zustürmte. „Haut ab da!“

Aber noch bevor ich das Seeufer erreichte, sprang von der anderen Seite ein älterer Herr herbei und klatschte wie wild in die Hände, während er den beiden Schwänen mir unverständliche Befehle zurief. Eingeschüchtert traten sie den Rückzug an, und zu meiner großen Erleichterung sah ich hinter ihnen am nahen Seeufer Bronko auftauchen und wie wild mit den Pfoten paddeln.

„Dicker! Komm hierher!“, rief ich, kauerte mich am Rand der Seepromenade zusammen und griff nach der Leine, die sich bedenklich knapp über der Wasseroberfläche spannte. „Komm her!“ Vorsichtig begann ich sie einzuholen, kein ganz einfaches Unterfangen. Die Leine war feucht und glitschig vom Seewasser, und ich konnte sie nur mühsam heranziehen.

Bronko arbeitete sich heldenhaft auf mich zu, begleitet von den Anfeuerungsrufen der anderen Passanten, die sich um mich geschart hatten. Sein Gesichtsausdruck war äußerst angestrengt, und seine Paddelbewegungen waren eher krampfartig denn geschmeidig. Gut möglich, dass Bronko das erste Mal in seinem Leben zum Schwimmen gezwungen war, zumindest sah es ganz danach aus. Eine Welle von Mitleid durchflutete mich, und ich legte so viel Zuversicht in meine Stimme, wie es nur ging. „Halte durch, Dicker! Gleich hast du es geschafft!“

Wie in aller Welt war er in dieser kurzen Zeit so weit abgetrieben worden? Oder war er gar getaucht, auf der panischen Flucht vor seinen Verfolgern? Ich sah mich nach dem Schwanenpaar um, das uns jetzt die Hinterteile zugekehrt hatte und langsam über die Seepromenade davonzockelte. Ihr weißes Gefieder leuchtete in der Abenddämmerung, die sich langsam über die Seelandschaft zu legen begonnen hatte.

„Na also!“, rief der ältere Herr, der die beiden verscheucht hatte, griff neben mir nach unten und zog Bronko mit einem beherzten Griff aus dem Wasser.

Die Umstehenden, darunter mehrere Damen in beigefarbenen Übergangsmänteln, klatschten freudig. Ich vermeinte sogar, ein paar Bravorufe auszumachen, die sich in helle Mitleidslaute verwandelten, als Bronko sich zu schütteln begann und dann mit sichtlich beleidigter Miene an meine Knie drängte.

„Igittigitt, Dicker!“, rief ich und sprang auf. Bronko scheuerte seinen nassen Pelz an meinen Unterschenkeln entlang, die augenblicklich durchfeuchtet waren, dann schüttelte er sich erneut. Der ältere Herr klopfte ihm beruhigend den Rücken.

„Na, mein Kleiner, das war ja ein rechtes Abenteuer, was?“, sagte er in weichem, singsangartigem Ton. „Aber Schwimmen solltest du noch besser lernen. Und dass man diese weißen Gesellen in Ruhe lässt, unbedingt dazu!“ Er lächelte erst Bronko und dann mich unter seinem weißen Schnauzbart hervor an. Wenn ich nur ein Wort zur Verfügung gehabt hätte, um sein Gesicht mit der spitzen Nase, den hellblauen Augen und den buschigen Brauen darüber zu beschreiben, dann hätte ich mir auf jeden Fall gütig ausgesucht. Bronkos Retter sah genauso aus, wie ich mir einen typischen älteren Schweizer vorstellte: freundlich, gepflegt, vertrauenerweckend. Mir schien fast, als hätte ich ihn schon einmal gesehen. „Das ist ja gerade noch einmal gut gegangen, jö?“ Er nickte den Umstehenden zu, die sich unter beifälligem Gemurmel verabschiedeten und davonzogen. Bis auf meine Mutter, die sich inzwischen auch zu uns gesellt hatte und Bronkos Retter wie gebannt anstarrte. Am liebsten hätte ich sie angestupst, aber das ging nun auch nicht.

„Ja“, sagte ich. „Danke schön, vielen, vielen Dank!“

Er nickte erneut und tätschelte Bronko, der sich hingesetzt und begonnen hatte, sich den Bauch zu lecken. „Ja, ich habe Erfahrung mit Hunden und Schwänen. Früher hatte ich mal einen Foxterrier, was meinen Sie, wie oft ich den vor den Schwänen habe retten müssen! Ich hab schon einige Übung im Verscheuchen!" Er lachte fröhlich auf und musterte meine Mutter über den Rand seiner schmalen Lesebrille hinweg, die mir erst jetzt auffiel. Vielleicht war sie es, die Bronkos Retter so gütig aussehen ließ, denn sie verlieh seinem Gesicht etwas zugleich Distinguiertes wie auch Märchenhaftes. Für mich sah er aus wie ein gütiger Großvater aus einem von Grimms Märchen, wenn ich recht überlegte. Oder vielleicht gar wie Gottvater im Himmel?

Auf meine Mutter schien er aber eine ganz andere Wirkung zu haben, denn jetzt mischte sie sich in unser Gespräch ein. „Sie können aber auch noch ganz schön schnell laufen!", sagte sie beeindruckt. „Wie Sie da hingerannt sind, meine Güte, wie ein Zwanzigjähriger!"

Bronkos Retter sah meine Mutter leicht irritiert an, dann lächelte er und entblößte dabei eine Reihe sehr gerader, sehr weißer Zähne. Ohne hinzusehen, wusste ich, dass meine Mutter in diesem Moment vollkommen dahinschmolz. „Danke schön, sehr freundlich von Ihnen! Ich bin allerdings auch viel unterwegs. Meine Tochter hält ja einige Hunde, die bewegt werden müssen."

„Und das machen Sie als liebender Vater sicher gern!", sagte meine Mutter und lächelte ebenfalls, wobei auch sie ihre sehr geraden, recht weißen Zähne entblößte. Sie waren sehr teuer gewesen, daran konnte ich mich gut erinnern. Meine Brüder und ich hatten einiges dazu beigesteuert, vorletztes Weihnachten. Aber so richtig hatte meine Mutter sich nicht darüber gefreut. Das neue Brettspiel, bei dem man Zahlen in Reihe auf ein Brett platzieren musste, hatte ihr deutlich besser gefallen. Klar, das war ja auch etwas zum Spielen gewesen.

Bronkos Retter nickte zögerlich. Ob ihm gefiel, was er da vor sich sah? „Aber selbstverständlich, man tut, was man kann. Aber Sie haben ja auch einen Hund, den Sie sicher oft ausführen, wie ich sehe?“

Meine Mutter griff die Vorlage sofort auf. „Ja, genau! Aber Bewegung hält jung!“

Ich seufzte innerlich. Mutter!

„Allerdings, gnädige Frau! Ha, nun haben Sie einen ganz schlechten Eindruck von unserem schönen See bekommen, besonders du, was?“ Er nickte freundlich zu Bronko hinunter, der sich erneut schüttelte und zu den beiden Schwänen hinüberspähte. In seinem Blick lag etwas Abenteuerlustiges, und ich wickelte rasch die Leine vom Mülleimerfuß und nahm sie fest in die Hand. Doch bevor meine Mutter ihr Netz weiter um den edlen Retter spannen konnte, fand dieser wie von selbst den Ausweg.

„Darf ich fragen, ob das Ihr Gepäck ist, was ich dort hinten sehe?“

Alarmiert drehte ich mich um. Natürlich, meine Mutter hatte das Gepäck ohne jede Aufsicht vor dem Hotel stehen lassen, wo ich es vorhin eiligst abgestellt hatte, um dem armen Bronko das kurze Leben zu retten. Der Koffer meiner Mutter lehnte neben meiner Reisetasche, Bronkos Tasche war umgekippt und lag halb auf dem nun vollends zerfledderten Rosenstrauß. Eine leichte Brise trieb soeben einen Schwung Blüten davon, während ich noch hinsah. „Mutter“, setzte ich an, „du kannst doch das Gepäck nicht …“

„Darf ich Ihnen damit behilflich sein?“, bot Bronkos Retter freundlich an, und ehe ich freundlich abwehren konnte, nickte meine Mutter zufrieden.

„Gerne!“

Gemeinsam wuchteten wir das Gepäck in das Hotelfoyer, bevor sich unser neuer Bekannter freundlich von uns verabschiedete. „Sie sollten unseren schönen Zugersee jetzt aber nicht in so schlechter Erinnerung behalten“, sagte er und reichte erst meiner Mutter und dann mir höflich die Hand. „Ich empfehle Ihnen unbedingt auch eine Dampferfahrt rund über den See, das ist ein unvergessliches Erlebnis, das ich mir selbst mindestens einmal im Monat nicht entgehen lasse!“

Meine Mutter strahlte ihn an. „Ach“, sagte sie, „dank Ihres sportlichen Einsatzes werden wir den See ohnehin in bester Erinnerung behalten!“

Überrascht ob ihrer ungewohnt charmanten Art sah ich sie von der Seite an, aber meine Mutter hatte nur Augen für Bronkos Retter, der uns noch einmal grüßend zunickte und dann mit weit ausholenden Schritten die Halle verließ. Geräuschlos schlossen sich die gläsernen Türen hinter ihm, und meine Mutter seufzte auf.

„War das aber mal ein charmanter Herr! Und er hat so schön geredet – genauso wie der Mann am Telefon!“

„Das wird wohl daran liegen, dass beide hier aus der Gegend kommen“, sagte ich und blickte zu Bronko hinunter, der mit seinem nassen Fell nicht gerade glücklich wirkte. Er zitterte sogar, stellte ich fest.

„Guten Abend, die Damen!“

Ich blickte auf. Vor uns stand ein sehr junger und überaus höflich dreinblickener Hotelmitarbeiter in adretter Kleidung. Über dem weißen Hemd trug er eine Weste, darauf ein goldenes Namensschild: Enzo Caprese prangte in dunkel eingedruckten Lettern darauf.

„Haben die Damen ein Tuch für den Hund zur Hand oder darf ich Ihnen eines offerieren?“ Er lächelte und entblößte dabei ein ebenso strahlendes weißes Gebiss wie Bronkos Retter kurz zuvor. Entweder war das Zufall, oder aber es lag an der Örtlichkeit – Zug galt schließlich als das Schweizer Steuerparadies, da konnten sich sicherlich auch einfache Hotelfachleute perfekt aufgehellte Zähne leisten.

„Äh“, sagte ich verdattert. „Ich … ja, wir haben jetzt gar kein Tuch dabei, glaube ich …“ Jetzt erst sah ich, dass Bronko auf den glattpolierten Boden des Foyers tropfte. Als er neugierig wedelnd auf Enzo Caprese zulief, wurde auch die kleine Pfütze sichtbar, die er bereits hinterlassen hatte. Enzo Caprese trat einen Schritt zurück und lächelte leicht angestrengt. „Ich kann Ihnen gern eins bringen lassen, aber wir haben dort auch eine Auswahl besonderer Tücher …“ Er deutete auf eine gläserne Vitrine an der Wand, in der offenbar diverse Souvenirs ausgestellt waren: dünne Gläser mit dem Aufdruck des Hotelnamens, Bademäntel, Hausschuhe und eben auch strahlend weiße, dicke Handtücher, auf denen das weiß-blau-weiße Wappen der Stadt Zug prangte, mit einem goldenen Krönchen versehen. Ein bisschen stolz war ich ja auf mich, dass ich das wusste – immerhin hatte ich mich vorab eingehend über die Stadt und den Kanton Zug informiert, falls Dr. Frei mit mir darüber sprechen wollte. Das Wappen konnte ich freihändig aufmalen, aber es war ja auch nicht allzu schwierig.

„Ach, wissen Sie was? Ich nehme gern so ein Handtuch, das ist eine schöne Erinnerung!“, sagte ich.

Enzo Caprese nickte, und kurz darauf überreichte er mir auch schon ein wunderschön flauschiges Badehandtuch. „Sind Sie unsere Gäste?“, fragte er freundlich. „Darf ich das Tuch dann mit auf die Rechnung setzten oder zahlen Sie separat?“

Ich schluckte, als ich das Preisschild entdeckte, dann zwang ich mich zu einem Lächeln. „Auf die Rechnung“, sagte ich und ging in die Knie, um den verdutzten Bronko mit einem Handtuch im Wert eines Lebensmittelwocheneinkaufs tüchtig abzurubbeln. „Mutter, würdest du schon mal einchecken, bis ich Bronko wieder trocken habe?“

Ausnahmsweise einmal brachte meine Mutter keine Einwände ein und folgte Enzo Caprese zum Empfangstresen, von wo aus uns zwei junge Damen in dezenter, auf Enzo Capreses Uniform abgestimmter Kleidung die ganze Zeit über interessiert beobachtet hatten. Kurz bewunderte ich, dass es ihnen weiterhin gelang, ihr blendendes Lächeln zu halten, dann beugte ich mich grimmig wieder über den zitternden Bronko.

„Ich werde hier arm!", flüsterte ich verbissen. „Du musst auf jeden Fall morgen dein Bestes geben, Bronko."

Bronko sah mich an, dann verkrampfte er sich urplötzlich, würgte kurz und erbrach einen kräftigen Schwall Seewasser auf das teuerste Handtuch, das ich jemals erworben hatte.

Eine Viertelstunde später war meine Mutter immer noch nicht entschieden, welches der beiden Zimmer sie nun bewohnen sollte.

„Die Aussicht ist hier in diesem viel schöner", sagte sie und zeigte auf den nun fast in der Dunkelheit schimmernden See, der sich direkt vor dem Fenster erstreckte. Weit in der Ferne blitzten Lichter am gegenüberliegenden Ufer auf, und darüber vermeinte ich sogar weit oben zwischen den Wolken ein leuchtendes Kreuz auszumachen. „Aber in dem anderen finde ich das Badezimmer netter eingerichtet."

„Dann nimm doch das andere", sagte ich leicht entnervt und verlagerte das Gewicht auf den anderen Fuß.

„Aber hier steht der Fernseher irgendwie günstiger." Meine Mutter strich mit der Hand über die gediegene Kommode neben dem Bett. „Ach, ich kann mich nicht entscheiden. Und das Problem hätte ich ja gar nicht, wenn du ein Doppelzimmer genommen hättest. Wieso hast du überhaupt zwei Zimmer genommen? Kostet das nicht ein Heidengeld?"

„Ja“, sagte ich leicht vergrätzt. „Das kostet ein Heidengeld. Aber wir sind nun mal in der Schweiz. Da kostet alles ein Heidengeld.“

Meine Mutter sah mich forschend an. „Du hättest aber auch einfach nur ein Doppelzimmer nehmen können.“

„Hätte ich. Hab ich aber nicht. Ich wollte eben, dass wir es bequem haben.“ Ich musste ihr ja nicht auf die Nase binden, dass ich es unmöglich gleich drei Tage mit ihr in einem Zimmer aushalten würde. Außerdem brauchte ich meine Ruhe, um nachdenken zu können. Darüber, wie ich mich verhalten sollte, wenn ich auf Frau Dr. Frei traf. Und darüber, wie ich mich dann, wenn ich auf sie getroffen war, weiter verhalten sollte. Und überhaupt brauchte ich ohnehin ein eigenes Zimmer. Vielleicht wollte ich ja auch noch Besuch empfangen, wer wusste das schon?

„Wir könnten es auch in einem Doppelzimmer bequem haben“, sagte meine Mutter und ließ sich rücklings aufs Bett fallen, um probeweise darauf zu wippen. „Das Bett ist sehr bequem. Aber die Schweizer sind ja auch bekannt für ihre Bettwaren.“

„Ach ja?“ Das war mir neu. Ungeduldig sah ich mich nach Bronko um, der Schritt für Schritt die Zimmerwände und Einrichtungsgegenstände inspizierte. Er sah wieder einigermaßen trocken aus, aber dafür roch das Handtuch, das über meinem Arm hing, ziemlich unangenehm nach brackigem Seewasser und nassem Hund. Außerdem hatten sich ein paar Algenstücke oder dergleichen in den langen Fasern verfangen. Ich hätte es gern endlich aufgehängt, aber meine Mutter konnte sich ja partout nicht entscheiden. „Also, Mutter, entscheide dich!“

Meine Mutter verdrehte die Augen und sackte nach hinten. Mit ausgebreiteten Armen und geschlossenen Augen blieb sie auf dem Bett liegen, das noch sanft nachfederte. Das Blut gefror mir in den Adern.

„Mutter!“ Entsetzt sprang ich auf sie zu. „Mutter, was ist?“

Meine Mutter schlug die Augen auf, kicherte und setzte sich wieder aufrecht hin. „Ich habe mich entschieden“, sagte sie. „Ich nehme dieses Zimmer. Das Bett ist wirklich sehr bequem!“

„Guten Tag!“, rief ich lässig. „Ja, ich bin es wieder! Lange nicht gesehen, was?“ Mein eigenes Gesicht starrte mich an, zu einer grinsenden Grimasse verzogen.

Ich trat einen Schritt vom Spiegel zurück und seufzte. Das ging gar nicht. Viel zu steif!

„Hallo! Erkennen Sie mich?“

Nein, das ging auch nicht. Wenn sie mich nicht sofort erkannte, war es peinlich, und wenn sie mich erkannte, dann würde ich es ja hoffentlich gleich merken. Also noch mal.

„Hallöchen, Frau Dr. Frei! Überraschung!“ Meine Stimme kippte. Wie jämmerlich das klang! Und mein angestrengter Gesichtsausdruck dazu, diese Kombination würde aber auch jede potenziell Interessierte unverzüglich in die Flucht jagen.

Nein, nein, nein, ich musste ganz anders vorgehen. Einfühlsam, weltgewandt, behände. Und taktisch gesehen war es sicher klug, wenn ich meinen Namen gleich im ersten Satz unterbrachte – falls sie sich tatsächlich nicht sofort an ihn erinnern sollte. So etwas kam ja vor, leider.

Ich straffte die Schultern, lächelte meinem Spiegelbild aufmunternd zu und trat wieder einen Schritt nach vorn. „Hallo, Frau Dr. Frei – mein Name ist Mai-Britt Potönke. Wir haben uns erst kürzlich in Meppen gesehen, als Sie dort Dr. Gerdes vertreten haben. Ich war mit dem Hund meiner Mutter dort, mit Bronko, der noch einige Impfungen erhalten …"

Nein, das war zu lang.

„Hallo, Frau Dr. Frei! Mai-Britt Potönke mein Name. Sie erinnern sich vielleicht – neulich in Meppen war ich mit meinem Hund Bronko bei Ihnen in der Vertreterpraxis!"

Herrgott. *Vertreterpraxis!* Als hätte sie Staubsauger feilgeboten.

Ich lächelte noch mal, diesmal schon deutlich schwächer, aber sicherlich auch weniger aufdringlich. „Hallo! Mai-Britt Potönke. Und das ist Bronko. Wir waren neulich in Meppen bei Ihnen in der Praxis bei Dr. Gerdes."

Das ging doch, oder? Jetzt musste nur noch Bronko mitspielen.

„Bronko? Dicker?"

Ich drehte mich um. Bronko lag direkt hinter mir auf dem weichen, dicken Teppich mit Paisleymuster und betrachtete mich aufmerksam.

„Warum bist du eigentlich nicht bei Mutter im Zimmer geblieben?", fragte ich nachdenklich. Bronko klappte seine fransigen Ohren nach vorn. „Du bist doch ihr Hund. Aber eigentlich sollte ich mit dir auch noch ein bisschen üben. Pass auf: Sitz!" Ich hob den Zeigefinger, der, wie ich einmal gelesen hatte, die freundliche Autorität des Hundebesitzers darstellen und eigentlich bei jedem Hund funktionieren sollte, aber Bronko blieb liegen und starrte mich weiterhin interessiert an.

Ich klatschte in die Hände und ging in die Hocke. „Bronko!", rief ich. „Los, hoch mit dir! Du sollst sitzen!"

Bronko legte den Kopf leicht schief. Ich presste beide Handflächen auf den Boden und wischte darauf herum, in der Hoffnung, Bronko auf diese Weise zum Aufstehen zu bewegen. Bronko wedelte zart mit seinem Ringelschwanz und ließ den Kopf auf die Vorderpfoten sinken.

„Bronko!", flüsterte ich eindringlich. „Los, mach doch mal Sitz! Neulich konntest du es doch noch!" *Sitz, Platz und Bleib müssen vom Hund beherrscht werden, und auch das Abrufen und Mitlaufen sind wichtig.* Das waren schließlich die Voraussetzungen für die Teilnahme am Agility-Workshop. Ich hatte sie mir genau gemerkt.

Mein Handy vibrierte, und gleich darauf erklang der Klingelton *Nostalgia*. Ich sprang auf, und Bronko tat es mir gleich. Gemeinsam liefen wir zum Nachttisch hinüber, auf dem ich mein Handy abgelegt hatte. „Hallo, Ida!"

„Na, altes Haus? Gut angekommen in der schönen Schweiz? Wie ist das Hotel?"

„Bestens, alles gut."

„Das ist fein. Und, wie macht sich denn deine Mutter?"

„Meine Mutter? Wie soll sie sich schon machen?" Ich ließ mich rücklings aufs Bett sinken. Es federte angenehm nach, und plötzlich spürte ich, wie müde ich war. Und gleichzeitig ...

„Na, schon aufgeregt?"

Ida. Die alte Nervensäge! „Keineswegs. Wieso?"

Ida lachte vergnügt. „Du musst locker bleiben. Einfach locker bleiben, dann geht das schon klar. Du siehst doch super aus, hast tolle Klamotten dabei ..."

„Ja, die du ausgesucht hast!"

„Ja, eben! Da kann dann sowieso fast nichts mehr schiefgehen. Und wenn du nun nur noch ein bisschen locker daherkommt, wird deine Angebetete deinem Charme nicht entfliehen können. Hast du dir schon überlegt, was du sagst, wenn du ihr begegnest?"

„Klar."

„Und was?"

„Ida! Du glaubst doch nicht im Ernst, dass ich jetzt vor dir vorspreche wie vor einer Schauspielprüfung!"

„Dreimal vor in einem Satz, Britt, das klingt nicht gut", belehrte mich Ida. „Vielleicht solltest du doch lieber noch mal Probe sprechen. Nicht, dass dir das vor deiner Dr. Frei passiert: *Darf ich mich vorsichtig vor Ihnen vorstellen? Mai-Britt Potönke mein Name.*" Sie kicherte albern.

„Sehr witzig." Ich drehte mich halb zu dem zerfledderten Rosenstrauß um, dessen vergangene Pracht in der weißen Vase, die mir vorhin ein Zimmermädchen gebracht hatte, erst so richtig zur Geltung kam. „Du warst auch schon mal einfühlsamer, Ida."

„Na gut, na gut", sagte sie und riss sich zusammen. „Nun sag doch mal, bist du gut vorbereitet? Kopf hoch, das wird schon! Du wirst einen super Eindruck machen!"

Ich grunzte. „Aber Bronko kann nicht mal sitzen", sagte ich kläglich und betrachtete Bronko, der sich zu meinen Füßen zusammengerollt hatte.

„Wieso? Hat er sich was getan?"

„Nein, ich meine, er kann nicht auf Befehl sitzen. Er kann eigentlich gar nichts auf Befehl. Jedenfalls wüsste ich nicht, was."

Ida überlegte. „Hmm. Aber ist der Workshop denn nicht dazu da, dass er was lernen soll? Ich meine, dann ist es doch okay, wenn er vorher nichts kann. Die Hunde, die da hinkommen, können bestimmt alle nichts."

„Meinst du?" Ich zupfte ein Blütenblatt von einer Rose, und zum Dank fielen die übrigen hinunter aufs Bett und den Boden. „Mist!"

„Alles okay?", fragte Ida.

„Jaja." Ich bückte mich und klaubte die Blütenblätter vorsichtig auf.

„Nun gut. Schade, dass du heute Abend nicht mitkommst. Vanessa ist auch ganz traurig darüber."

„Wieso?", sagte ich mürrisch. „Sie hat doch meine Eintrittskarte."

„Ja, aber sie hätte lieber dich als deine Karte, denke ich."

„Beides geht aber sowieso nicht. Entweder sie hat meine Karte, oder ich sitze selbst im Publikum. So, und jetzt muss ich mich weiter vorbereiten." Ich hielt mir die Rosenblüten an die Nase, aber sie rochen nach nichts.

„Ach ja, und wie?"

„Im Stadtplan noch mal nachsehen, wie genau ich morgen früh dahin komme. Die Klamotten rauslegen. Für meine Mutter einen Plan machen, wie sie den Tag allein gestaltet. Und den Sonntag dann auch." Mein Herz schlug wieder schneller bei der Vorstellung. Morgen! Und Sonntag! Zwei Tage lang hatte ich Zeit, mich bei Frau Dr. Frei gut einzuführen. Das sollte doch mit dem Teufel zugehen, wenn mir das nicht gelang!

„Na, dann viel Spaß", sagte Ida. „Ich richte Vanessa deinen Gruß aus und dass du dich freust, sie bei anderer Gelegenheit einmal wiederzutreffen."

„Ich denk gar nicht dran!", sagte ich trotzig und schob den Rosenstrauß ein wenig weiter vom Bett weg. Ein weiterer Schwung Blütenblätter schwebte herunter und verteilte sich auf dem Boden.

„Also: lässig bleiben!", sagte Ida. „Oh, es klingelt! Das wird Anja sein. Also, ich muss jetzt los!"

„Viel Spaß", sagte ich und legte auf. Dann schloss ich für einen Moment die Augen.

Was war das noch mal für eine Lesung, zu der mich Ida unbedingt hatte mitschleppen wollen? Ich konnte mich nicht recht erinnern. Aber es hatte mich auch nicht groß interessiert, wenn ich ehrlich war. Ich hatte die ganze Woche nur einen Gedanken im Kopf gehabt. Oder besser, ein Bild – das von Frau Dr. Frei.

Ein schrilles Glockengeläut ganz in der Nähe ertönte, und ich schrak heftig zusammen und riss die Augen wieder auf. Auch Bronko hatte die Augen geöffnet und die Ohren gespitzt.

Nach einem Moment erkannte ich, woher das Geläut rührte: Das Hoteltelefon auf dem Schreibtisch am Fenster klingelte. Mein Herz machte einen Satz. Vielleicht … hatte sie vielleicht … Ich hechtete zum Telefon hinüber und stolperte fast über Bronko, der sich in der Zwischenzeit mitten auf dem Teppich ausgestreckt hatte, die Vorderbeine nach vorn ausgestreckt, die Hinterbeine nach hinten, genau wie ein Eisbärfell.

„Potönke?“, rief ich aufgeregt in den Hörer. Einen Moment blieb alles still, dann hörte ich ein Kichern.

„Britt, bist du das? Warum schreist du denn so?“

„Mutter“, sagte ich enttäuscht und ließ mich wieder rücklings aufs Bett plumpsen. Ein Schwall Rosenblätter flog in die Luft und schwebte langsam wieder herunter. „Was ist denn?“

„Ich habe herausgefunden, wie man von Zimmer zu Zimmer telefonieren kann“, sagte sie hochzufrieden. „Und sag mal, wollen wir nicht bald essen gehen? Ich habe schrecklichen Hunger.“

„Meinetwegen“, sagte ich und sah auf meine Uhr. Halb sieben. Noch dreizehn Stunden, dann würde mein Wecker klingeln. Noch vierzehneinhalb Stunden, dann würde ich sie wiedersehen. „Ich hole dich gleich ab, Mutter. Mit Bronko natürlich.“

„Darf sie denn mit ins Restaurant?“

„Er, Mutter. Es ist ein Er. Und bestimmt darf er mit.“

„Das Essen schmeckt komisch“, sagte meine Mutter und beäugte kritisch eine Zuckererbsenschote auf ihrer Gabel. „Die hier ist ja noch fast roh!“

„Sie hat noch Biss, Mutter, das ist alles!“

Meine Mutter brummte in sich hinein, steckte sich die Schote in den Mund und kaute mit angewiderter Miene darauf herum, als hätte sie eine Kakerlake zu essen bekommen. Ich musste grinsen, und sie warf mir einen griesgrämigen Blick zu, während sie als Nächstes ein Stückchen Kartoffelgratin aufspießte.

„Und es ist auch viel gesünder so, Mutter. Guck mal, das Essen bringt einen auch dazu, dass man nicht so schlingt.“

„Pfff!“ Meine Mutter schüttelte unwirsch den Kopf. „In unserer Familie schlingen alle, das war schon immer so. Und hier ist ja auch gar nichts zu schlingen. Von den Portionen kann ja höchstens ein Vögelchen satt werden!“ Sie betrachtete grimmig das winzige Rotbarschfilet auf ihrem Teller, dann stach sie mit Inbrunst hinein.

Ich hatte mir schon gedacht, dass die mediterrane Küche den kulinarischen Ansprüchen meiner Mutter nicht ganz gerecht werden würde. Aber wir waren so erschöpft von der Reise – und ich derartig aufgeregt, dass wir einfach mit dem nächstbesten Restaurant direkt an der Seepromenade vorliebgenommen hatten. Mir hatten meine hausgemachten Gnocchi mit gedörrten Tomaten, schwarzen Oliven und Artischockenherzen an einer sämigen Weißweinsauce gut geschmeckt, aber ich musste zugeben, dass ich unter normalen Umständen auch nicht satt davon geworden wäre. Nur hatte ich ohnehin keinen großen Hunger. Seit Tagen nicht.

Ich ließ meinen Blick durch den Raum schweifen. Das äußerst gut besetzte Restaurant war sehr minimalistisch eingerichtet, Stahlmöbel, dunkle Holztische, vereinzelt die eine oder andere Grünpflanze zur Dekoration, hie und da auch eine große, gerade vor sich hin brennende Kerze. Die blitzsauberen Panoramafenster boten einen wunderbaren Ausblick auf den Zugersee, der jetzt vollständig im Dunkeln lag. Ich seufzte innerlich. Das Ambiente war wirklich gelungen, aber es hatte auch seinen Preis.

Aus dem Augenwinkel bemerkte ich, wie der Kellner in seinem dunklen Anzug an unseren Tisch heranschlich und sich dabei bemühte, nicht auf Bronko zu treten, der sich schon seit Beginn unserer Mahlzeit direkt vor dem Tisch aufgebaut hatte und hoffnungsvoll abwechselnd zu mir und zu meiner Mutter aufsah. Der Kellner beugte sich lächelnd zu meiner Mutter, eine Hand auf dem Rücken verborgen. „Alles in Ordnung bei der Dame?"

Meine Mutter sah erschrocken hoch und studierte sein nach hinten pomadisiertes Haar einen Moment lang verdutzt, dann zuckte sie mit den Schultern. „Na ja", sagte sie. „Geht so. Ich finde … also ich finde, es schmeckt."

„Das freut mich!", sagte er mit ungerührter Miene. „Darf ich Ihnen denn noch etwas bringen?"

„Wie, kann man noch einen Nachschlag kriegen?", fragte meine Mutter hoffnungsvoll, und ich musste kichern.

Der Kellner warf mir einen verwirrten Blick zu und bemühte sich um ein freundliches Lächeln. „Ich kann Ihnen gern noch ein weiteres Gericht bringen", sagte er. „Oder vielleicht wählen Sie auch ein Dessert aus der Karte?"

„Ach", sagte meine Mutter, jetzt ihrerseits irritiert. „Ich glaube, ich muss mal gucken … also, jetzt erst mal nicht! Nee, danke. Aber ich bekomme noch ein Wasser."

„Gern, die Dame."

Ich konnte mir nur mit Mühe ein Grinsen verkneifen, als der Kellner nickte und vorsichtig den Rückzug antrat. „Mutter", flüsterte ich. „Das sagt man hier nicht!"

„Was?“

„Ich bekomme ein Wasser. Man sagt: ‚Ich hätte sehr gern ein Wasser‘ oder ‚Es wäre schön, wenn Sie mir ein Wasser brächten‘ oder so. Aber nicht: ‚Ich bekomme ein Wasser.‘“

„Wieso nicht?“ Sie starrte mich verständnislos an, schob sich das letzte Stück Fisch in den Mund und legte Messer und Gabel auf dem Teller ab.

„Weil das unhöflich klingt. Und die Schweizer sind ein ausgesprochen höfliches und freundliches Volk.“

„Ja, das ist mir auch schon aufgefallen“, sagte meine Mutter und beugte sich hinunter, um Bronko den Kopf zu tätscheln. „Der Herr heute am See, der mir den Koffer reingetragen hat, der war ja sehr nett! Und er hat auch so schön gesprochen. Genau wie der Herr am Telefon. Wunderschön!“ Einen Moment lang schwärmte sie offenbar in Gedanken inbrünstig vor sich hin, dann sah sie wieder mich an. „Woher weißt du das denn eigentlich? Dass man das nicht sagen darf?“

Ich zuckte mit den Schultern. „Na ja, ich war ja schon ein paar Mal hier.“

„Ach? Mit wem?“

„Einmal geschäftlich. Und einmal mit Chantal.“

„Chantal! Die hat dich doch nur ausgenutzt“, sagte meine Mutter. „Und ganz verrückt gemacht hat die dich auch. Wie ein Häschen bist du hinter ihr hergesprungen und hast Männchen gemacht, wenn sie nur gepfiffen hat!“

„Mutter!“ Ich blickte mich rasch um, ob jemand mitgehört hatte, aber das ältere Paar am Nebentisch sah sich unsterblich verliebt in die Augen, und die Truppe junger Leute am Tisch daneben hob gerade fröhlich die Gläser, um anzustoßen. „Was redest du da?“

„Ist doch wahr. In der Liebe hattest du jedenfalls bislang kein Glück, jedenfalls nicht so richtig. Man darf den Leuten aber auch nicht hinterherrennen, Britt. Sonst denken sie, sie können sich alles erlauben. Willst du was gelten, mach dich selten! Und vielleicht sparst du dich ja noch für die Richtige auf. Hihi!“ Sie lachte auf und nahm einen Schluck Wasser.

Stumm vertilgte ich meine letzten beiden Gnocchi, dann schob ich meinen Teller zur Seite. „Mutter“, sagte ich mit fester Stimme. „Ich spare mich nicht auf. Und vielleicht gibt es die Richtige auch gar nicht. Man kann ja nur ausprobieren, ob es klappt.“

„Oh, doch, die Richtige gibt es! Dein Vater war jedenfalls der Richtige für mich. Auch wenn er mich oft total aufgeregt hat mit seiner sturen Art.“ Meine Mutter schüttelte den Kopf. „Nie wollte er ausgehen oder mal tanzen, immer nur zu Hause hocken und seine blöden Funkgeräte ausprobieren. Aber alles in allem hatten wir eine gute Ehe, muss ich sagen. Dein Vater war ein guter Mensch. Und besonders gut an ihm war, dass er mich ertragen hat.“ Sie lächelte mich vergnügt an, und für einen Moment konnte ich in ihrem Gesicht die junge Frau von einst erkennen, die mit meinem Vater am Timmendorfer Strand über den heißen Sand um die Wette gerannt war. Sie hatte seinen Heiratsantrag erst angenommen, als sie ihn eingeholt hatte. Kaum zu glauben, wie schnell meine heute leicht rundliche und arthrosegeplagte Mutter in jungen Jahren hatte laufen können!

Wie ich in ihrem Alter wohl aussehen würde? Und gäbe es dann jemanden, über den ich sagen könnte, dass wir eine gute Ehe geführt hatten?

„Ich wollte noch mit dir den Plan für morgen festlegen“, sagte ich.

Meine Mutter schüttelte den Kopf. „Das brauchen wir nicht. Ich mach einfach, wozu ich Lust hab. Weißt du, Britt, das ist ja das Schöne am Witwendasein: Man kann einfach machen, wozu man Lust hat, ohne auf irgendwen Rücksicht nehmen zu müssen. Es hat eben alles seine Vor- und Nachteile."

Ich gab dem Kellner ein Zeichen, und kurz darauf brachte er auch schon die Rechnung. Mit zusammengebissenen Zähnen schob ich unauffällig einen Hundertfrankenschein in die Mappe und klappte sie schnell zu, bevor meine Mutter hineinsehen konnte. Dann stand ich auf und half ihr in ihre Jacke.

„Tja, die Schweiz ist wirklich sehr teuer", sagte sie und nickte dem Kellner huldvoll zu, während wir zum Ausgang gingen. „Morgen zahle ich unser Essen. Aber hundert Franken gebe ich nicht aus, das sag ich dir gleich!"

Ich seufzte ergeben. Schon als Kind war es mir kaum gelungen, irgendwelche Geheimnisse vor meiner Mutter zu verbergen. Wie sie es anstellte, wusste ich bis heute nicht, aber auf eine erstaunlich zuverlässige Art gelang es ihr immer wieder, den Dingen auf den Grund zu gehen. Und wenn dieses Ding auch nur aus einem Hundertfrankenschein bestand.

Draußen wehte eine sanfte Brise kühle Seeluft herüber, und Bronko schnüffelte interessiert an jeder einzelnen Blumenrabatte auf dem Weg zum Hotel. Ich sah auf die Uhr. Noch zwölf Stunden. Mein Magen zog sich zusammen.

„Vielleicht ist deine Frau Dr. Frei ja die Richtige", sagte meine Mutter fröhlich neben mir.

Ich blieb stehen und drehte mich ruckartig zu ihr um. Woher in aller Welt wusste sie das? „Aber … wieso …"

„Denkst du, ich hab keine Ahnung? Natürlich weiß ich, dass du nicht in die Schweiz fährst, um so einen komischen Hundekurs zu besuchen!", sagte meine Mutter mit blitzenden Augen. „Nein, das passt doch gar nicht zu dir! Und dann auch noch mit meinem Hund!"

Wir sahen beide zu Bronko hinunter, der in diesem Moment das Beinchen hob und ein paar Tröpfchen an eine noch blütenlose Staude sprenkelte. Dann sah er zu uns empor und schob seinen Unterbiss vor.

„Aber ich hoffe, er lernt vielleicht doch was", sagte meine Mutter. „Vielleicht, wie er den Mund richtig zukriegt. So, jetzt wollen wir aber endlich eine Runde Phase 10 spielen, oder?"

Kapitel 4

Am nächsten Morgen stand ich schon um kurz nach halb zehn mit Bronko an der angegebenen Adresse. Der Rothusweg Nummer 5 lag in Fußweite des Hotels, das hatte ich am Vorabend noch einmal im Internet und auch auf der Karte, die mir der freundliche Enzo Caprese überreicht hatte, überprüft. Ich hatte knapp zehn Minuten gebraucht, um den flachen, weißgestrichenen Bungalow zu erreichen, vor dem ein schmuckloses Metallschild den Namen des Unternehmens verkündete: „Dog-Center Zug. Inh. Dr. N. Frei."

Mein Herz klopfte schneller, während ich die quadratischen Fenster betrachtete. Bis zur Scheibenmitte hochgezogene Papierrollos verwehrten mir zwar die Sicht ins Innere, aber ich konnte zumindest erkennen, dass kein Licht brannte. An der rechten Seite des Hauses, unter den weit ausladenden Ästen einer frisch ergrünten Douglasie, parkte ein fast neuer Golf, links wartete ein Fahrradständer auf seine Benutzung. Neben der Tür blühte eine Magnolie, und Vogelgezwitscher erfüllte die milde, aber dennoch leicht schneidende Luft. Von den Bergen, die am Ende der

Straße aufragten, schien ein kalter Luftzug herüberzuwehen, und ich fröstelte leicht in meiner dünnen Softshelljacke.

Das Dog-Center schien in einem einfachen Einfamilienhaus untergebracht zu sein, das sich kaum von den anderen Häusern in der Straße unterschied. Ob sich dahinter ein Garten verbarg, in dem Bronko und die anderen Hunde dann nachher ihre Übungen vollführen würden, konnte ich nicht erkennen.

Komisch, irgendwie hatte ich mir so ein Dog-Center anders vorgestellt. Weitläufiger vielleicht, und auch ein wenig nüchterner. Zumindest von außen.

Zweifelnd betrachtete ich meine immer noch nagelneu aussehenden Nike-Schuhe, neben denen sich Bronko artig niedergesetzt hatte. Hätte ich besser festeres Schuhwerk anziehen sollen, Wanderstiefel vielleicht? Die trugen die Leute hier überall, auch im Restaurant, das war mir schon aufgefallen. Enzo Caprese hatte zwar keine getragen, und der Kellner gestern auch nicht, aber sonst fast alle, denen ich bislang begegnet war, auch der Kioskbesitzer, bei dem ich auf dem Weg einen Schokoriegel und eine Flasche Mineralwasser für umgerechnet zusammen sechs Euro erstanden hatte. Ein ganzes Volk in Wanderschuhen. Sehr mobil und outdooraffin, die Schweizer. Ob ich als mittlerweile eingefleischte Städterin da würde mithalten können?

Zwei piepsende Meisen flogen an mir vorüber, und ich sah die Straße hinunter und wieder hinauf. Kein Mensch in Sicht, nur am Ende der Straße bog gerade ein blitzender Mercedes in die Hauptstraße ein und hinterließ eine kleine Abgaswolke. Es war zwar Samstag, aber allmählich musste doch jemand von den anderen Teilnehmern kommen, oder nicht?

Vorsichtig faltete ich die Anmeldung zum Workshop auseinander, die Herr Lüthi mir postalisch zugeschickt hatte, und studierte die Uhrzeit. Doch, zehn Uhr! Der Workshop hieß „Du und dein Hund: Partner im Zwiegespräch“ – ein seltsamer Titel eigentlich für einen Agility-Workshop – und würde bis siebzehn Uhr dauern, inklusive eineinhalb Stunden Mittagspause mit Kaltverpflegung.

„Grüezi!“

Bronkos Leine ruckte, und ich sah erschrocken auf. Bronko war aufgesprungen und beschnüffelte wedelnd die Schnauze eines riesigen Berner Sennenhundes, der sich vor uns aufgebaut hatte. Hinter ihm lächelte mich ein älterer Herr mit einem Wanderhut auf dem Kopf freundlich an.

„Das gseht aber luschtig uus ond passt jo uusgezeichnet zäme. Gross ond chly! Es cheibe schööns Böud, meinet Si need?“

Ratlos sah ich in das lächelnde Gesicht. „Entschuldigung?“

„Ah, Sie kommen nicht aus der Schweiz!“ Er schnalzte mit der Zunge und zog sanft an der Leine, als sein Hund Anstalten machte, Bronko zu besteigen. „Ich sagte nur, dass die beiden hier sich gut verstehen!“

„Aber ja“, erwiderte ich zweifelnd. Bronko wich nach hinten aus, als der riesige Berner Sennenhund nun spielerisch eine Pranke auf seinen kleinen Rücken legte und ihn dabei fast zu Boden drückte.

„Mäxli, naaa!“ Mäxlis Besitzer zog ihn ein Stückchen nach hinten, und Mäxli bäumte sich fiepsend auf. Bronko schnappte ängstlich nach ihm und verzog sich hinter meine Beine. „Sind Sie vielleicht auch heute beim Workshop dabei?“, erkundigte sich Mäxlis Besitzer. „Das wird sicher sehr schön. Ich war schon dreimal zu Gast, allerdings bei anderen Workshops, dieser ist ja neu im Programm. Ich habe viel erfahren. Und die Frau Dr. Frei ist eine wunderbare Frau!"

„Ja", sagte ich schnell. „Ja, das ist sie!"

„Ich geh schon einmal mit Mäxli hinein!" Er nickte zufrieden und musterte mich wohlwollend, während Mäxli sich aufbäumte. „Kommen Sie mit?"

„Danke, nein, ich bleibe noch ein wenig an der frischen Luft." Ich nickte ihm freundlich zu und beobachtete, wie Mäxlis Besitzer sich bemühte, seinen riesigen Hund zum Eingang zu locken. Mäxli drehte und wand sich nach Kräften an der Leine und versuchte, zu Bronko zurückzugelangen, der seinerseits mit gefletschten Zähnen hinter meinen Beinen die Stellung hielt. Ich war mir nicht sicher, ob die beiden eine gute Kombination abgeben würden, aber wenn nötig, dann würde ich mich eben von Mäxli und seinem Herrchen fernzuhalten versuchen.

Ich sah zu, wie Mäxlis Besitzer klingelte und umständlich die Wanderschuhe auf dem Fußabtreter reinigte. Mein Herz schlug schneller, als sich kurz darauf die Tür öffnete, aber es war nicht etwa meine Frau Dr. Frei, sondern offenbar ein älterer Herr, soweit ich durch den Türspalt erkennen konnte, der Hund und Herrchen hineinwinkte. Dann schloss sich die Tür hinter den dreien, und ich atmete auf und sah zu Bronko hinunter.

„Na, Dicker? Das kann ja heiter werden." Bronko sah leicht verstört aus, und ich bückte mich, um ihm tröstend den kleinen Schädel zu kraulen. „Sitz!", flüsterte ich. Bronko schielte zu mir auf, dann setzte er sich brav auf sein Hinterteil, und ich atmete erleichtert aus. Also hatte das halbstündige Üben gestern Abend vor dem Einschlafen doch noch genützt! Platz und Bleib hatten zwar nicht geklappt, auch das Abrufen nicht, aber mitlaufen konnte Bronko ganz gut. Das musste reichen.

Ich spürte, wie Bronko sich unter meiner Hand verspannte, und sah auf. Drüben am Dog-Center standen zwei Frauen mit ihren Hunden an der Tür; eine von ihnen hatte einen Schäferhund dabei, die andere einen Labrador, und eine dritte, die einen lethargisch vor sich hinschlurfenden Königspudel an der Leine hinter sich herzog, kam soeben dazu.

Bronko und ich sahen reglos zu, wie sich die Tür öffnete und die drei ungleichen Gespanne eintraten. Dann sah Bronko zu mir auf, und in seinen Augen meinte ich dieselbe Sorge zu lesen, die mich gerade beschlich. Vorsichtig zog ich die Anmeldung aus der Tasche und faltete sie erneut auseinander.

Nein, von einer vorgeschriebenen Größe oder Rasse des teilnehmenden Hundes stand dort kein Wort.

„Es macht nichts, wenn du der einzige kleine Hund bist", sagte ich tröstend und tätschelte Bronko erneut den Schädel. „Das ist egal. Auf die Größe kommt es nicht an."

Von links näherte sich ein Kombi, parkte mit Schwung am Straßenrand ein, und heraus stieg ein junger, sportlicher Mann in Wetterjacke und Wanderschuhen, der behände um den Wagen herumlief, die Heckklappe öffnete und mit einem Pfiff einen schwarzen Riesenschnauzer herausspringen ließ.

„Si-itz!", rief er. „Und blaaa-ib!" Er schloss die Klappe, eilte zur Tür des Dog-Centers und klingelte, während der Hund wie festgewurzelt sitzen blieb. Die Tür öffnete sich, und der junge Mann drehte sich zu seinem Hund um. „Komm hi-ier, Rufus!"

Rufus' riesige Pfoten scharrten über den Asphalt, als er lossprintete und mit ein paar Sätzen zu seinem Herrchen hinübersprang, um sich sofort wieder folgsam zu setzen. Erst auf Zuruf stand er wieder auf und schritt geziert hinter dem jungen Mann ins Haus, und die Tür fiel hinter ihnen zu.

Ich wechselte erneut einen Blick mit Bronko und seufzte. „Macht nichts, Bronko", sagte ich und versuchte, Zuversicht und Stärke in meine Stimme zu legen. Dann sah ich auf meine Uhr. Fünf vor zehn. Es wurde Zeit. „Wollen wir mal, Dicker?"

Bronko sah mich zweifelnd an, und ich holte tief Luft. Dann ruckte ich kurz an der Leine, und Bronko folgte mir widerstrebend über die still daliegende Straße zum Eingang.

Mein Herz klopfte wie verrückt, als ich die Hand ausstreckte und klingelte. Aus dem Haus war leises Stimmengewirr zu hören, dann näherten sich Schritte. Ich straffte die Schultern.

Die Tür ging auf. Ein mir erstaunlich vertrautes Gesicht sah mich freundlich durch den Türspalt hindurch an.

„Nanu? Das ist ja eine Überraschung!" Bronkos Retter blickte von mir zu Bronko hinunter, dann reichte er mir die Hand. In der anderen trug er ein Klemmbrett und einen Stift. „Guten Tag!" Verdutzt reichte ich ihm meine. Nach einem festen Händedruck bückte er sich, um Bronko kurz hinter den Ohren zu kraulen, was Bronko mit einem leichten Wedeln quittierte. „Na, das ist aber wirklich ein Zufall. Dicker, da bist du ja wieder!" Bronkos Retter kam wieder hoch und lächelte mich freundlich an. „Na, das hätten wir gestern ja wissen müssen, was? Sie kommen zum Workshop?"

Ich nickte, immer noch sprachlos.

„Kommen Sie doch herein!" Er machte die Tür weiter auf, und Bronko zog mich förmlich in die geflieste, weißgestrichene Diele hinein. Das Stimmengewirr wurde lauter, durchsetzt mit leisem Fiepen und Winseln.

„Lüthi, mein Name. Ich habe ja gestern ganz versäumt, mich vorzustellen! Möchten Sie ablegen?", fragte er und nahm mir postwendend meine Jacke ab. „Darf ich Ihren Namen wissen?"

„Potönke. Britt Potönke." Meine Stimme klang kratzig, aber ich konnte sie kaum hören, so sehr rauschte mir das Blut in den Adern.

„Potön-kche?" Er sah auf sein Klemmbrett.

„Ja. Potönke."

„Potönkche, ja?"

Ich seufzte innerlich. „Ja, genau", sagte ich ergeben. Meinetwegen auch so. Mein Name war für Schweizer Landsleute offenbar unaussprechlich. Vor allem das K schien große Probleme zu bereiten.

„Fein", sagte Herr Lüthi und notierte etwas.

Angestrengt sah ich mich um. Mehrere Türen gingen vom Flur ab, nur die letzte war weit geöffnet, und durch den Spalt hindurch sah ich Mäxli, der wie wild mit der Rute wedelte und zur rechten Seite hin zog, hin zu etwas, das außerhalb meiner Sichtweite lag. Sein Herrchen saß auf einem Stahlrohr-Schwingstuhl dahinter und versuchte krampfhaft, den Berner Sennenhund festzuhalten, während er sich mit jemandem zu seiner Linken unterhielt, den ich nicht sehen konnte.

„Ach! Dann hatten wir sicher zuerst telefoniert", überlegte Herr Lüthi. „Sie sind ja die Dame aus Deutschland, richtig? Frau Potönkche und … äh, und Dicker, ja?" Er lächelte freundlich, sah dann aber zweifelnd auf sein Klemmbrett nieder. „Ich hatte hier aber einen anderen Hund auf der Anmeldung notiert …"

„Er heißt ja auch in Wirklichkeit nicht Dicker, sondern Bronko", beeilte ich mich zu sagen. „Ich nenne ihn nur manchmal Dicker."

„Ahaha!", lachte Herr Lüthi und notierte etwas auf seinen Unterlagen. Dann wies er zum Ende des Flurs. „Mit Ihnen sind wir vollzählig. Bitte sehr, nehmen Sie doch bitte Platz, meine Tochter kommt dann gleich."

Ich starrte ihn verstohlen an. Seine Tochter – Frau Dr. Frei war also seine Tochter? Ähnlich sahen sie sich nicht, aber das musste nichts heißen. Ich sah meinem Vater ja auch nicht ähnlich. Meiner Mutter allerdings auch nicht.

„Und was macht Ihre Frau Mutter an diesem schönen Maitag?", fragte Herr Lüthi, während er mich und Bronko den Flur hinuntergeleitete. „Mit ihr hatte ich dann ja kürzlich telefoniert, was? So etwas! Hätte ich das bereits gestern gewusst! Mochte sie denn heute nicht mitkommen?"

„Nein, meine Mutter wollte ein wenig durch die Altstadt bummeln."

„Das ist fein. Da gibt es ja auch viel zu sehen!"

„Ja", sagte ich nervös. „Und Agility ist auch nichts für sie. Sie ist ja nicht mehr ganz so beweglich."

Herr Lüthi blieb ruckartig stehen und drehte sich zu mir. „Oh!", sagte er, und sein Mund bildete ein perfektes kleines O unter dem sorgfältig gekämmten Schnauzbart. „Aber dies hier ist ja auch nicht der Agility-Workshop", sagte er mit gerunzelter Stirn. „Der wird ja von der Maria Baumgartner geleitet, der Gründerin des Dog-Centers. Es ist ihr letzter Kurs, da haben viele noch einmal die Gelegenheit genutzt, mitzutun." Er sah mich zweifelnd an. „Nur in diesem Workshop war noch etwas frei. Aber das hatte ich doch Ihrer Frau Mutter telefonisch mitgeteilt … Hatte Ihre Frau Mutter Ihnen das denn nicht ausgerichtet?"

„Äh …" Ich blieb ebenfalls stehen, und Bronko sah verwirrt zu mir hoch. „Nein, hat sie nicht. Was … was ist denn das jetzt stattdessen hier für ein Workshop?"

„Das ist der Workshop ‚Du und dein Hund: Partner im Zwiegespräch'. Der Titel müsste allerdings auch auf dem Anmeldeformular vermerkt sein?" Er runzelte die Stirn. „Darf ich Ihre Anmeldung eventuell einmal sehen? Nicht, dass ich da etwas Falsches …"

„Nein, das … das stimmt schon", sagte ich nervös. „Das steht auch drauf. Ich dachte nur … Ich dachte nur einfach, das wäre der Titel des Agility-Workshops." Meine Stimme versickerte. Herr Lüthi sah mich betroffen an, während ich im Stillen meine Mutter verfluchte und zugleich krampfhaft versuchte, die Folgen dieses Missverständnisses abzuschätzen.

Was hieß das nun? War das gut oder schlecht? Musste Bronko jetzt etwa andere Fähigkeiten vorweisen als Sitz auf Befehl und Mitlaufen? Oder gar ich selbst?

„Was … äh, was bedeutet das denn?", fragte ich kläglich. „Ich meine, sind wir denn für diesen Workshop überhaupt geeignet, Bronko und ich?"

Herr Lüthi sah mich an, mit einem Hauch Ungeduld in seinen großen braunen Augen. „Aber ja", sagte er gnädig. „Das auf jeden Fall, liebe Frau Potönkche. Die Kommunikation, das Zwiegespräch mit dem eigenen Hund ist ja so wichtig wie das Gespräch mit dem Lebenspartner. Und in gewisser Weise ist der Hund ja auch ein Lebenspartner! Es stünde jedem Menschen, der mit Hunden lebt, gut an, einmal so einen Workshop zu besuchen. Sie werden ganz neu auf Bronko schauen – und er auf sie." Er blickte mit einem Ausdruck unendlicher Weisheit zu Bronko hinunter, der seinerseits mit vorgeschobenem Unterbiss zu ihm aufsah, einen leicht verständnislosen Ausdruck in seinen braunen Kulleraugen, die, vielleicht bedingt durch die Position, ein wenig hervorzustehen schienen. „Meine Tochter hat den Workshop ganz neu konzipiert, einen Workshop zu diesem Thema hat es so ja noch nie gegeben. Und ich bin sicher, es wird wunderbar! Ich habe hier auch ein ausführliches Informationsblatt für Sie", er zog ein Papier aus dem kleinen Stapel auf seinem Klemmbrett heraus und reichte es mir, „bitte sehr."

„Danke." Ich überflog es, aber die Buchstaben wollten sich vor meinen Augen nur schwerlich zu ganzen Wörtern zusammenfügen. … *seelische Gesundheit … fruchtbare Auseinandersetzung mit sich selbst und den eigenen Bedürfnissen kein „Programm", sondern eine Einstellung! … Kommunikation an erster Stelle … Der Phantasie sind hier keine Grenzen gesetzt … jeder leistet dazu seinen eigenen Beitrag …*

Ich ließ das Infoblatt sinken. Immer noch hatte ich keine Ahnung, was mich nun erwartete, aber vielleicht war es ja bei „Du und dein Hund: Partner im Zwiegespräch" auch egal, dass Bronko nichts konnte.

„Möchten Sie dennoch teilnehmen?", fragte Herr Lüthi hoffnungsvoll.

Ich nickte ergeben. „Ja, gern. Ich … muss ich denn was können?"

Herr Lüthi lachte auf. „Aber Sie können doch ganz viel, liebe Frau Potönkche, Sie können doch alles! Sie sind doch Mensch und Hund, mehr brauchen Sie nicht!"

„Na dann", sagte ich zögerlich. Herr Lüthi schwenkte einladend die Arme.

„Nur herein mit Ihnen. Ich verspreche Ihnen, Sie werden es nicht bereuen!"

Er lotste mich zum Ende des Flurs, und als er die Tür ganz aufzog, steigerte sich das Fiepen und Winseln zu einem fröhlichen Begrüßungsgebell. Die fünf Anwesenden sahen kurz auf und nickten oder lächelten mir zu, und ich grüßte verhalten zurück. Bronko blieb wie erstarrt stehen, aber ich zog ihn sanft in Richtung des einzigen noch freien Stahlrohrstuhls ganz auf der rechten Seite des Halbkreises und setzte mich vorsichtig hin. Der Stuhl wippte bedenklich nach, und ich versuchte, mich gerade hinzusetzen, was mir nicht recht gelang.

Es roch ein wenig streng, aber das war ja kein Wunder, bei so vielen Hunden in einem Raum, der kaum größer war als ein durchschnittliches Wohnzimmer. Unauffällig sah ich mich um. Der junge Sportsmann mit seinem Riesenschnauzer Rufus saß neben Mäxlis Besitzer und unterhielt sich mit einer nicht mehr ganz jungen Frau in einer roten Strickjacke zu seiner Linken, deren Schäferhund unruhig vor sich hin wimmerte. Mäxli versuchte gerade, Rufus, der wie eine Statue vor seinem Herrchen saß, zu besteigen, und der dunkelbraune Labrador zu seiner anderen Seite beschnüffelte angelegentlich das Hinterteil des lethargisch vor seinem Frauchen hockenden Königspudels.

Die Besitzerin des Labradors, eine Blonde in meinem Alter mit einer Art moderner, ziemlich schnittiger Vokuhila-Frisur, warf mir einen stechenden Blick zu und blies ihren kurzen Pony hoch, bevor sie sich wieder meiner Nachbarin, dem Frauchen des Königspudels, zuwandte, einer älteren Dame mit kunstvoll geflochtenem Dutt.

Herr Lüthi nickte mir freundlich zu, sah sich prüfend um und ging wieder hinaus.

Ich setzte mich ein wenig bequemer hin. Drüben, an der Stirnwand, stand ein Tisch mit Informationsmaterial, daneben ein Hocker ohne Lehne. Dort würde sie sicherlich Platz nehmen. Gleich.

Ich holte tief Luft, aber mit einem Mal schien kein Hauch Sauerstoff mehr in meine Lunge zu passen. Gleich war es so weit.

Noch ein paar Augenblicke, und ich würde sie wiedersehen. Mir wurde leicht schummrig, und ich räusperte mich vernehmlich. Bronko setzte sich hin.

Die Tür ging auf, und eine große, blonde Frau in einer lässigen Yogahose und einer weit fallenden, hellen Bluse darüber trat ein. Ihre Füße steckten in bequemen Wanderschuhen, und ihr langes, blondes Haar hing ihr offen über die Schultern.

Die anderen Workshopteilnehmer verstummten. Auch die Hunde waren für einen Moment ganz still und beäugten Frau Dr. Frei, die nun die Hände zusammenschlug, einmal in die Runde lächelte und dann einen Schritt zurücktrat, wobei ihre Arme einen einladenden Bogen bildeten.

„Guten Morgen allerseits!", sagte sie laut und warmherzig und in wunderschön singendem Schweizer Tonfall. „Ich heiße euch alle recht herzlich willkommen! Wie schön, dass ihr hier seid, ihr und eure vierbeinigen Freunde!"

Allgemeines, zustimmendes Gemurmel erhob sich, und die Frau zu meiner Rechten stieß einen hingerissenen Seufzer aus, als hätte Jesus persönlich soeben den Raum betreten. Bronko legte den Kopf schief und musterte Frau Dr. Frei.

Ich atmete aus, und eine Woge der Enttäuschung durchflutete mich.

Sie war es nicht.

Diese Frau dort vorne mochte vielleicht Frau Dr. Nicole Frei heißen, aber es war nicht meine Frau Dr. Frei.

Ich war vergebens gekommen.

Frau Dr. Frei klatschte leise in die Hände und verbeugte sich leicht. Dann langte sie nach hinten, griff sich den Hocker und zog ihn nach vorn, um sich lässig mit übereinandergeschlagenen Beinen zu setzen. Ich konnte nicht anders, trotz meiner bodenlosen Enttäuschung bewunderte ich die Art, wie es ihr gelang, sich derart entspannt auf einem unbequemen Hocker niederzulassen. Sie sah nicht aus, als ob sie säße, sondern als ob sie schwebte.

„Um es vorweg zu klären“, begann sie lächelnd, „damit wir alle auf demselben Niveau sind: Gern wollen wir uns wie üblich duzen, ist das recht?“

Zustimmendes Gemurmel folgte, und ich ertappte mich dabei, dass ich eilfertig nickte. Wollte ich Mäxlis Besitzer denn wirklich gern duzen?

Vielleicht war ich ja ein wenig steif, aber bei dem Gedanken, mit diesen sechs mir völlig fremden Menschen unverzüglich auf einer vertraulichen Ebene kommunizieren zu müssen, war mir leicht unbehaglich zumute.

„Ich bin also die Nicole“, sagte Frau Dr. Frei, mit der in der Schweiz üblichen Betonung auf der ersten Silbe. Auch das war mir fremd, und ich wusste augenblicklich, dass es mir nicht gelingen würde, sie mit diesem Namen anzusprechen. Für mich war und blieb diese Ärztin dort Frau Dr. Frei, auch wenn sie nicht die Frau Dr. Frei war, die mir seit zwei Wochen Nacht für Nacht den Schlaf geraubt hatte.

„Dieser Workshop findet ja nun zum ersten Mal statt, aber einige von euch waren ja schon einmal bei mir und ahnen ein wenig, was heute und morgen alles möglich sein wird“, erklärte die falsche Frau Dr. Frei und nickte Mäxlis Besitzer freundlich zu, „andere sind vielleicht wiederum recht aufgeregt und gespannt. Wir haben ja auch Teilnehmerinnen dabei, die von weit her angereist sind“, an dieser Stelle machte sie eine Pause und lächelte mich an. Die anderen musterten mich interessiert, und ich spürte, wie ich rot anlief.

Das passiert mir nie. Nie! Ich laufe nicht rot an. Aber jetzt geschah es. Vom Hals her breitete sich ein heißes, unangenehm pochendes Gefühl über meinem ganzen Gesicht aus, und ich versuchte ein Lächeln, das mir mit Sicherheit vollkommen misslang. Zum Glück wandten sich die anderen Teilnehmer wieder Frau Dr. Frei zu, die mit einem warmen Lächeln die Arme ausbreitete und weitersprach. „Wie ihr alle wisst, ist die Kommunikation, auch und gerade die wortlose Kommunikation, das Zwiegespräch zwischen Mensch und Hund ein Grundstein für die seelische Gesundheit …"

Nein, eine der Teilnehmerinnen sah immer noch zu mir her. Vorsichtig warf ich einen Blick nach links. Die Besitzerin des Labradors starrte mich mit einem derart durchdringenden Blick an, dass mir noch unbehaglicher wurde als ohnehin schon. Rasch bückte ich mich zu Bronko hinunter und streichelte ihm über den Kopf. Bronko zuckte erschrocken zusammen und duckte sich unter meiner Hand.

„Ist ja gut, Dicker!", flüsterte ich verlegen und hielt den Blick stur auf Frau Dr. Frei gerichtet, die inzwischen bei der Gestaltung des Tagesprogramms angelangt war.

„… wir werden zu Beginn ein paar kleine Einstiegsübungen machen, mit denen sowohl ihr als auch eure Partner – denn es sind ja Partner, Wesen, die euch durchs Leben begleiten, in guten wie in schlechten Stunden und Tagen …", an dieser Stelle erhob sich zustimmendes Gemurmel, und auch ich nickte folgsam mit den Kopf, „… mit denen also sowohl ihr euch auf euren Partner als auch euer Partner sich auf euch einstimmen kann, im wahrsten Sinne des Wortes", erklärte sie sanft und sah lächelnd in die Runde. „Ihr werdet eure gegenseitige Stimmung erkennen und euch aufeinander einlassen, indem ihr einander respektiert und vertraut. Dann haben wir eine wunderbare Grundlage, auf der wir gemeinsam, aber auch jedes Paar für sich arbeiten können!" Frau Dr. Frei warf den Kopf zurück und sah an die Decke, und ich lugte ebenfalls hinauf. Dort war nichts zu sehen außer einer weißgestrichenen Fläche. Als ich den Blick wieder senkte, bemerkte ich, dass die Besitzerin des Labradors mich schon wieder von der Seite musterte. Was stimmte denn bloß nicht mit mir?

„Beginnen werden wir jetzt aber zunächst mit einer kleinen Vorstellungsrunde.“ Frau Dr. Frei lehnte sich ein wenig zurück und nahm uns alle der Reihe nach in Augenschein, dann ließ sie ihren Blick mit einem Lächeln über die Vierbeiner gleiten. Bronko und Rufus waren die Einzigen, die still dasaßen; der Königspudel war inzwischen zu Boden gesunken und hatte erschöpft den Kopf auf die Vorderpfoten gelegt; die anderen Hunde rangelten miteinander herum oder zerrten an ihren Leinen, insbesondere Mäxli, der jetzt versuchte, den Labrador zu seiner Rechten zum Spiel aufzufordern. Dessen Besitzerin sah immer noch mich an, erst, als ihr Hund sich unter Mäxlis riesige Pfoten schob, wandte sie den Blick ab und ruckte an der Leine. Der Labrador biss zur Antwort hinein, und Frau Dr. Frei klatschte erneut in die Hände. Allesamt zuckten wir zusammen.

„Beginnen wir doch mit unserer weitgereisten Dame, Mai-Britt Potön…“ Sie unterbrach sich und setzte noch einmal an. „Mai-Britt Potönkche, nicht wahr?“

Ich erstarrte. Das Blut schoss mir ins Gesicht. „Äh … ich?“, flüsterte ich, und Frau Dr. Frei lächelte mich freundlich an.

„Ja, gern, berichte uns doch einmal, wer ihr seid, woher ihr kommt und wie du und dein kleiner Partner den Weg zu uns gefunden habt!“

Ich schluckte. Ich sollte sagen, wer ich war? Wenn ich das nur selbst wüsste! „Ja, äh …“ Ich schluckte erneut und spürte die Blicke der anderen. Ausgerechnet ich, die ich es hasste, vor anderen sprechen zu müssen, ausgerechnet ich sollte anfangen?

„Ja?“, fragte Frau Dr. Frei. „Erzähle doch einfach ein bisschen über dich und deinen kleinen Freund!“

„Aha?“, fragte ich dümmlich und räusperte mich. Dann riss ich mich zusammen. *Schultern nach hinten, Brust raus! Sicher auftreten, sicher und lässig!* „Ja“, sagte ich. „Also, mein Name ist Mai-Britt Potönke, ich komme aus Deutschland. Also genauer gesagt aus Oldenburg. Also, Oldenburg in Niedersachsen und nicht in Holstein. Und ... äh ... also ursprünglich komme ich aus einer anderen Stadt, und da gibt es ...“ Ich merkte, wie ich mich gerade heillos verzettelte. Meine Mitkursteilnehmer aber schien das nicht zu stören. Sie sahen mich weiterhin freundlich und interessiert an, genau wie Frau Dr. Frei, die sich nun ein wenig vorgebeugt hatte. „Ähm, ich habe dann ... ich war neulich ...“ Mein Blick fiel auf Bronko, der immer noch vor mir saß, unbeweglich, mit leicht hängenden Ohren. Für einen Augenblick lang fühlte ich eine große Verbundenheit mit ihm. Wir beide waren hier fremd, er genauso wie ich. Nur dass er absolut keine Ahnung hatte, warum er hier war. Im Gegensatz zu mir. Der Ärmste! „Eigentlich ist Bronko der Hund meiner Mutter“, sagte ich kläglich und verstummte erneut.

Frau Dr. Frei half mir. „Ja, der Anfang fällt immer schwer“, sagte sie mitfühlend in ihrem singenden Tonfall. „Aber weißt du – du hast doch eine gemeinsame Geschichte, du mit deinem Gefährten. Erzähle doch ein wenig darüber!“

„Also, ich hab Bronko vom Gnadenhof“, sagte ich hastig, und Bronkos Ohren zuckten, als er seinen Namen erneut hörte. „Ich hab ihn von dort für meine Mutter mitgebracht.“ Herrje. Das klang nun wieder, als hätte ich ihr einen Blumenstrauß kredenzt. Also noch mal. „Ich habe den Hund aus einer Art Tierheim geholt, damit meine Mutter wieder einen Hund hat.“

„Ach, das ist aber schön! War das vielleicht der Herzenswunsch deiner Mutter, den du erspürt hast? Da hat deine Mutter sich sicher äußerst gefreut?“ Frau Dr. Freis Augen leuchteten auf.

„Geht so“, sagte ich. „Also ja, doch.“

Frau Dr. Frei nickte nachdenklich, und einige der anderen Teilnehmer murmelten zustimmend. Das konnten sie offenbar nachfühlen.

Auch das Frauchen des Labradors nickte. Ihre Augen leuchteten ebenfalls, und unter ihrem bohrenden Blick wurde mir erneut unbehaglich. „Und dann dachte ich, es wäre eine gute Idee, mit Bronko einen Workshop zu besuchen“, fügte ich hastig hinzu.

Die Besitzerin des Schäferhundes hob eine Hand. „Darf ich etwas fragen?“

„Aber selbstverständlich!“, rief Frau Dr. Frei und machte eine einladende Handbewegung.

Die Besitzerin des Schäferhundes nickte und wandte sich an mich. „Wollte deine Mutter denn nicht selbst mitkommen?“, fragte sie ruhig. Ihre warmen, braunen Augen lagen mit einem Ausdruck unendlicher Güte auf mir. „Das wäre doch schön gewesen. Dann hätte sie auch ihre eigene Beziehung zum Hund neu oder zumindest ein wenig intensiver gestalten können.“

Meine Nackenhaare stellten sich auf, aber vielleicht lag das auch einfach nur an ihrem sanften Tonfall, der mir ein gewisses Unbehagen bereitete. „Nein“, sagte ich eilig, „nein, meine Mutter kann bei Agility nicht mitmachen.“

Der Ausdruck der Güte auf dem Gesicht meiner Gesprächspartnerin verwandelte sich in Verwunderung.

„Ich dachte ja, das sei hier der Agility-Workshop“, erklärte ich rasch. „Und ich dachte ja, also … nein, das mache ich lieber selbst. Also, den Kurs. Den Workshop, meine ich.“ Ich lächelte entschuldigend und sah wieder zu Frau Dr. Frei, die mich interessiert musterte.

„Also ist Bronko auch ein wenig dein Hund?“, fragte sie einfühlsam.

„Ja, schon. Also ein bisschen. Wir kennen uns eigentlich kaum“, sagte ich und sah auf Bronkos nervös zuckende Ohren hinunter. Er beugte sich ein wenig vor, um den Königspudel zu beriechen, aber der hob sofort die Lefzen und entblößte ein grauenhaft spitzes Gebiss. Bronko wich zurück.

Als ich hochblickte, entdeckte ich, dass die anderen Teilnehmer mich seltsam ansahen.

„Also wir kennen uns nicht so gut, aber das kann sich ja noch ändern“, sagte ich lahm und lächelte schwach.

Frau Dr. Frei nickte verständnisvoll. „Und wie hast du hierher gefunden? Das wäre schön, wenn du uns das noch verrietest!“ Ihre Augen leuchteten.

Ich starrte sie an. Auweia. Was sollte ich denn jetzt sagen? Die Wahrheit wohl kaum: *Ich dachte, du wärest die Tierärztin, in die ich mich total verguckt habe. Ich dachte, du wärest eine andere?* Dann würden mich alle für vollkommen verrückt halten.

Und vielleicht war ich das ja auch.

„Na ja, ich hab … Mein Tierarzt … Ich hatte von Ihnen … äh, von dir gehört“, flüsterte ich. Und das war ja nun auch irgendwie die Wahrheit.

„Ach?“, freute sich Frau Dr. Frei.

„Ja, und da bin ich eben neugierig geworden und wollte mal sehen, wie Sie … wie du das hier so machst. Oder ihr“, setzte ich hinzu, womit ich ganz offensichtlich bei meinen Mitstreitern sofort punktete, denn sie machten ausnahmslos zufriedene Gesichter.

„Ach! Das ist aber schön.“ Frau Dr. Frei nickte erfreut und wandte sich an die Besitzerin des Königspudels zu meiner Linken. „Nun, Anna Graf, dann erzähl du doch einmal, was dich zu uns führt! Du warst ja schon einmal mit deiner Ricky hier, nicht wahr?"

Meine Sitznachbarin lächelte erfreut. „Aber ja-o!", begann sie, und ich hörte schon aus diesen ersten beiden Wörtern heraus, dass ich Schwierigkeiten haben würde, ihren ausgeprägten Dialekt zu verstehen. „I bi jo scho früener äinisch mit dr'Ricky do gsy", ihre schmale Hand tätschelte den Kopf des stoisch daliegenden Königspudels, „und i muess säge, es hed öis schüüli guet do. Das esch e schampaar gueti Erfaarig für öis beidi gsi, gäll, Ricky?" Sie sah erst Ricky an und dann in die Runde, und alle anderen lachten fröhlich. „Und i …"

Der Rest ihres ausführlichen Monologs ging an mir vorbei. Ich hatte keine Ahnung, wovon Anna Graf sprach, aber ich sah sehr wohl, dass die anderen sich köstlich amüsierten und ihr innigst und mit breitem Grinsen immer wieder beipflichteten. Als sie ihre Geschichte zu Ende erzählt hatte, stellte sich ihre Nachbarin, die Besitzerin des Labradors, vor.

„Guten Tag allerseits – einige kennen mich ja ebenfalls schon vom letzten Mal", sagte sie, zum Glück auf Hochdeutsch, wenn auch mit starkem Akzent, und lächelte in die Runde, wobei ihr stechender Blick einen Moment bei mir hängen blieb, „mein Name ist Sandra Keller, und das hier ist Mona, meine Zweijährige." Mona, der angesprochene Labrador, fiepte und sprang auf, und Sandra Keller beugte sich zu ihr hinunter und sprach leise auf sie ein, bis Mona sich wieder zu setzen geruhte. Dann sah ihr Frauchen auf. „Zu Hause habe ich noch einen Vierjährigen und eine Achtjährige, aber ich kann sagen, dass ich mit Mona eine besonders liebevolle Beziehung habe. Ich betrachte sie als willkommenen Gast und Freundin in meinem Leben", hier machten die anderen zustimmende Brummgeräusche, und Bronko sah aufgeschreckt in die Runde, „und ich möchte diese Beziehung gern durch richtig angewandte Zwiegespräche verfestigen. Deshalb bin ich hergekommen. Ich war bereits einmal bei einem Agility-Workshop hier, und das hat Mona und mir so gutgetan, dass wir noch lange davon gezehrt haben." Sie sah zu Frau Dr. Frei auf und nickte. „Ganz herzlichen Dank noch einmal dafür!"

„Aber gern, gern!", sagte Frau Dr. Frei und legte den Kopf schief. „Max?"

Mäxlis Besitzer strahlte auf. „Guete Daag mitenand! Ich be dr'Max Moser und das do esch s'Mäxli", rief er vergnügt und nickte in die Runde, um dann in vertraulich klingendem Tonfall auf Schweizerdeutsch fortzufahren. Ich verstand kaum etwas von dem, was er, durchsetzt mit vielen Lachern und Ausrufen, erzählte, und nach einer Weile schaltete ich ganz ab und beobachtete stattdessen verstohlen Frau Dr. Frei. Sie saß mit geradem Rücken auf dem unbequemen Hocker und betrachtete Max Moser mit einem freundlichen, leicht nachsichtigen Lächeln. Ab und zu nickte sie zustimmend und veränderte ihre Sitzposition um ein paar Millimeter.

Wenn sie nicht meine Frau Dr. Frei war, wer dann? So viele Tierärztinnen mit diesem Nachnamen und einer eigenen Hundeschule konnte es doch nicht in der Schweiz geben. Und schon gar nicht im kleinen Kanton Zug. Oder im Nachbarkanton Luzern.

Mist. Mist, Mist und noch mal Mist!

„Und nun kommen wir zu einem neuen Kollegen, dem Rafael Schmid!"

Ich schreckte auf. Frau Dr. Freis Blick war nun auf Rufus' Besitzer gerichtet, der sich kurz und knapp als Rafael, Sportlehrer, Berg- und Hundesportler vorstellte. Er war mit Sicherheit der bei Weitem Jüngste in der Runde und hatte vor, die Beziehung zwischen sich und seinem Hund zu verbessern und für ein „angenehmes Klima" zu sorgen.

Ich betrachtete Bronko, der mit einem Ohr zuckte und dann mit einem schmatzenden Geräusch das Maul aufklappte, um herzhaft zu gähnen. Bestand zwischen ihm und mir ein angenehmes Klima?

Die Frau mit dem Schäferhund kam als Nächste und Letzte an die Reihe. „Das hier ist die Mira, das heißt übrigens Frieden", sagte sie mit sanfter Stimme und lächelte auf den Kopf ihrer Schäferhündin herunter, „und ich bin die Yvonne. Wir sind hier, weil wir ein wärmeres Miteinander anstreben."

Ich fragte mich zwar, wie der Schäferhund ihr das wohl vermittelt haben mochte, aber nun gut, es gab ja Dinge zwischen Himmel und Erde, von denen ich nicht den blassesten Schimmer hatte.

„Die Welt ist schon so kalt, da sollte wenigstens unsere Wärme sich ausbreiten", fuhr Yvonne fort und erntete zustimmendes Gemurmel. Sie legte eine schmale Hand auf den Kopf ihres Hundes, der erschrocken zusammenzuckte. „Psssst, schsch, es ist gut, Mira, alles gut, du musst dich nicht erschrecken, alles ist gut, dein Frauchen passt auf dich auf, schsch…"

Fasziniert betrachtete ich Yvonne, der es gelang, weiter in diesem sanften Singsang auf ihren Hund einzureden und gleichzeitig um Verständnis heischend in die Runde zu blicken. Erst Frau Dr. Frei unterbrach den nicht enden wollenden Sermon.

„Das ist wunderschön, was ich hier von euch allen erfahre", sagte sie freudig und strahlte alle Teilnehmer der Reihe nach an. „Ich danke euch allen für die Wertschätzung, die ihr mir entgegenbringt. Nun wollen wir uns aber den

Hauptpersonen zuwenden, um die es hier geht – unsere Partner und Freunde auf vier Beinen!"

„Jawohl!", rief Mäxlis Besitzer – Max, rief ich mir in Erinnerung, obwohl es mir äußerst seltsam vorkam, ihn beim Vornamen zu nennen, und sei es auch nur innerlich.

„Genau! Das sind die Wichtigsten!", bekräftigte Yvonne sanft und streichelte ihrer Mira über den Kopf. Mira rutschte unruhig auf ihrem Hinterteil nach rechts, näher zu Rufus, der sie vorsichtig beroch, prompt aber von seinem Herrchen zurückgezogen wurde.

„Wir beginnen mit einer wunderschönen kleinen Übung, die jeder für sich mit seinem kleinen Partner ausführen kann", erklärte Frau Dr. Frei und sprang mit einer elastischen Bewegung vom Stuhl. Bronko sah verdutzt zu ihr auf, als sie direkt auf ihn zukam und vor ihm leicht in die Knie ging. „Brav, Bronko, du sitzt ja schon fein, das ist aber prima. Nun macht deine große Partnerin etwas ganz Schönes mit dir, um deine Aura zu spüren: Sie hält die Hände ein Stücklein über deinen Kopf und vollführt eine imaginäre Streichelbewegung."

„Ach?", fragte ich überrascht und sah mich unsicher um. Aber offenbar war den meisten diese Übung bereits bekannt, denn sowohl Mäxlis Besitzer – Max! – als auch Anna Graf und Yvonne hielten die Hände in Art einer Raute über die Köpfe ihrer Hunde, ohne sie zu berühren. Anna Graf neben mir hielt die Augen geschlossen und lächelte vergeistigt, Yvonne blickte mit sanftem Glück im Gesicht auf ihre hechelnde Schäferhündin nieder, und Max blinzelte mir zu.

„Gut so?", rief Frau Dr. Frei, die inzwischen zu Sandra Keller mit ihrer Labradorhündin weitergewandert war und lächelnd zusah, wie diese ihre zu einem Dach geformten Hände über dem Kopf ihres Hundes hin und her bewegte. Mona, der Labrador, schien mit der Bewegung nicht ganz einverstanden zu sein, denn sie fiepte ein wenig und versuchte, die Hände ihres Frauchens abzulecken. Sandra Keller hielt ihre Hände ein wenig höher und schnalzte mit der Zunge, ein eigenartiges Geräusch, das mir eine Gänsehaut über den Rücken trieb.

„Fühlt nur, wie euer Hund sich langsam entspannt", sagte Frau Dr. Frei mit einschläfernd ruhiger Stimme. „Könnt ihr das spüren?"

Ich meinerseits spürte nur, dass meine Hände langsam lahm wurden. Aber sicher lag das auch an der unbequemen Haltung, die ich einnehmen musste. Die anderen konnten schließlich gemütlich auf ihren Stühlen sitzen bleiben, ich hingegen musste mich aufgrund Bronkos geringer Körpergröße schräg vornüberbeugen und dabei in eine unangenehm schiefe Haltung zwängen, die überdies sicher auch noch vollkommen lächerlich aussah. Vermutlich sah ich aus wie ein Affe auf dem Schleifstein. Aber das passte, immerhin hatte Bronko ja auch ein wenig Ähnlichkeit mit einem Affen. Vor allem jetzt, als er misstrauisch zu mir aufsah und meine gefalteten Hände beäugte.

„Horcht einmal darauf, was euch guttut – euch und dem Hund", schlug Frau Dr. Frei vor. „Was tut euch gut? Aus dem tiefsten Innern heraus?"

Ich betrachtete Bronko, der jetzt offenbar genug hatte von meiner linkischen Art, ihm die Hand aufzulegen. Er sank zu Boden und legte seinen Kopf auf die Vorderpfoten. Eine Welle der Zuneigung durchströmte mich. Wir waren Verbündete, Bronko und ich, ganz eindeutig. Halb Vertraute in einer fremden Welt. Die Frage war nur, was wir hier noch sollten – jetzt, wo Frau Dr. Frei sich als die Falsche entpuppt hatte. Wie hatte das nur passieren können?

Ida. Ida war schuld! Schließlich hatte sie mich auf die falsche Fährte gesetzt!

„Und jetzt!", rief Frau Dr. Frei munter. „Jetzt habt ihr ja schon ein wenig erspürt, wie es eurem Hund gerade geht. Und euch selbst! Nun wollen wir das vertiefen – indem ihr einmal innehaltet und an eure gemeinsame Lieblingshaltung denkt. Und die Hunde bleiben noch einen Moment ganz ruhig sitzen oder liegen!"

Eine gemeinsame Lieblingshaltung? Ich sah Bronko zweifelnd an.

Drei Stühle weiter hob die Besitzerin des Schäferhundes – Yvonne, rief ich mir in Erinnerung – die Hand.

„Ja, bitte?", fragte Frau Dr. Frei.

„Darf ich eine Frage stellen?"

„Aber gern. Nur heraus damit!"

„Was genau ist mit der Lieblingshaltung gemeint? Meine oder ihre? Denn es gibt ja so arg viele Haltungen, in denen ich spüre, wie nah die Mira und ich uns sind", hier senkte Yvonne den Kopf und sah längere Zeit liebevoll auf Miras Schädel hinunter, bis Mäxli neben ihr ungeduldig zu winseln begann und eine Art Jaulen von sich gab, das sein Herrchen mit beruhigendem Gemurmel sogleich zu ersticken versuchte.

„Ja, Yvonne, das kann ich gut verstehen", sagte Frau Dr. Frei mitfühlend. „Vielleicht schaust du einmal: Wann fühlst du dich dem Hund besonders nah?"

Mir lief erneut eine Gänsehaut über den Rücken. Yvonne nickte und schloss die Augen.

Mäxli gähnte, und der Königspudel drehte den Kopf leicht in Bronkos Richtung und fletschte die Zähne. Ein erstaunlich lautes Knurren ertönte, und Bronko kroch förmlich in sich zusammen und suchte unter meinem Stuhl Schutz.

Yvonne hielt die Augen immer noch geschlossen.

Mäxlis Besitzer sah nachdenklich vor sich hin, Rafael blickte verstohlen auf seine Uhr, und die Besitzerin des Königspudels nickte im Sekundentakt vor sich hin. Nur Sandra Keller schien wirklich wach, sie sah aufmerksam in meine Richtung, ohne zu lächeln, aber ich wich ihrem stechenden Blick aus.

„Vielleicht fragen wir einmal so", sagte Frau Dr. Frei sanft. „Wann fühlt sich der Hund vollkommen entspannt?" Sie drehte sich um und starrte mich an. Der Blick aus ihren blauen Augen paralysierte mich fast.

„Äh … wenn er frisst?", schlug ich rasch vor. „Oder, äh, wenn er schläft?"

Meine mit krächzender Stimme vorgetragene Antwort stieß offenbar nicht auf große Zustimmung, denn Frau Dr. Frei runzelte kaum merklich die Stirn und nickte. „Und wenn du dabei bist? Ganz nah bei ihm? Im Gefühl?"

Die anderen sahen mich an, bis auf Yvonne, die immer noch die Augen geschlossen hielt und offenbar in einen tranceähnlichen Zustand gefallen war.

„Ich weiß nicht", sagte ich kläglich.

„Darf ich etwas sagen?" Yvonne hatte die Augen wieder geöffnet und eine Hand gehoben.

„Selbstverständlich, Yvonne!"

„Wärme zeigt dir den Weg", erklärte Yvonne mit sanfter Stimme. „Ich fühle mich der Mira besonders nah, wenn ich ihre Wärme spüre."

Anna Graf und Max Moser nickten mit leicht aufgerissenen Augen, als hätten sie soeben eine Offenbarung erfahren. Rafael hingegen, Rufus' Besitzer, kniff leicht die Lippen zusammen. Vielleicht war ich doch nicht die Einzige, die sich hier leicht fehl am Platze fühlte?

Frau Dr. Frei legte den Kopf schief. „Richtig", sagte sie. „Genau das ist es – Wärme führt zu Nähe. Und Nähe zu innerer Wärme. Das ist genau das, was wir brauchen, wenn wir auf die Gefühlslage unseres Gefährten achten möchten. Versucht es doch nun einmal mit Nähe!"

„Und wie?", fragte Anna Graf eifrig. „Wie genau, liebe Frau Dr. Frei?"

„Nicole, bitte! Na, umarmt, streichelt, liebkost euren Gefährten in Gedanken – so, wie ihr es liebt! Spürt euch selbst nach, wie ihr fühlt, und seid achtsam." Frau Dr. Frei sah lächelnd in die Runde. Mir lief eine Gänsehaut den Rücken hinunter, und am liebsten wäre ich aufgesprungen und hätte das Weite gesucht, aber das traute ich mich nicht. Und so lehnte ich mich zurück, schloss halb die Augen und beobachtete verstohlen meine Mitstreiter.

Was ich da sah, trieb mir einen weiteren Schauder den Rücken hinunter. Offenbar hatten einige die Aufgabe missverstanden und nahmen an, dass es sich um eine praktische Übung handele. Meine Nachbarin, Anna Graf, bückte sich ächzend vor und umarmte ihre Königspudeldame, die sich das mit stoischem Gesichtsausdruck gefallen ließ.

Max Moser daneben hielt die Augen geschlossen und lächelte selig vor sich hin, während Mäxli sich schmatzend und äußerst ausgiebig das Geschlechtsteil leckte.

Sandra Keller an seiner Seite sah liebevoll auf ihren Labrador hinunter, ohne sich zu rühren; Yvonne allerdings ließ sich vom Stuhl gleiten, legte sich lang ausgestreckt neben ihre Schäferhündin und schlug ein Bein halb über sie. Zum Dank leckte die Hündin ihr ausgiebig das Gesicht ab, was Yvonne zu einem glücklichen Lächeln bewegte. Die Szene hatte fast etwas Intimes, und ich wandte peinlich berührt den Blick ab.

Vielleicht war ich bloß prüde?

Rafael schien es allerdings ähnlich zu gehen, denn er brummte etwas in sich hinein und schüttelte leicht den

Kopf, während Rufus stocksteif zu seinen Füßen saß und vor sich hin starrte, ohne dem Geschehen um ihn herum auch nur die geringste Aufmerksamkeit zu zollen.

Ich warf einen Blick zu Frau Dr. Frei, die begonnen hatte, den Halbkreis langsam und mit auf dem Rücken verschränkten Armen abzuschreiten. Ihr Gesichtsausdruck verriet nicht, was sie dachte, und zum ersten Mal kam mir der Gedanke, dass sie uns alle insgeheim auf den Arm nahm.

Plötzlich schien sie meinen Blick zu spüren, denn sie sah mit hochgezogenen Brauen zu mir herüber.

Rasch schloss ich die Augen. Aber nach ein paar Atemzügen öffnete ich sie dann doch wieder. So seltsam das Schauspiel auch war, das sich mir hier bot, verpassen wollte ich es dann doch auch nicht.

„Nicole?“ Yvonne, die immer noch in inniger Umarmung mit ihrem Schäferhund auf dem Boden lag, meldete sich zu Wort, und Frau Dr. Frei drehte sich zu ihr um.

„Ja?“

„Ich glaube, dass meine Mira ein wenig zu Depressionen neigt“, erklärte Yvonne und verrenkte den Kopf ganz nach hinten, um der schlabbernden Hundezunge auszuweichen. „Sie wimmert manchmal, auch dann, wenn ich sie im Arm halte! Jetzt zum Beispiel, hört mal hin!“

„Ach?“ Frau Dr. Frei näherte sich.

Atemlose Stille breitete sich im Raum aus. Einen Moment später begannen Rufus und Bronko gleichzeitig zu hecheln, und Mäxli, der endlich aufgehört hatte, sich zu lecken, gab eine Art Quietschen von sich.

„Na ja, das kann man jetzt ja auch nicht hören, bei dem Lärm“, sagte Yvonne mit beleidigtem Gesichtsausdruck und setzte sich auf. „Aber sie wimmert manchmal, das klingt ungefähr so!“ Sie setzte zu einer Art gepresstem

Gejaule an, und Mäxli verstummte verblüfft. Rufus und Bronko legten wie auf Kommando den Kopf schief, und Ricky fletschte die Zähne und begann, laut und vernehmlich zu knurren.

„Danke, danke, Yvonne!" Frau Dr. Frei hob die Hand, und Yvonne hörte auf zu jaulen und sah sich triumphierend um.

„Klingt gut", sagte Rafael trocken, und ich musste kichern. Der Rest der Truppe, Frau Dr. Frei eingeschlossen, sah mich tadelnd an, und ich beugte mich rasch hinunter und widmete mich Bronkos Halspartie, wo es durchaus das eine oder andere Härchen glatt zu zupfen gab.

„Wenn der Hund wimmert, Yvonne, das hast du ganz richtig erkannt, dann geht es ihm nicht gut", stellte Frau Dr. Frei fest. „Das muss nicht gleich eine Depression sein, es kann auch …"

„Eine depressive Verstimmung sein?", fragte Yvonne hoffnungsvoll, die sich, wie ich mit einem kurzen Seitenblick feststelle, wieder aufgesetzt hatte.

„Mag sein", sagte Frau Dr. Frei und faltete die Hände vor dem Bauch. „Helfen könnt ihr, wenn ihr mit eurem Tier sprecht. Euer Partner braucht jeden Morgen positiven Zuspruch. Sprecht mit eurem Tier! Jetzt!" Ihre Augen begannen zu leuchten, als sie sich meiner Sitznachbarin zuwandte. „Anna? Wie sprichst du mit deinem Hund, wenn du aufstehst und sein liebes Gesicht das erste Mal am Tag entdeckst?"

„So chumm Putzi, liebs Hundeli, lueg äne, was ech für dech ha, du Schläckmüüli!", rief meine Sitznachbarin erfreut und richtete ihren Dutt mit einer Hand, während die andere über den Schädel ihres Königspudels glitt. Ricky bleckte die Zähne, und ich erschrak. Aber nach einem Moment erkannte ich, dass der Hund den schrillen Weckruf seines Frauchens mit einer Art Lächeln honorierte.

Verblüfft starrte ich Ricky an, die ihre Lefzen noch ein Stückchen höher zog und dann langsam wieder über ihre grässlich spitzen Zähne gleiten ließ, während sie mir einen geradezu höhnisch anmutenden Blick zukommen ließ.

Diesen Hund hätte ich nicht gern zu Hause gehabt, konstatierte ich. Irgendwie machte Ricky mit ihrer arroganten Haltung mir ein sehr unbehagliches Gefühl. So wie damals die angeberischen Mitstudentinnen aus gutem Hause, die mir immer den Rücken zudrehten und kicherten, wenn ich in der Mensa mit meinem überladenen Tablett an ihnen vorbeigesteuert war.

„Max?"

„Hohoho, alter Junge!", rief Max Moser wie aus der Pistole geschossen. Ein mir vollkommen unverständliches Gemisch aus langgezogenen ue- und ä-Lauten folgte, durchsetzt mit einer Art Gekrächze.

Ins Schweizerdeutsch würde ich mich nie einhören können, dessen war ich gewiss. Für diese Sprache fehlte mir einfach das Talent. Ob das ein Hemmschuh sein würde, wenn ich je auf die richtige Frau Dr. Frei traf?

Aber ich würde sie nie finden. Bestimmt nicht. Wie auch?

„Und Mai-Britt? Wie sprichst du deinen kleinen Freund des Morgens an, um ihm zu zeigen, wie gern du ihn hast?"

Das Blut gefror mir in den Adern. „Äh … Braver … Braver Hund!", sagte ich rasch und vergrub mein Gesicht in Bronkos Nackenfell. Während die anderen Teilnehmer ihre Kosenamen und Liebesworte in den Raum juchzten und riefen, seufzte ich leise in Bronkos struppiges Fellkleid hinein. Mir war heiß, und allmählich reichte es mir endgültig. Wie in aller Welt kam ich aus dieser Nummer wieder heraus? Sollte ich einfach aufstehen und sagen, dass mir unwohl sei? Oder sogar die Wahrheit – dass das hier nichts für mich war? Dass ich mich geirrt hatte?

Allein schon der Gedanke daran trieb mir den Schweiß auf die Stirn. Am liebsten hätte ich mich in Luft aufgelöst, aber das war ja nun mal leider nicht möglich.

Also musste ich eine passende Gelegenheit abwarten, mich unbemerkt davonzustehlen. Wenn sie denn kam.

Frau Dr. Frei selbst war es, die mich kurz darauf erlöste.

„Nun wollen wir eine Kaffeepause einlegen", sagte sie freundlich und schlug die Hände zusammen. „Oder auch eine Teepause! Und wenn eure Lieblinge jetzt einmal hinausmüssen, dann geht gern in den Garten dort hinaus."

Wie aufs Stichwort trat im selben Moment Herr Lüthi ein, ein großes Tablett im Arm, auf dem neben einer Kaffee- und einer Teekanne sieben Henkelbecher standen, dazu ein Teller mit sehr gesund aussehenden Keksen und ein weiterer mit Apfelschnitzen.

Herr Moser und Rafael sprangen auf und stürzten sich auf die Kekse, als wären sie dem Verhungern nah. Mäxli nutzte den Moment des Unbeobachtetseins und bestieg augenblicklich Mira, die Schäferhündin, die sich mit wütendem Gekläff wehrte, und Sandra Kellers Labradorhündin beschloss, dazwischenzugehen. Rufus fing an zu bellen, und im nächsten Moment hatte sich der Seminarraum auch schon in einen wüsten Tumult aus bellenden, knurrenden und wild durcheinanderspringenden Hunden verwandelt. Nur Ricky mischte nicht mit; natürlich nicht. Die Königspudeldame blieb ruhig vor dem Stuhl ihres Frauchens liegen; und auch Bronko hielt sich abseits, er versteckte sich ängstlich unter meinem Stuhl und beäugte das wilde Geschehen aus sicherer Distanz.

„Still, Rufus!“, brüllte Rafael und spuckte in seinem Eifer ein paar Keksstückchen aus, knapp an Yvonnes Gesicht vorbei, die gerade nach einem Apfelschnitz greifen wollte.

Frau Dr. Frei klatschte erneut in die Hände, aber vergeblich. Mäxli schien die aufgebrachten Rufe seines Herrchens, das ihn von Mira herunterzuziehen versuchte, als Anfeuerung zu verstehen, denn er umklammerte die Schäferhündin nur noch fester und stieß eine Art fröhliches Geknurr aus.

Ich nutzte die Gelegenheit, griff nach Bronkos Leine, klickte sie in sein Halsband ein und ruckte einmal kurz daran. „Komm, Dicker!“, flüsterte ich.

Natürlich konnte mich Bronko in all dem ohrenbetäubenden Lärm nicht hören, aber dennoch verstand er sofort. Als er unter meinem Stuhl hervorkam, bleckte die Königspudeldame erneut ihre spitzen Zähne, und diesmal schnappte sie sogar nach ihm, als er auf seinen kurzen Beinen emsig an ihr vorbeirannte.

An der Tür stieß ich mit Sandra Keller zusammen, der es gelungen war, ihre Labradorhündin aus dem Tohuwabohu zu befreien und hinter sich her zum Ausgang zu ziehen.

„Pardon!“, sagte ich und zwängte mich an ihr vorbei. Eigentlich bin ich ein höflicher Mensch, aber jetzt, wo ich die Chance witterte, mich unbemerkt davonzustehlen, hatte ich es furchtbar eilig. Mein Herz klopfte bis zum Hals, als ich in den Flur lief und einen Moment orientierungslos stehenblieb. Wo war noch einmal der Ausgang? Alle Türen waren geschlossen und sahen komplett gleich aus.

„Möchtest du auch in den Garten?“, fragte Sandra Keller hinter mir. „Hier entlang, bitte.“ Sie stieß die nächste Tür auf, und vor mir eröffnete sich eine große Rasenfläche, auf der einige frisch knospende Birken standen.

Ich warf einen sehnsüchtigen Blick in die Richtung, in der ich die Eingangstür vermutete, aber dann fügte ich mich in mein Schicksal. Wegrennen konnte ich nun auch nicht gut, aber es würde sich sicherlich noch eine Gelegenheit bieten, das Weite zu suchen.

Hinter Sandra Keller betrat ich die Rasenfläche und ließ Bronko von der Leine. Er blieb wie angewurzelt stehen, während die Labradorhündin ihn sogleich mit ein paar kecken Sprüngen zum Spielen aufforderte und, als er nicht reagierte, einladend dazu wuffte.

„Spielt er nicht gern?", erkundigte sich Sandra Keller und verschränkte die Arme vor der Brust. In ihrem Blick lag etwas Fiebriges, und die Art, wie sie mich beäugte, machte mich irgendwie nervös.

„Doch, doch", sagte ich rasch, „aber lieber andere Sachen. Oder mit kleineren Hunden. Vielleicht."

Das war zwar gelogen – ich hatte keine Ahnung, ob Bronko nun gern spielte oder nicht, zumindest aber hatte ich ihn noch nie dabei gesehen –, aber irgendetwas musste ich ja sagen, um nicht als maulfauler Stiesel dazustehen.

Sandra Keller warf ihr Haar zurück und mir ein unergründliches Lächeln zu. Erst jetzt fiel mir auf, wie aufgeworfen ihre Lippen waren. Konnte man von Natur aus überhaupt solch aufgeworfene Lippen haben?

Und solch stechende Augen?

Ich wandte den Blick ab und betrachtete den Garten, der diesen Namen eigentlich nicht verdient hatte. Im Grunde handelte es sich eher um einen Auslauf, nüchtern und geradlinig angelegt, außer Bäumen, Rasen und einer Hecke befand sich hier nichts, was das Auge hätte ablenken können. Einzig die Strahlen der hellen Maisonne gaben der kargen Anlage einen wärmeren Anstrich.

„Und wie gefällt es dir hier?“, fragte sie jetzt. „Die Nicole ist doch wirklich super, findest du nicht?“

„Aber ja“, pflichtete ich ihr bei und zog den Reißverschluss meiner Jacke zu. Allerdings klemmte er, und ich musste ein paar Mal ruckeln, bis es mir gelang, ihn vollständig nach oben zu ziehen. „Ganz schön kühl hier, was?“

„Es geht“, sagte sie, ohne mich aus den Augen zu lassen. „Drinnen war es ja ziemlich warm, da finde ich die milde Brise hier draußen eigentlich recht angenehm.“

Unser Gesprächsstoff war fürs Erste versiegt, und ich sah zu Bronko hinüber, der zu einem der Bäume gelaufen war und ihn vorsichtig beroch, während der Labrador weiter um ihn herumhüpfte.

Ich spürte, dass Sandra Keller mich beobachtete, und krampfhaft suchte ich nach etwas, woran ich anknüpfen konnte, um ihrem Blick zu entkommen. Dann fiel mir etwas ein. „Und wer passt jetzt gerade auf deine Kinder auf?“, fragte ich freundlich.

Sandra Keller runzelte die Stirn. „Welche Kinder?“

„Na, deine …“ Sie hatte doch hochdeutsch gesprochen, oder? „Du hast doch einen Vierjährigen und eine Achtjährige. War das nicht so?“

Sie blickte mich mit einem Hauch Verärgerung an. „Doch“, sagte sie trocken. „Aber das sind keine Kinder. Das sind meine anderen beiden Hunde.“

„Ach so!“ Ich lachte fröhlich über dieses Missverständnis, aber Sandra Keller lachte nicht mit.

„Und auf die passt gerade meine Mutter auf. Die wohnt gleich in der Nähe“, sagte sie mit einem frostigen Unterton in der Stimme.

„Aha, na das … das ist ja praktisch.“

Sandra Keller nickte und sah kurz zur ihrer Labradorhündin hinüber, die sich nun vor Bronko ins Gras gelegt hatte. Bronko beachtete sie allerdings nicht, sondern beschnüffelte nun eingehend einen langen Grashalm.

Von drinnen war leises Stimmengewirr zu hören, dazwischen Gläserklirren und ab und an ein Fiepen. Lange würde die Pause sicher nicht mehr dauern, überlegte ich. Was mich wohl danach erwartete?

„Und was kommt jetzt? Also, du warst doch schon mal hier, oder?“, fragte ich. „Da hast du ja Erfahrung – was kommt denn wohl als Nächstes?“

„Nun, der Workshop ist ja neu, den macht die Nicole ja das erste Mal. Aber ich vermute mal, dass es jetzt baldigst eine Paarübung gibt.“

Eine Paarübung? Meine Nackenhaare stellten sich auf. „Und, äh, wie sieht so eine Paarübung denn aus?“, fragte ich misstrauisch.

Sandra Keller blies sich eine Strähne aus der Stirn und schloss die Augen ein wenig. Jetzt wirkte sie fast lasziv, und ihr leicht verhangener Blick machte es nicht besser. „Wir finden uns zu zweit zusammen, lassen die Hunde aufeinander zugehen und gehen selbst aufeinander zu“, sagte sie leise. „Wenn du magst, dann bilden wir beide ein Paar. Das fände ich schön.“

Ich schluckte. „Hm-m, ja, gern“, sagte ich. „Gern. Aber …“

„Ja?“ Sie sah mich aufmerksam an. Flirtete sie eigentlich gerade mit mir?

„Ach, nichts“, sagte ich. „Nichts.“ Ich versuchte ein verunglücktes Lächeln. Im selben Moment ging die Tür auf, und Yvonne steckte den Kopf heraus. „Kommt ihr wieder herein? Es geht gleich weiter!“

„Natürlich!“ Sandra Keller rief ihren Hund herbei, der folgsam angetrottet kam. Bronko hingegen schnüffelte weiter an seinem Grashalm, und ich war ihm dankbar für die Atempause, die er mir verschaffte.

„Ich komme sofort nach“, sagte ich und nickte ihr zu, und sie lächelte mich ein letztes Mal unergründlich an, bevor sie mitsamt ihrer Hündin wieder das Haus betrat.

Das ging nicht. Ich konnte nicht mit Sandra Keller ein Paar bilden.

Und ich konnte auch nicht weiter gute Miene zum bösen Spiel machen.

Schnell sah ich mich um. Die Rasenfläche wurde auf zwei Seiten von einer Hecke begrenzt, dahinter ragte ein mannshoher Drahtzaun empor. Auf der dritten Seite war eine Pforte in den Zaun eingelassen. Mit drei langen Sätzen war ich dort und stieß sie auf. Ein kleiner Pfad führte am Haus vorbei zur Vorderseite und mündete hinter dem Fahrradständer ein. Meine Rettung! „Bronko!“, rief ich unterdrückt. „Komm, Bronko!“

Bronko scherte sich nicht um mich. Langsam, geradezu bedächtig schritt er zum nächsten Baum und schickte sich an, genüsslich jedes einzelne erreichbare Stück Borke zu beriechen.

„Bronko!“, rief ich und wedelte mit beiden Händen.

Bronko zuckte noch nicht einmal mit den Ohren, während er den nächsten Zentimeter Borke in Angriff nahm.

Ich warf einen raschen Blick zum Fenster des Seminarraums, das auf den Garten hinausführte, dann rannte ich mit langen Schritten zu Bronko hinüber, hob ihn hoch und klemmte ihn mir unter den Arm, um geduckt zurück zur Pforte zu hetzen. In Windeseile flitzte ich über die Straße und den Gehweg hinunter. Erst an der nächsten Ecke hielt ich unter einer blühenden Linde kurz an und setzte Bronko ab, der verdutzt zu mir hochsah.

„Tut mir leid, Dicker, aber das ging nicht anders“, sagte ich und atmete tief durch. Über mir knisterte es im Geäst, und dann stieß eine Elster ihr meckerndes Gelächter aus und segelte mit ausgebreiteten Schwingen davon.

Ich sah ihr sehnsüchtig nach. Am liebsten wäre ich ihr gefolgt.

An einen Ort, an dem Frau Dr. Frei mit ausgebreiteten Armen auf mich wartete.

Aber den gab es wohl nicht.

Ich zog mein Handy aus der Tasche und tippte Idas Nummer ein. Dann warf ich einen letzten Blick zum Dog-Center hinüber und bog um die Ecke.

Ida meldete sich nach dem dritten Klingeln. „Ha!“, rief sie atemlos. „Erzähl! Wie läuft es? Wie ist sie? Was hast du gesagt?“ Im Hintergrund waren seichte Musik und Stimmen zu hören.

„Nichts. Sie ist es nicht.“

„Was?“, rief Ida. „Du musst ein bisschen lauter sprechen, ich bin gerade bei Karstadt!“ Sie senkte die Stimme. „Mit Anja“, flüsterte sie gegen den Hintergrundlärm an. „Schöne Grüße!“

„Sie ist es nicht!“, sagte ich nachdrücklich, und Bronko, der mit hoch erhobenem Ringelschwanz vor mir herlief, sah sich irritiert nach mir um. „Die Frau heißt zwar Dr. Nicole Frei, aber es ist nicht meine Frau Dr. Frei.“

Einen Moment war aus dem Hörer nur das Kaufhausgedudel zu hören, dann sagte Ida: „Oh!“

„Du hast mir die falsche Frau Dr. Frei rausgesucht“, sagte ich säuerlich und spürte, wie gut es mir tat, die Schuld auf Ida schieben zu können.

Jawohl, Ida war schuld. Sie war schuld daran, dass ich sinnloserweise ein Heidengeld ausgegeben, einen unsäglichen Vormittag verbracht und obendrein noch meine Mutter im Schlepptau hatte, mit der ich nun noch zwei geschlagene Tage hier verbringen würde. Unser Rückflug ging erst Montag früh, ich hatte noch einen Abend drangehängt, um zeitlichen Spielraum für meine Verabredungen mit Frau Dr. Frei zu haben.

Alles vergebens!

„Oh“, sagte Ida erneut. „Das ist ja ... wie konnte das denn passieren?“

„Das hätte ich gern von dir gewusst“, knurrte ich. „Du hast sie mir ja schließlich rausgesucht!“

Ein älterer Herr in zünftiger Wanderkleidung kam mir freundlich grüßend entgegen, und ich grüßte freundlich zurück. Er erinnerte mich an Max Moser, aber das war wahrscheinlich eher einer Art Traumatisierung als der Realität zuzuschreiben.

Das Kaufhausgedudel sägte an meinen Nerven. „Ida!“, rief ich in den Hörer. „Jetzt sag doch mal was!“

„Tja, ich weiß nicht recht“, sagte Ida. „Ich kann mir das nicht recht erklären. Du hattest doch das Foto gesehen und gemeint, sie könnte es sein!“

„Aber sie ist es nicht!“, sagte ich kläglich. „Sie sieht irgendwie genauso aus, aber sie ist es eben nicht. Sie ist eine andere!“ Das klang wie ein schlechter Filmtitel, und Ida wagte es tatsächlich zu lachen. Aber nur kurz.

„Ich kann gern zu Hause noch mal gucken, ob ich was übersehen habe“, bot sie an. „Aber ich komme erst morgen dazu, tut mir leid. Jetzt bin ich einkaufen, dann sind wir zum Essen eingeladen, und dann geht ja die Veranstaltung schon los. Schöne Grüße von Vanessa noch übrigens!“

Ich knurrte nur, und Bronko sah sich erneut zu mir um. Weiter vorn kam schon die Poststraße in Sicht, und ich nahm seine Leine kürzer. „Vanessa kann mir gestohlen bleiben“, zischte ich. „Und deine Veranstaltung auch! Wie soll ich denn jetzt diese Tage hier herumbringen?“

„Ach, versuch dir einfach eine schöne Zeit zu machen. Die Schweiz ist doch so schön!“, schlug Ida vor. „Ja, ich nehme das Teil hier, und dieses, aber das kann zurück“, erklärte sie.

„Was?“

„Ich bin gerade an der Kasse“, flüsterte sie unterdrückt. „Du, Britti, sei nicht sauer, ich ruf dich später zurück, ja? Und Kopf hoch, das wird schon!“

Wütend drückte ich auf die Aus-Taste und ließ das Handy in die Innentasche gleiten. Dann zog ich den Reißverschluss zu, aber er klemmte schon wieder. „Mist!“ Aufgebracht zerrte ich daran, und schließlich gab es einen kleinen Ruck, und ich hielt den abgerissenen Zipper in der Hand. „Kacke!“, rief ich.

„Nanana“, sagte eine ältere Dame, die eben ihren Rollator an mir vorbeischob. Ich drehte mich nach ihr um. Sie sah aus wie Anna Graf, sogar von hinten. Der Dutt war auf dieselbe kunstvolle Art geflochten.

Ich stöhnte und steckte den Zipper in meine Hosentasche. Bronko sah unsicher zu mir auf, dann beschnüffelte er ausgiebig ein Stück kunstvoll gedrechselten Holzzauns und hob sein Beinchen.

Mein Traum war zerplatzt.

Ich würde sie nicht finden.

Es war vorbei. Aus und vorbei.

Freudlos trottete ich weiter bergab, hinter Bronko her, der gutgelaunt jedes Sträuchlein und jeden Grashalm entlang dem Weg beschnupperte. Er sah richtiggehend entspannt aus, vermutlich froh darüber, den anderen riesigen Hunden und der gedrückten Enge des Seminarraums entflohen zu sein.

Ich hingegen war überhaupt nicht entspannt. Erst jetzt, nach meiner Flucht, wurde mir richtig bewusst, dass all mein Hoffen und Bangen vergebens gewesen war.

Ich hatte mich von einem Foto irreführen lassen. All meine Hoffnungen und Sehnsüchte hatte ich auf ein Foto projiziert, das, wenn ich jetzt mit Abstand darüber nachdachte, kaum Ähnlichkeit mit meiner Frau Dr. Frei aufgewiesen hatte, von den blonden Haaren einmal abgesehen. Eigentlich hätte es mir klar sein müssen.

Wäre es meine Frau Dr. Frei gewesen, dann hätte ich sie doch sicherlich zweifelsfrei erkannt.

Hatte ich aber nicht. Ich hatte gezweifelt!

Und nun zweifelte ich an mir selbst.

An der Straßenkreuzung nahm ich Bronko noch fester an die Leine und sah mich um, dann überquerte ich die Poststraße und bog in die belebte Bahnhofstraße mit ihren vielen Geschäften und Läden ein.

Offenbar nutzte die Zuger Bevölkerung den Samstag besonders gern zum Einkaufen, denn es wimmelte nur so von Passanten. Die meisten trugen riesige, gut gefüllte Taschen und Tüten, einige von ihnen hatten auch kunstvoll verpackte Pralinen- und Kuchenschachteln dabei. Die Sonne schien mild vom Himmel, und vor einem Restaurant waren bereits Tische und Stühle aufgestellt. Ein optimistischer Kellner verteilte gerade einen Stapel knallroter Wolldecken und lächelte mir beschwingt zu, als ich vorbeimarschierte. Ob ich vielleicht einen Kaffee …?

„Britt! Huhu!"

Ich fuhr herum.

Meine Mutter kam winkend auf mich zu, ein breites Lächeln im Gesicht. „Huhu, Britt!", rief sie und bückte sich kurz, um Bronko über den Kopf zu streicheln. „Hallo, meine Kleine!“, begrüßte sie den Hund, dann sah sie freudestrahlend zu mir auf. „Guck mal, was ich habe!“

Mein ganzes Leben lang hatte meine Mutter mich mit ihren frisch erworbenen Einkäufen traktiert. Als einziges Mädchen unter drei Geschwistern war es selbstverständlich mir und nicht meinen Brüdern zugefallen, die neuen Kleidungsstücke meiner Mutter zu begutachten und möglichst ausgiebig zu loben.

Ich war nie gut darin gewesen, die Passform von Textilien zu beurteilen, und ich hatte bis heute keine Ahnung, welche Farben zusammen gut aussahen und wem sie standen oder eben nicht. Aber das nützte mir nichts.

Auch jetzt baute meine Mutter sich vor mir auf, griff in eine voluminöse Papiertasche und zog ein dunkles Stück Stoff heraus, um es mir wedelnd vor die Nase zu halten. „Guck dir das an, so ein schönes Oberteil! Das hat nur etwa 25 Euro gekostet!“

Verblüfft sah ich meine Mutter an. Seit wann besaß sie die Fähigkeit, Schweizer Franken in Euros umrechnen?

„Hat die Verkäuferin mir ausgerechnet“, sagte meine Mutter und legte sich das Oberteil, eine Art Strickjacke, quer über die Brust. „Guck mal, ist das nicht schick?“

„Ja, super“, sagte ich lahm. „Aber du musst es nachher mal anziehen, dann kann ich es besser sehen.“ So sah ich natürlich nur eine undefinierbare Menge schwarzen Strickstoffs, der den Oberkörper meiner Mutter zur Hälfte bedeckte. Aber meine Mutter ließ sich in ihrer Begeisterung nicht stören. Sie stopfte die Jacke in ihre Tasche und hängte sie sich zufrieden über die Schulter.

„Ich hab mir gesagt, das Teil hab ich noch nicht“, sagte sie befriedigt und blickte mich unternehmungslustig an. „Es gefällt mir hier sehr gut in Zug. Und da sind noch lauter interessante Geschäfte!“ Sie wies nach hinten. „Kommst du mit?“

Ergeben zuckte ich mit den Schultern. Einen Kaffee konnte ich immer noch trinken. Schließlich hatte ich jetzt Zeit. Sehr viel Zeit bis Montag früh.

Meine Mutter marschierte zielstrebig los, und ich trabte griesgrämig hinter ihr her. Bronko hielt sich tapfer in unserer Mitte, eine gute Entscheidung, wie ich fand, denn so war er einigermaßen vor unbeabsichtigten Tritten der zahlreichen Passanten geschützt. Leichtes Mitleid überkam mich, als ich auf seinen kleinen straffen Körper, der emsig mit meiner Mutter Schritt hielt, hinunterblickte. Wie anstrengend es sein musste, so klein zu sein! Auch mit seinesgleichen war Bronko nur selten auf Augenhöhe, die meisten Hunde überragten ihn schließlich um ein Mehrfaches. Wie Mäxli zum Beispiel. Der jetzt sicherlich gerade eine Paarübung vollführte.

Mit wem Sandra Keller sich nun wohl zusammengetan hatte? Viel Auswahl hatte sie ja nicht.

Fast hatte ich ein schlechtes Gewissen deswegen. Aber meine Mutter, die jetzt vor einem Stoffgeschäft stehen geblieben war, lenkte mich ab.

„Guck mal, was da steht!“, sagte sie mit gerunzelter Stirn. „Das ist doch falsch geschrieben!“

Ich zerrte Bronko mit einem Ruck von der Eingangstür weg, an der er gerade das Beinchen heben wollte, und musterte das große Klappschild, das vor dem Fenster aufgebaut war. „Stoff-Resten“ stand darauf, in fein säuberlichen handgeschriebenen Lettern.

„Das heißt hier so“, sagte ich. „Hier heißt das Resten und nicht Reste.“

„Komisch, die Schweizer“, sagte meine Mutter kopfschüttelnd und ging weiter. Bronko hüpfte hinter ihr her und hob schnell das Beinchen am Klappschild, ehe ich ihn wegziehen konnte. Als er sich zu mir umsah, vermeinte ich einen triumphierenden Ausdruck auf seinem kleinen Hundegesicht auszumachen.

„Wenn du das noch mal machst, dann bringe ich dich zurück ins Dog-Center und werfe dich Ricky zum Fraß vor", flüsterte ich boshaft. Bronko drehte sich um und trabte hinter meiner Mutter her, und ich folgte ihm an der Leine.

Eigentlich sollte es ja andersherum sein, dachte ich. Aber ich hatte im Moment einfach keine Kraft mehr.

Plötzlich blieb meine Mutter stehen und drehte sich zu mir um. „Warum bist du eigentlich schon so früh fertig mit deinem Springkurs?", fragte sie mit hochgezogenen Brauen. „Ich dachte, der geht den ganzen Tag?"

„Ja. Aber …" Ich dachte nach, und meine Mutter betrachtete Bronko mit einem nachsichtigen Lächeln.

„Hat sie nichts gekonnt? Musstet ihr wieder gehen?"

„Er, Mutter, es ist ein Er", sagte ich matt. „Und nein, wir mussten nicht wieder gehen. Aber es hat uns nicht so gut gefallen."

„Nein? Warum nicht? War das nicht schrecklich teuer? Übrigens ist dein Reißverschluss kaputt."

„Weiß ich." Ich seufzte und wich einem älteren Herrn aus, der seinen Elektrorollstuhl haarscharf an mir vorbeidirigierte. „Doch, das war es. Aber … Weißt du, Mutter, früher hatte man einen Hund. Und heute hat man eine Lebenseinstellung", sagte ich mürrisch. „Es war einfach nicht das Richtige für uns."

Meine Mutter nickte. „Das hab ich mir schon gedacht! So ein Hundeturnen ist wirklich nichts für dich, Britt, das hätte ich dir vorher sagen können. Kriegst du das Geld denn zurück?"

Ich schüttelte stumm den Kopf. Meine Mutter betrachtete mich, dann zog ein mitfühlendes Lächeln über ihr Gesicht.

„Weißt du was? Du darfst dir ein schönes Oberteil aussuchen!“, erklärte sie freudig.

„Oh“, sagte ich wenig überrascht und nickte schwach. Ein Oberteil. Also würde ich aus der Schweiz zwar nicht mit einer neuen Partnerin, aber einem Oberteil nach Hause zurückkehren.

Vermutlich besser als nichts. Meine Freude hielt sich allerdings in Grenzen.

„Schön, Mutter“, sagte ich. „Aber erst mal würde ich gern einen Kaffee trinken.“

„Gut, gut. Aber lass uns zuvor noch dahinten zu den schicken Geschäften gehen, ja?“ Meine Mutter wartete nicht ab, sondern setzte sich augenblicklich beschwingt in Bewegung.

Die Schweiz schien ihr gutzutun. Anders als mir.

Die schicken Geschäfte entpuppten sich als eine endlose Ansammlung teurer Boutiquen und Schmuckläden. Offenbar aber hatte ihre eigene Ankündigung, mir ein Oberteil schenken zu wollen, die Kauflust meiner Mutter erheblich gedämpft, denn sie befand bei jedem Laden aufs Neue, dass die Preise der feilgebotenen Kleidungsstücke ihr Budget doch arg überstiegen.

Vor einer mit Glitzerjuwelen geschmückten Boutique entdeckte sie dann doch einen recht preiswerten Pullover, der offenbar für mich in Frage kam. „Hier, Britt, guck mal! Probier doch mal an!“

„Ach, Mutter, ich hab doch reichlich schwarze Rollkragenpullis“, wehrte ich ab und zog Bronko ein Stück vom Kleiderständer weg. „Nicht dahin, Dicker!“

„Möchten Sie äs gärn probiere?“ Die Verkäuferin war herausgetreten und sah auffordernd von meiner Mutter zu mir.

„Ja, meine Tochter sucht noch einen Pulli“, sagte meine Mutter hinterlistig und hielt mir den Rolli hin.

„Mutter“, zischte ich. „Ich möchte keinen weiteren schwarzen Rollkragenpullover!“

Die Verkäuferin rieb sich die Hände und trat näher. „Ich hätte auch hier noch ein weiteres nettes Modell in Ihrer Größe“, sagte sie und zog mit geübtem Griff eine paillettenbesetzte auberginefarbene Bluse zwischen den anderen Kleidungsstücken heraus. „Hier, bitte schön!“

Mir stockte der Atem. Wenn sie mir eine solch grässliche Bluse heraussuchte, welchen Eindruck musste ich dann auf sie machen? Wirkte ich so ältlich und geschmacklos?

Aber unerwarteterweise kam mir meine Mutter zu Hilfe. „Ach nee“, sagte sie. „Die Farbe steht meiner Tochter nicht. Damit sieht sie potthässlich aus.“

Die Verkäuferin starrte sie schockiert mit offenem Mund an. Dann klappte sie ihn wieder zu und setzte ein fragiles Lächeln auf. „Ach, ja, wenn das so ist …“

Aus dem Augenwinkel sah ich, wie Bronko, der sich wieder zum Kleiderständer zurückgearbeitet hatte, sein Beinchen hob und ein paar Tröpfchen absetzte, und mit einem Ruck zog ich ihn nach vorn. Bronko stolperte und drohte einen Moment lang umzukippen, dann fing er sich wieder und sah beleidigt zu mir auf. „Mutter“, sagte ich rasch. „Komm, wir gehen … einen Kaffee trinken, ja?“

„Wiedersehen“, sagte meine Mutter vergnügt zur Verkäuferin, und die Verkäuferin nickte gequält und machte sich eilends daran, die Kleidungsstücke auf dem Ständer neu zu ordnen.

„Mutter", flüsterte ich, als wir uns weit genug entfernt hatten. „Mutter! Hier sagt man nicht einfach, wenn man etwas hässlich findet! Man umkleidet es."

Meine Mutter griff ihre Tasche fester. „Wieso das denn?"

„Die Schweizer sind extrem höflich, Mutter. Die haben es nicht so gern so direkt heraus."

Sie dachte einen Moment lang nach, während sie die historischen Altbauten am Postplatz betrachtete. „Ja, und wie sagt man so was dann?"

Jetzt musste ich selbst überlegen. „Na ja, man könnte zum Beispiel sagen: ‚Der Pullover ist ausgesprochen schön, und die Farbe gefällt mir sehr, aber meine Tochter könnte darin eventuell ein wenig blässlich wirken. Vielleicht wäre eine andere Farbe in der Tat passender?'"

„Mein Gott, wie umständlich!" Meine Mutter schüttelte den Kopf. „Na ja. Ich weiß nicht, ob ich das kann. Aber du hast recht. Die Schweizer sind wirklich ausgesprochen freundlich und höflich, das muss ich schon sagen. Und die Männer haben schöne Stimmen." Sie seufzte, und ich seufzte auch.

Manche Frauen auch, fügte ich im Stillen hinzu.

„Aber man versteht sie oft nicht richtig", erklärte meine Mutter und sah mich an. „Na, dann können wir uns ja auf jeden Fall noch zwei feine Tage hier machen, das ist auch schön. Was, du Kleine?" Sie beugte sich zu Bronko hinunter und tätschelte ihm den Kopf. „Aber du darfst nicht an alle Kleiderständer pinkeln, Mäuschen", sagte sie verschwörerisch. „Das haben die Schweizer nicht so gern!" Sie kicherte und richtete sich auf. „Na los, dann lass uns einen Kaffee trinken gehen, Brittchen."

„Ja, Mutter", sagte ich müde. „Sehr wohl. Zu Befehl."

Den Nachmittag verbrachte ich damit, trübsinnig in meinem Zimmer am Fenster zu sitzen und hinaus auf den Zugersee zu starren, der malerisch im Sonnenlicht dalag, während meine Mutter ein Nickerchen hielt und die vertrockneten Rosenblätter hinter mir im Minutentakt knisternd zu Boden fielen.

Zweimal versuchte ich Ida zu erreichen, aber vergeblich. Ich hasste sie danach jedes Mal für circa fünf Minuten mit voller Inbrunst, aber dann war es mir wieder egal. Ich konnte mich zu nichts aufraffen, nicht einmal dazu, hinunter in die Hotellobby zu gehen und den freundlichen Enzo Caprese zu bitten, mir den Code für den PC im Foyer zu geben, um weiter nach Frau Dr. Frei zu suchen.

Es war sinnlos, das spürte ich in jeder Faser meines Körpers.

Ich würde sie nicht wiederfinden, und vielleicht war es auch gut so.

Bestimmt hatte ich mich in einen vollkommen unerfüllbaren Traum verrannt. Frau Dr. Frei war eine Erscheinung gewesen, eine Art persönlicher Marienerscheinung für mich, und dabei sollte ich es am besten auch belassen.

Das Leben als Single war schließlich auch schön! Ich hatte meine Ruhe, meine Ordnung, meinen Beruf und meine Freundinnen, dazu meine Mutter. Das ging doch auch!

„Oder, Dicker?“, fragte ich Bronko, der sich gemütlich zu meinen Füßen zusammengerollt hatte.

Bronko zuckte noch nicht einmal mit den Ohren. Warum hatte er sich eigentlich zu mir gesellt und nicht zu meiner Mutter? Nachdenklich betrachtete ich den kleinen Hund, der den Kopf auf beide Vorderpfoten gebettet hatte. Sein linkes Ohr war umgeklappt und gewährte freien Einblick in eine rosafarbene Ohrmuschel, einer seiner unteren Eckzähne lugte aus seinem geschlossenen Maul hervor.

Ein Gefühl der Rührung überkam mich. Vielleicht hatte er sich zu mir gelegt, um mich in meinem Kummer nicht allein zu lassen?

„Und ich habe Bronko!", fügte ich meiner Liste hinzu und nickte nachdrücklich.

Für einen Moment fühlte ich mich tatsächlich getröstet.

„Das ist aber schön hier", sagte meine Mutter und betrachtete die Speisekarte. Wir hatten für unser zweites Abendessen ein Restaurant in der romantischen Altstadt direkt neben dem mächtigen Glockenturm gewählt, der mit seinen riesigen Uhrwerken zu den wichtigsten Sehenswürdigkeiten der Stadt zählte. Meine Mutter hatte eher desinteressiert zugehört, was ich ihr dazu mühevoll referiert hatte, dann hatte sie auf das Restaurant daneben mit seinen hübsch herausgeputzten Sprossenfenstern gewiesen. „Da möchte ich essen, Britt, da sieht es schön aus!"

„Du findest ja wirklich alles schön hier", sagte ich säuerlich, als wir uns in einer der Sitznischen gegenübersaßen. Bronko hatte von einem aufmerksamen Kellner sogleich eine Schüssel Wasser solch gigantischen Ausmaßes hingestellt bekommen, dass er mühelos darin hätte baden können.

Wollte er aber nicht. Stattdessen hatte er sich lang ausgestreckt unter den Tisch gelegt und beobachtete nun das Kommen und Gehen in der gut besuchten Gaststube.

„Ja", sagte meine Mutter. „Finde ich. Nur die Preise finde ich nicht schön. Aber weißt du was – ich nehme das vegetarische Gericht hier, die Blätterteigkissen gefüllt mit Marktgemüse."

„Eine gute Wahl!", sagte der Kellner, der plötzlich an unserem Tisch stand. „Und für Sie, meine Dame?"

Überrumpelt klappte ich die Karte zu, als hätte ich etwas zu verbergen. „Äh, ich nehme die Penne mit Gemüsejulienne." Was auch immer das sein mochte.

„Gern. Und zu trinken?"

Ich spürte, wie Bronko unter dem Tisch aufgestanden war und nun heftig an seiner Leine zog, und unwillig zog ich zurück. „Eine große Flasche Wasser, bitte! Und zwei Rotwein. Wir nehmen …", ich schlug die Karte wieder auf.

„Und wie wäre es mit einem Merlot? Der Ticinello ist von ausgesuchter Qualität?", sagte eine Stimme, die mir bekannt vorkam. Bronko zerrte noch heftiger, und ich sah unter den Tisch, um zu entdecken, dass er wedelnd einem Paar frisch geputzter Wanderschuhe entgegenstrebte.

Ich blickte auf. Herr Lüthi stand lächelnd hinter dem Kellner, einen Hut in den Händen. „Wenn ich den Damen einen guten Tropfen empfehlen darf …", sagte er und nickte dem Kellner zu. „Guten Abend, Renato!"

„Guten Abend, Herr Lüthi!" Renato nickte freundlich, offenbar war Herr Lüthi ihm wohlbekannt. „Der Ticinello also? Für Sie auch ein Glas, Herr Lüthi?"

Herr Lüthi zögerte und spielte mit dem Hut in seinen Händen, während er vorsichtig von meiner Mutter zu mir sah. Ich versuchte, mir meine Verlegenheit nicht anmerken zu lassen. Wie peinlich! Ausgerechnet Herr Lüthi musste mich hier aufspüren!

„Wie ist es, wollen Sie sich nicht zu uns setzen?", fragte meine Mutter erstaunlich geistesgegenwärtig, und ein Leuchten zog über Herrn Lüthis Gesicht.

„Wenn ich nicht störe, sehr gern!"

„Sie stören nicht!", sagte meine Mutter und lächelte breit, und das brach den Bann.

Der Kellner nahm Herrn Lüthi Hut und Mantel ab, dann trat er zur Seite, und Herr Lüthi reichte erst meiner

Mutter die Hand und dann mir. Anschließend beugte er sich kurz zu Bronko hinunter, der ein Gewese machte, als wäre Herr Lüthi sein bester, seit Jahren vermisster Freund. Fast ärgerte mich das.

Herr Lüthi richtete sich wieder auf und glättete unauffällig sein Haar. „Gestatten, dass ich mich Ihnen nun auch einmal vorstelle?“, fragte er meine Mutter, die ihn hocherfreut ansah. „Reinhold Lüthi mein Name. Ihre Tochter kenne ich ja nun schon, und den kleinen Freund dort unten auch“, er lächelte zu Bronko hinunter, „aber wie ist denn Ihr werter Name, meine Dame, wenn ich fragen darf?“

„Eva Potönke“, sagte meine Mutter geschmeichelt.

„Aha! Potönkche, natürlich, natürlich!“ Herr Lüthi zog den Stuhl von der Tischmitte zurück und setzte sich hin, um seine gepflegten Hände vor sich auf dem Tisch zu verschränken. „Wie nett, Sie beide hier anzutreffen!“, sagte er. „Oh Pardon, Sie drei natürlich! Was, Dicker?“

„Bronko“, stellte ich richtig. „Er heißt eigentlich Bronko.“

„Ja, natürlich!“ Herr Lüthi strich sich über den Schnurrbart und sah mich treuherzig an. „Sagen Sie, ich möchte Ihnen ja nicht zu nahe treten, aber haben wir Sie heute Vormittag verschreckt? Wenn ja, dann tut es mir sehr leid!“

„Nein“, murmelte ich und spürte, dass ich rot anlief. Zum Glück war es in unserer Nische recht dunkel, sodass es vielleicht nicht weiter auffiel. „Ich war nur … mir war nicht ganz gut.“

„O je! Hätten Sie doch etwas gesagt! Wir haben uns Sorgen gemacht, wissen Sie!“ Seine hellen Augen blickten mich mitfühlend an.

„Wieso, habt ihr euch heute Morgen schon getroffen oder wie?“, mischte meine Mutter sich ein, und ausnahmsweise war ich ihr dankbar dafür.

„Herr Lüthi arbeitet im Dog-Center“, erklärte ich. „Also, er ist der Vater von der Tierärztin.“

„Deiner Tierärztin?“, wunderte sich meine Mutter. „Der, die du unbedingt wiedersehen wolltest?“

Herrjemine! „Nein, äh … ach was. Ich wollte gar keine wiedersehen“, sagte ich und wich Herrn Lüthis fragendem Blick aus. „Ich wollte nur … jedenfalls, mir war nicht gut, und da bin ich lieber gegangen.“

„Vielleicht konnte meine Tochter auch nicht so hoch springen“, sagte meine Mutter und lachte fröhlich. Herr Lüthi sah ein wenig verdutzt aus, aber er lächelte freundlich mit.

„Aber vielleicht dürfen wir Sie ja morgen erwarten?“, schlug er vor. „Wenn es Ihnen gut geht?“

„Ich … ich guck mal“, sagte ich, und dann setzte ich lahm hinterher: „Wenn ich mich besser fühle.“

Der Kellner brachte den Wein, und wir stießen an. Ich nahm sofort einen großen Schluck, und gleich fühlte ich mich etwas besser. Argwöhnisch sah ich zu meiner Mutter hinüber, aber sie hatte nur Augen für Herrn Lüthi, der sie ihrerseits breit anlächelte.

„Ein sehr schönes Oberteil tragen Sie da, Frau Potönkche!“, sagte er mit seiner sonoren Stimme.

Meine Mutter lächelte geschmeichelt und strich über die frisch erworbene Strickjacke, die sie zur Feier des Tages angezogen hatte. „Ach, danke, die habe ich heute hier gekauft. Sie hat nur ungefähr 25 Euro gekostet!“

Herr Lüthi sah ein wenig verwirrt aus, aber dann lächelte er wieder freundlich. „Das freut mich“, sagte er. „Und wie haben Sie ansonsten Ihren Tag hier im schönen Zug verbracht? Hatten Sie die Gelegenheit, sich ein wenig umzusehen?“

„Ja, wir haben den Glockenturm angeguckt. Meine Tochter hat was drüber erzählt. Sagen Sie, was machen Sie denn so den ganzen Tag? Oder arbeiten Sie noch Vollzeit?“, fragte meine Mutter neugierig. Aber Herr Lüthi schien Gefallen an ihr gefunden zu haben, denn er antwortete freudig.

„Nein, das nicht, aber es gibt viel zu tun hier für mich. Ich gehe gern …“ Flugs waren die beiden in ein angeregtes Gespräch vertieft, das auch nicht abebbte, als unser Essen kam. Herr Lüthi hatte schon gespeist, aber er nahm gern noch einen Wein und unterhielt sich weiter angeregt mit meiner Mutter, allerdings durchsetzt mit diversen Missverständnissen, während ich eher als Staffage danebensaß.

„Heutzutage tragen die jungen Damen ja keine Strickjacken mehr, sondern Gudis“, sagte Herr Lüthi.

„Gudis?“, fragte meine Mutter verständnislos.

„Hudis! Ich meine Hudis“, erklärte Herr Lüthi und sah ihr tief in die Augen. „So heißen diese modernen Sweaterjacken doch, wenn ich richtig informiert bin?“

Er zog jede Silbe derart in die Länge, dass auch ich keine Ahnung hatte, wovon er sprach, aber dann fiel bei mir der Groschen. „Hoodys“, sagte ich. „Sie meinen Hoodys, diese Kapuzenpullover?“

„Richtig“, sagte er dankbar. „Sehr genau!“ Er bedachte mich mit einem freundlich-nachsichtigen Blick und wandte sich wieder meiner Mutter zu. „Haben Sie denn noch andere Tiere außer Ihrem kleinen vierbeinigen Kameraden?“

„Wir haben einen Esel zu Hause“, verkündete Mutter.

„Mutter! Wir doch nicht“, wies ich sie zurecht. „Sondern Herr Gärtner. Unser Nachbar, sozusagen“, erklärte ich Herrn Lüthi, der allerdings nur Augen für meine Mutter hatte.

„Ja, aber er steht bei mir im Garten. Also ist es auch irgendwie meiner", beharrte sie und blitzte mich an.

„Eher dein Untermieter", sagte ich trocken.

„Bronko ist auch eher mein Untermieter. Du hast ihn bei mir einquartiert." So leicht ließ sich meine Mutter nicht unterkriegen. Sie war gut darin, zurückzuschlagen.

„Und Herr Gärtner hat Millie einquartiert."

„Ja, denn Millie ist ja auch ein sehr freundlicher Esel."

„Bronko ist auch freundlich."

Bronko, der immer noch brav unter dem Tisch lag, wedelte, als er seinen Namen hörte, gegen mein Bein, dann gab er ein Zischen von sich, das kurz darauf in Form eines recht unangenehmen Geruchs in meine Nase stieg.

„Ja, Bronko ist auch freundlich", bekräftigte Herr Lüthi.

„Sie sind auch freundlich, Herr Lüthi", sagte meine Mutter mit Schmalz in der Stimme.

„Ach! Danche! Sie aber auch!", rief Herr Lüthi.

„Alle sind freundlich", sagte ich und verdrehte die Augen. „Einfach alle. Trinken wir jetzt noch einen Wein?"

Der Kellner eilte auf mein Zeichen herbei und brachte neuen Wein, und bald darauf waren meine Mutter und Herr Lüthi wieder in ein Gespräch vertieft, bei dem ich offenbar überflüssig war. Mit halbem Ohr hörte ich dem Geplauder der beiden zu, während ich missmutig mein Weinglas leerte und die Dessertkarte aufklappte. Allerlei hausgemachte Köstlichkeiten wie Kirschragout auf Mascarponeschaum wurden hier feilgeboten, aber ich hatte keinen Appetit darauf.

Warum nur hatte ich sie nicht gefunden? Wo versteckte sie sich? Irgendwo hier in der Schweiz musste sie doch leben, das hatte sie selbst gesagt. Ich winkte dem Kellner und betrachtete Herrn Lüthis Profil.

Er sah in der Tat gut aus, das musste ich zugeben. Kernig irgendwie, vor allem für sein Alter. Wenn ich mich nicht irrte, war er ungefähr so alt wie meine Mutter, eventuell ein paar Jahre jünger. Sie hatte eine Vorliebe für schlanke, etwas jüngere Männer, das wusste ich. Mein Vater war auch schlank und etwas jünger gewesen, und die beiden Liebhaber, die sie vor ihm gehabt hatte, ebenfalls. Herr Lüthi passte genau.

Aber mir passte das nicht. Ich wollte meine Frau Dr. Frei. Ich wollte nicht leer ausgehen!

Ich betrachtete immer noch Herr Lüthis Profil, der gerade die Lippen spitzte, um einen letzten Tropfen aus seinem Weinglas zu nehmen, da fiel mir etwas ein. Natürlich! Herr Lüthi kannte sich doch ganz gewiss aus mit Tierärztinnen in der Umgebung! Wer, wenn nicht er?

„Herr Lüthi?"

Herr Lüthi beachtete mich nicht. Stattdessen starrte er meine Mutter an, die gerade über etwas lachte, was er von sich gegeben hatte.

„Herr Lüthi?" Ich hob die Stimme, und Herr Lüthi und meine Mutter sahen mich beide überrascht an, so als hätten sie vergessen, dass ich auch noch mit am Tisch saß.

„Sagen Sie, gibt es hier in Zug eigentlich noch andere Tierärztinnen?", fragte ich. „Oder in der Nähe?"

Herr Lüthi blickte mich an. In seinen hellen Augen konnte ich leichtes Misstrauen ablesen, aber das kümmerte mich nicht weiter. „Aber ja", sagte er. „Es gibt noch mehr Damen, die diesen schönen Beruf ausüben. Die Selina Hoffmann und die Marie Bombelaj. Und dann noch die Regula. Ich weiß aber gar nicht, ob die Regula noch regelmäßig praktiziert, in letzter Zeit ist sie viel unterwegs." Seine Miene verdunkelte sich für einen Moment, dann aber hellte sie sich wieder auf. „Sie hat ihre Praxis ganz oben auf dem Berg. Eine wunderschöne Aussicht hat man von dort, es lohnt sich ungemein, dort einmal einen ausgiebigen Blick in die Runde zu werfen! Sie müssen nur die Seilbahn nehmen und dann an der Station links gehen, es ist das dritte Haus hinter dem Institut Montana, oben an der Spitze. Gar nicht zu verfehlen. Aber noch schöner ist es, hinaufzusteigen. Wunderschön!" Er wandte sich an meine Mutter. „Interessieren Sie sich denn für Bergwanderungen, Frau Potönkche?"

„Nein, auf gar keinen Fall", sagte meine Mutter. „Ich interessiere mich für andere Sachen." Sie sah Herrn Lüthi tief in die Augen, und ich verschluckte mich fast.

Sie flirtete! Meine Mutter flirtete mit Herrn Lüthi!

Ich konnte es kaum glauben.

„Vielleicht für eine Fahrt auf dem schönen Zugersee?", erkundigte sich Herr Lüthi erfreut. „Ich weiß ja nicht, was Sie so vorhaben, aber wenn Sie mögen … ich selbst werde morgen eine kleine, feine Dampferfahrt machen. Am zweiten Tag der Workshops werde ich nicht mehr allzu dringend gebraucht, deshalb nutze ich morgen die Gelegenheit."

„Aber ja, gern!", rief meine Mutter. „Da bin ich dabei!"

Noch nie hatte ich meine Mutter jemals zuvor flirten sehen, und dann ausgerechnet mit dem Vater der falschen Frau Dr. Frei!

Herr Lüthi wandte sich mir zu. „Und Sie, Frau Potönkche?"

„Mai-Britt", sagte ich. „Sie können gern Mai-Britt zu mir sagen. Ich … na ja, ich …"

„Nun, wenn Sie sich besser fühlen, dann sind Sie ja sicherlich beim Workshop zugegen", warf Herr Lüthi freundlich ein. „Aber andernfalls ist eine Dampferfahrt vielleicht auch nicht so ganz das Richtige, wenn einem nicht gut ist, nicht wahr?"

Er wollte mich nicht dabei haben. Herr Lüthi wollte mit meiner Mutter allein sein. Und sie auch mit ihm.

Nicht zu fassen.

Das hatte ich jetzt davon! All der Aufwand, und am Ende segelte meine Mutter geradewegs in den Hafen der Seligkeit, und ich guckte in die Röhre.

Aber so weit war es ja noch nicht.

„Wir werden sehen", sagte ich und warf Bronko unter dem Tisch einen forschenden Blick zu.

Bronko hatte sich zusammengerollt und schlief bereits.

Am liebsten hätte ich dasselbe getan.

Aber noch hatte ich eine letzte Frage, dann würde ich Ruhe geben. Und mich vielleicht schon frühzeitig auf mein Zimmer verziehen. Offenbar waren sich meine Mutter und Herr Lüthi ja Gesellschaft genug. „Herr Lüthi", sagte ich, „eine Frage hätte ich noch – wie heißt denn diese Tierärztin auf dem Berg?"

„Die Regula? Der Nachname lautet Bader-Frei", sagte er.

Wie vom Donner gerührt starrte ich ihn an. „Wie? Sie heißt auch Frei? Also, hinten?"

Herr Lüthi nickte und strich sich über den Schnurrbart. „Aber ja", sagte er. „Das hat in der Tat schon so manches Mal für allerlei Verwechslungen gesorgt! Allerdings schreibt sie sich nicht mit i am Ende. Sondern mit y."

Kapitel 5

Ein kalter Wind pfiff, als ich aus der Station trat, und ich schlang fröstelnd die Arme um meinen Oberkörper. Bronko suchte mit zusammengekniffenen Augen hinter meinen Beinen Schutz, eins seiner Ohren wurde vom Wind hochgeblasen und stand senkrecht vom Kopf ab. Ich bückte mich und klappte es ihm wieder herunter, bevor ich mich umsah.

Die asphaltierte Straße, die in beide Richtungen von der Station abzweigte, war menschenleer, obwohl einige Autos am Rand geparkt waren. Eine Ansammlung von Gebäuden befand sich ganz in der Nähe, darunter einige mehrstöckige, die offenbar erst kürzlich renoviert worden waren. Das größte von ihnen prangte in markantem Rosé, farblich sehr hübsch abgestimmt auf die graugestrichenen hölzernen Fensterläden. Weitläufige Sportanlagen, umkränzt von noch zaghaft grünenden Birken, umsäumten die festungsähnliche Anlage. „Institut Montana" stand auf einem nicht zu übersehenden Schild, neben dem ein Pfeil in Richtung des Hauptgebäudes verwies.

Das dritte Haus links dahinter, hatte Herr Lüthi gesagt. Von irgendwoher kam das Brüllen einer Kuh zu mir herangeflogen, gefolgt von Glockengeläut. Ich holte tief Luft.

„Komm, Dicker, auf geht's!", sagte ich zu Bronko und setzte mich in Bewegung.

Bronko stemmte störrisch wie ein Esel die vier Pfoten in den Boden, aber ich ruckte energisch an der Leine, und schließlich blieb ihm nichts anderes übrig, als mir zu folgen.

Der Wind war noch heftiger, als ich im Schutz der Seilbahnstation vermutet hatte. Eine kurze Böe riss mir die Kapuze vom Kopf, als ich auf die Straße hinaustrat, und rasch setzte ich sie mir wieder auf, während ich gleichzeitig versuchte, den Reißverschluss meiner Jacke hochzuziehen. Vergeblich; ohne den Zipper gelang es bei jedem Versuch weniger. Fluchend gab ich es schließlich auf und schlang beide Arme um mich, während Bronko und ich uns tapfer vorwärtskämpften, an zwei Privathäusern und der Turnhalle des Instituts Montana vorbei.

Dahinter nahm die Straße eine Biegung nach links, und hinter einem kleinen Tannenhain trat urplötzlich die Bewaldung zurück, und vor mir eröffnete sich der Bergkamm. Allerdings – viel zu sehen gab es nicht gerade, fand ich. Nur eine glatte, graue Asphaltstraße, die sich durch ein frisch ergrüntes Wiesenmeer schlängelte, hie und da von einem niedrigen Bäumchen verziert.

Der Rest lag in feinem Nebel, der aus dem Tal aufstieg und die Sicht verhinderte. Ich seufzte. Ja, es war sicherlich sehr schön hier oben, aber so recht konnte ich meine kleine Bergwanderung nicht genießen.

Der Wind blies in einer Stärke, der meine dünne Jacke auch mit intaktem Reißverschluss nicht standgehalten hätte. Auch Handschuhe, Schal und eine vernünftige Mütze hätten nicht geschadet.

Das hätte Herr Lüthi mir ruhig sagen können, dachte ich leicht vergrätzt, während ich mich mit hochgezogenen Schultern gegen den Wind stemmte und gleichzeitig mit klammen Fingern meine Kapuze zuhielt und zu Bronko hinuntersah, der mit immer noch leicht zugekniffenen Augen dicht hinter mir dahintrottete.

Aber Herr Lüthi bestieg in diesen Augenblicken ja gemeinsam mit meiner Mutter den Dampfer „Mücke", um eine romantische Tour auf dem Zugersee zu absolvieren. Er war beim Frühstück schon aufgetaucht und hatte ein derart charmantes Gewese um meine Mutter gemacht, dass ich schließlich grollend mit Bronko davongezogen war. Herrn Lüthi hatte ich im Glauben gelassen, dass es mir wieder besser ginge und ich mich deshalb nun heute erneut dem Zwiegespräch mit meinem Hund widmen würde.

Ich wusste eigentlich selbst nicht, was mir am fröhlichen Gebalze Herrn Lüthis so missfiel. Schließlich war ich weder eifersüchtig noch neidisch – ganz und gar nicht!

Aber irgendwie hatte ich das Gefühl, dass die sichtliche gegenseitige Anziehung zwischen meiner Mutter und Herrn Lüthi eigentlich mir zustehen sollte. Schließlich war ich doch nach Zug gereist, um mein Glück zu finden, nicht meine Mutter!

Stattdessen stemmte ich mich jetzt mühselig gegen den scharfen Schweizer Wind, den widerstrebenden Bronko im Schlepptau, um einen letzten Versuch zu starten, meine Frau Dr. Frei doch noch zu finden.

Frau Dr. Frey, korrigierte ich mich im Stillen und sah weiter vorn aus dem Nebel einen dunklen Umriss auftauchen. Das musste das erste Haus sein, von dem Herr Lüthi gestern Abend gesprochen hatte.

Mein Handy klingelte, und ich hielt inne. Bronko prallte gegen meine rechte Wade und blieb mit hängenden Ohren stehen, während ich das Telefon umständlich aus meiner Jackentasche herausholte, einen Blick aufs Display warf und es dann so dicht ans Ohr presste wie irgend möglich. „Ida!", sagte ich griesgrämig. „Ich hab dich gestern drei Mal versucht anzurufen!"

Ein Zischen und Rauschen antwortete mir. Ich hielt das Handy ein wenig zur Seite und schüttelte es leicht. Dann drückte ich es mir wieder ans Ohr. „Ida? Hallo!"

„… so toll!", krächzte Idas Stimme. „… langer Abend … wirklich spannend, das hätte ich gar nicht gedacht!"

„Was war spannend?"

„Na, der Abend gestern!", rief Ida, und auf einmal war ihre Stimme klar und deutlich zu verstehen. „Die Frau ist toll, wirklich toll. Obwohl es um Hunde ging!"

„Ach", sagte ich grimmig. „Wie schön für dich. Und warum hast du nicht zurückgerufen?"

„Nun sei doch nicht gleich so biestig", sagte Ida vorwurfsvoll. „Du könntest dich auch mal mit mir freuen!"

„Und du könntest auch mal zurückrufen, wenn ich dich dringend zu erreichen versuche!"

„Ach komm, Britti! Ich war erst um halb drei zu …" Ihre Stimme verlor sich in einem leisen Dröhnen.

„Was?"

„… Hau … gut …" Das Dröhnen wurde lauter.

„Was?", brüllte ich und versuchte, die Kapuze über mein Ohr zu ziehen. „Ida! Ich versteh dich nicht!"

Eine Art Fanfare antwortete mir, allerdings aus unmittelbarer Nähe, und ich fuhr herum. Hinter mir rollte ein riesenhafter Trecker heran, und rasch sprang ich an den Straßenrand, wobei ich den verdutzten Bronko so eilig mitzerrte, dass er stolperte.

Der Trecker rumpelte heran, und der Fahrer, ein junger Mann mit erstaunlich lang gezwirbeltem Schnurrbart, zog seine Mütze zum Gruß und schwang sie sich wieder auf den Kopf, kaum, dass er vorbei war.

„Was ist denn bei dir da los?", fragte Ida mit klarer Stimme in mein Ohr.

„Nichts ist los", sagte ich missmutig. „Nur, dass ich gerade fast von einem Trecker überfahren worden wäre."

Zu meinem Ingrimm lachte Ida nur. „Wo bist du denn?", erkundigte sie sich.

„Auf dem Weg zu einer Tierarztpraxis, die von einer Frau Dr. Frey geführt wird", sagte ich und spürte, wie bei meinen eigenen Worten mein Herz schneller zu schlagen begann. „Frey mit y. Nicht mit i. Darauf hättest du auch mal kommen können!"

Ida ignorierte meinen Vorwurf. „Mit y, ach ja!", sagte sie. „Ja, stimmt, so schreiben sich die Schweizer oft."

„Das wusstest du?", fragte ich böse.

„Weiß doch jeder", sagte Ida leichthin. „Und die hat ihre Praxis auch in Zug?"

„Auf dem Zugerberg", rief ich gegen den pfeifenden Wind an.

„Oh, da bist du jetzt? Da ist es doch bestimmt schön!"

„Geht so", sagte ich und betrachtete die grauen Nebelschwaden um mich herum. Dann zupfte ich an der Leine, und Bronko, der die ganze Zeit lang und breit an einem fast waagerecht im Wind stehenden Löwenzahn geschnüffelt hatte, folgte mir widerwillig auf das dunkle, große Haus zu. „Wenn man etwas von der Landschaft sehen könnte, bestimmt. Aber im Moment sehe ich nur Nebel."

Ida lachte, und für einen Augenblick hasste ich sie aus ganzem Herzen. „Schöne Grüße von Vanessa übrigens!", sagte sie, und ich brummte nur unwillig. Aber Ida war noch nicht fertig. „Also, Britt“, sagte sie. „Pass auf, jetzt wirst du staunen, was ich herausgefunden hab! Stell dir vor, deine Frau Dok…“ Ihre Stimme verschwamm urplötzlich, als würde sie in Wasser ertränkt.

„Ida?“, rief ich. „Ida!“

Es rauschte im Hörer, dann brach die Verbindung gänzlich ab. Ich blieb stehen und starrte frustriert auf das Display. Dort, wo eigentlich mindestens ein kleiner Balken den Netzempfang anzeigen sollte, herrschte gähnende Leere. Ich nahm Bronko fester an die Leine und ging ein paar Schritte rückwärts.

Kein Balken.

Ich ging noch weiter zurück. Ein Balken flackerte auf, verschwand aber wieder, während ich die Nummer von Ida anwählte. Ich ließ das Handy sinken und sah zweifelnd zum Institut Montana zurück, dann nach vorn zu dem dunklen Schatten des Hauses.

Was immer auch Ida mir zu sagen hatte, es musste warten. Und so wichtig war es offenbar sowieso nicht, sonst hätte sie mich ja schon früher angerufen.

„Komm, Dicker!“, sagte ich energischer, als ich mich fühlte, und stapfte los.

Der dunkle Schatten entpuppte sich als riesige Scheune. Ich rang einen Moment mit mir, aber dann beschloss ich, dass sie in punkto vollwertige Häuser nicht mitzuzählen war, und ging weiter die Straße entlang.

Meine neuen Outdoorschuhe drückten an beiden Knöcheln, und mir war klar, dass ich spätestens heute Abend mit dicken Blasen würde rechnen müssen. Ich seufzte in mich hinein und kämpfte mich weiter voran, wobei ich Bronko hinter mir herzog.

Auf dem gänzlich ungeschützten Bergkamm blies der Wind nun noch ungleich stärker, und ich zitterte richtiggehend, als ich eine ganze Weile später das erste Haus erreichte, ein Privathaus, wie es mir schien, mit verschlossenen Fensterläden und einem überdimensionalen Holzstapel zu beiden Seiten der Eingangstür.

Mir die Hände reibend, hielt ich mich eine Weile im Schutze der Überdachung auf, bevor ich weitermarschierte.

Mittlerweile hatte es ein wenig aufgeklart, und der Nebel lichtete sich langsam. Schemenhaft tauchten Bäume wie reglose Gestalten jenseits des Weges auf, und weiter unten, dort, wo ich den Zugersee und die an seinen Hängen liegende Stadt vermutete, blitzten ein paar Lichter auf. Das nächste Haus, ein verlassenes kleines Gehöft, lag einen guten halben Kilometer Fußmarsch entfernt, und ich schlotterte am ganzen Körper, als ich es endlich erreichte.

Aber nicht nur ich. Bronko, der sich schutzsuchend an meine Beine drängte, zitterte ebenfalls wie Espenlaub, und eine Welle von Mitleid überflutete mich, als ich zu ihm hinuntersah.

„Armer Hund!", sagte ich und bückte mich. Bronko schloss genießerisch die Augen, als ich ihn mit meinen klammen Fingern ausgiebig streichelte. „Was du alles mitmachen musst! Aber ich ja auch."

Bronko sah zu mir auf, und aus seinen treuen braunen Augen sprach Zustimmung.

„Aber ich verspreche dir, Bronko: Wenn wir sie jetzt nicht finden, dann gebe ich auf."

Bronko schloss die Augen und drängte sich an meine Knie. Eine heftige Böe zauste sein Fell am Nacken.

„Immerhin haben wir uns", fügte ich hinzu, obwohl ich mir ein wenig verlogen dabei vorkam. Schließlich war

Bronko ja nicht mein Hund, wenn man es genau nahm, sondern der Hund meiner Mutter.

„Komm, wir gehen weiter, Bronko“, verkündete ich. „Ich glaube nämlich, dass wir Glück haben. Es kann ja kein Zufall sein, dass sie Frey heißt. Und Nicole passt sowieso nicht als Vorname für meine Frau Dr. Frey.“

Darüber hatte ich die ganze Nacht lang nachgedacht. Nein, wirklich, meine Frau Dr. Frey sah nicht wie eine Nicole aus. Das hatte mich von Anfang an gestört.

Ich hätte es eigentlich wissen müssen.

Regula passte viel besser.

Weitere zehn Minuten straffen Fußmarsches lagen vor uns, dann schälte sich endlich das nächste Gebäude aus dem restlichen Nebel. Es war ein sehr großer Gutshof, mit einer prunkvoll verzierten Fassade und einem umlaufenden hölzernen Balkon. Auf der rechten Seite schlossen sich mehrere große Schuppen und Scheunen an, und vor einer davon parkte ein Trecker.

Ich blieb stehen und musterte das Anwesen. Plötzlich hatte ich einen Kloß im Hals. Wenn dies hier das Haus von meiner Frau Dr. Frey war, dann war sie nicht gerade eine unvermögende Person.

Würde sie mich nicht auslachen, wenn ich hier so ankam, in meinen preiswerten Outdoorschuhen und der Jacke mit dem defekten Reißverschluss?

Ich sah an mir hinunter, dann zog ich den Reißverschluss kurzerhand ganz auf. Sofort griff der Wind hinein und bauschte die Jacke auf, aber so fiel es wenigstens nicht auf, dass der Reißverschluss kaputt war.

Vorsichtig trat ich zur Eingangstür. Kein Schild war zu sehen, und ich konnte auch keine Klingel entdecken. Vielleicht klingelte man ja auch nicht an einem Bauernhof?

Plötzlich begann Bronko zu knurren.

„Grüezi!“, sagte jemand hinter mir. Ich fuhr herum. „Sueched Si öpper Beschtimmts? Chann i Ine öppe behilflech si?“ Der junge Mann, der vorhin auf seinem Trecker an mir vorbeigefahren war, stand an der Hausecke, eine Forke in der rechten Hand. Auf seinem Gesicht zeichnete sich das gesunde Misstrauen ab, das die Landbevölkerung auch bei uns zu Lande unangemeldet erscheinenden Fremden entgegenzubringen gewöhnt war.

„Entschuldigung?“, sagte ich. „Ich suche die Praxis von Frau Dr. Frey?“

Der junge Mann kam näher, nahm die Forke in die andere Hand und zog seine Mütze herunter. „D'Regula sueched Si?“

Obwohl er breitesten Dialekt sprach, konnte ich ihn erstaunlicherweise doch recht gut verstehen. Vielleicht hatte ich mich ja doch schon ein wenig ins Schweizerdeutsch eingehört. „Ja, genau“, sagte ich hoffnungsvoll. „Psst, Bronko!“

Bronko hörte auf zu knurren, aber er betrachtete den jungen Mann weiterhin misstrauisch. Der wiederum legte die Stirn in Falten und sah mich mitleidig an.

„Do send Si an ond für sech am richtige Ort. Aber d'Regula macht eri Praxis do numme im Summer uuf. De hänke mer au es Schild ane Tüür.“

Jetzt war ich doch unsicher, was er mit hatte mitteilen wollen. „Sie … öffnet also nur im Sommer?“, wiederholte ich zögerlich.

Er nickte mit Schwung.

„Ach so“, sagte ich. „Aha. Ja … Und, äh, wo finde ich sie jetzt?“

Er musterte mich einen Moment lang, dann zuckte er mit den Schultern. „Hm, das tuet mer leid, aber i cha das Ine ned säge.“

Ich spürte, wie alle Hoffnung in mir dahinschmolz.

„Do uf em Bärg wärdet Si sy leider ned chönne finde", setzte er hinzu. „Si reist au vel i dr Wältgschecht umenand."

Es war vergebens. Alles war vergebens.

„Ja", sagte ich enttäuscht. „Danke."

Er nickte, tippte sich an die Mütze und verschwand hinter der Ecke.

Ich starrte einen Moment lang vor mich hin, dann schloss ich die Augen.

Hier stand ich also nun, am Ende meiner Reise. Auf einem Bergkamm mitten in der Schweiz, durchgefroren, mit kaputter Jacke, ohne Mütze und Schal, dafür aber mit Blasen an den Füßen.

Es war vergebens gewesen.

Bronko drängte sich an meine Beine, und ich öffnete die Augen. Nicht nur meine Hoffnung war dahin, sondern auch der Nebel.

Die Strahlen der Sonne, die durch die sich langsam verziehende Wolkendecke am Himmel lugten, tauchten die saftigen Wiesen um mich herum in ein frisches, munteres Grün, und die bunten Tupfer des Löwenzahns allerorten ließen die Landschaft umso lieblicher erscheinen.

Ich brauchte nur einen Moment, um mich zu entscheiden. „Wir gehen zu Fuß zurück, Bronko", sagte ich und streckte einen Finger in die Luft, um den Wind zu prüfen. Er war kaum noch zu spüren, nur ein kalter Hauch blies noch vom Kamm des Berges zu uns herunter. Erst jetzt wurde mir bewusst, dass wir schon ein wenig bergab gelaufen waren; der Hof hinter uns lag an einer Weggabelung, links führte die asphaltierte Straße hinauf in Richtung Kamm, rechts hinunter in Richtung Tal. Ich bückte mich und ließ Bronko von der Leine.

Er blickte verwirrt zu mir auf, dann, als ich in die Hände klatschte, begriff er und stürmte munter wedelnd voran.

Der Blick auf sein rundes, fröhlich dahinwackelndes Hinterteil machte mir fast gute Laune, und ich steckte die Hände in die Hosentaschen und trabte hinter ihm her, während ich versuchte, mich selbst zu trösten.

„Alles nicht so schlimm!", murmelte ich. „Egal. Es kommt sicher was anderes. Was viel Besseres!"

Das sagte Ida immer, wenn sie mich aufbauen wollte. Aber ich war mir nie so sicher, ob an diesen Worten etwas dran war.

Im Grunde, so fürchtete ich, war es höchst unwahrscheinlich, dass noch etwas Besseres kam. Oder eine Bessere. Bei meinem Glück war ich vermutlich dazu bestimmt, den Rest der potenziell noch sexuell aktiven Zeitspanne, die mir gewährt war, der einen oder anderen kurzlebigen Affäre hinterherzuhecheln, mich gelegentlich noch ein- oder zweimal in die falsche Frau zu vergucken und dann als einsame Singlelesbe mein Dasein zu fristen.

Manchen Leuten war eben das große Liebesglück nicht vergönnt, und zu diesen gehörte ich offenbar.

„Schwamm drüber!", rief ich laut in den aufklarenden Maihimmel über dem Zugerberg und stapfte Bronko hinterher.

Aber kalt war mir immer noch.

Eine Viertelstunde später war ich schweißgebadet, und die Blase an meiner rechten Ferse machte mir mittlerweile schwer zu schaffen.

Der Abstieg war schwieriger als gedacht, vor allem, seit ich die asphaltierte Straße verlassen und dem Schild in Richtung Tal gefolgt war, das einen stilisierten Wandersmann mit Tagesrucksack zeigte, der beschwingt voranschritt.

Ich selbst schritt leider weniger munter voran. Der ausgewiesene Pfad führte erst über zwei riesige, leicht abschüssige Wiesen hinunter in ein kleines Waldstück, um dann jäh abzufallen. Bronko mit seinen vier Pfoten hatte keine Mühe, den engen Tritt abwärtszuhüpfen, aber ich selbst war in höchstem Maße gefordert und verfluchte mich ein ums andere Mal, dass ich nicht die Seilbahn ins Tal hinunter genommen hatte.

Tapfer kämpfte ich mich den steilen Pfad hinab. Der Boden war feucht und an manchen Stellen ganz aufgeweicht, nur spärlich von zerrupften Grasbüscheln bewachsen, und ich musste genau aufpassen, wohin ich meine Schritte setzte, um nicht auszurutschen. Der Handlauf zu meiner Rechten fühlte sich eiskalt unter meinen bloßen Händen an, und schließlich, kurz bevor ich den nächsten Absatz erreichte, hörte er einfach auf. Ich erklomm seufzend das natürliche Podest aus Lehm und Erdbrocken und blickte auf.

Unter mir schimmerte das Zugertal im Sonnenglanz, umkränzt von einem sanften Schleier aus dünnem Nebel, der sich an den Rändern jedoch weiter zu lichten begann. Herr Lüthi hatte recht gehabt. Die Aussicht war fantastisch, ganz unten lag friedlich der See, eingebettet in ein sanft ansteigendes Gelände aus Wiesen, umsäumt von Tannen und vereinzelten Laubbäumen. Wie bunte Tupfer lagen Häuser, Hütten und Gehöfte auf den weitläufigen Wiesenflächen der Berglandschaft verstreut, verbunden durch grauglänzende Straßen, die sich wie Luftschlangen durch die Landschaft ringelten.

Ich legte eine Hand über die Augen und betrachtete den Zugersee unter mir. Da, dahinten, ganz in der linken Ecke, vermeinte ich einen Dampfer zu erkennen, der gerade vom Ufer abgelegt hatte und Kurs auf die Mitte des Sees zu nehmen schien.

Da saßen jetzt also meine Mutter und Herr Lüthi und verschlangen sich womöglich mit Blicken, während ich mich, einsam und verschwitzt und mit Blasen an den Füßen, den endlos hohen Berg hinunterquälte!

Mürrisch blickte ich zu Bronko, der ausgiebig an einem Löwenzahn roch, dann straffte ich die Schultern. Allzu weit konnte es eigentlich nicht mehr sein. Immerhin war ich schon mindestens eine Stunde unterwegs. Oder?

Ich zog mein Handy heraus und sah aufs Display.

Es war fast vierzehn Uhr, seit knapp zwei Stunden also mühte ich mich schon bergab, und immer noch war kein Straßenzug in Sicht, nur Wiesen, Kühe und Bäume.

Ich sah noch mal aufs Display. Fünf Balken waren zu sehen. Und Ida hatte dreimal angerufen. Vor zwei Stunden. Wie üblich hatte sie mir nicht auf die Mailbox gesprochen, sondern es mehrfach hintereinander versucht.

Grimmig steckte ich das Handy wieder ein.

Pöh. Ida konnte mir gestohlen bleiben.

Treulose Tomate.

Im Grunde interessierte sie sich gar nicht für mich und meine Kümmernisse. Ihr ging es doch nur ums Vergnügen.

Darum, mit Anja Spaß zu haben. Und manchmal auch mit mir. Aber wenn es ernst wurde, war ich ihr egal!

Ich betrachtete den abschüssigen Pfad vor mir, der sich durch eine endlos scheinende Wiese aus Löwenzahn bergab zog. Hier fehlte nicht nur der Handlauf, es gab auch keine Stufen mehr. Vielleicht waren die Schweizer ja alle so gewandt wie Bergziegen; ich jedenfalls würde es schwer haben, unbeschadet hinunterzukommen.

Aber ich würde es schaffen. Und wie!

Ich biss die Zähne zusammen und machte mich an den Abstieg.

„Dicker!“, rief ich und drehte mich zu ihm um. „Bronko, komm!“

Im selben Moment spürte ich, wie mein rechter Fuß den Halt verlor. Es war ein Gefühl, als ob ich in einen morastigen Schlammhaufen träte, und genauso war es vermutlich auch. Noch bevor ich den Kopf drehen konnte, rutschte ich ab, knickte ein, stolperte und fiel. Es klatschte laut, als meine rechte Schulter auf dem schlammigen Boden aufkam und gleich darauf meine Hüfte, aber immerhin stürzte ich weich. Mit der linken Hand griff ich nach einem Grasbüschel, verfehlte es aber, und dann zog mich die Schwerkraft unbarmherzig nach unten. Im nächsten Augenblick drehte ich mich auch schon um die eigene Achse und rollte talabwärts, schneller und schneller. Schlamm spritzte auf, es gluckste und quietschte, als meine Jacke sich mit Matsch vollsog, und dann hatte ich auf einmal den Geschmack von Erde im Mund, während ich immer schneller und schneller über den Abhang nach unten rollte. Mir wurde schwindlig, und ich sah Sternchen. Ein Schrei formte sich in meiner Kehle, aber noch bevor ich ihn ausstoßen konnte, kam ich zum Stillstand.

Als ich die Augen wieder aufschlug, lag ich auf dem Rücken, mit ausgebreiteten Armen. Über mir lachte die Sonne; eine Art Krähe flog träge über mich hinweg und äugte zu mir herunter.

Und dann spürte ich plötzlich heißen Atem in meinem Gesicht, und ein übelriechender Lufthauch fuhr mir in die Nase. Ich sah etwas Rosafarbenes, das sich aus einer Art Krater herausschlängelte, und gleich darauf wurde es warm. „Bronko! Igitt! Lass das!“, schrie ich und setzte mich auf.

Bronko sprang an mir hoch und versuchte weiter, mir übers Gesicht zu lecken, und schließlich blieb mir nichts anderes übrig, als ihn mit beiden Armen festzuhalten, um ihn zu beruhigen.

Hechelnd saß Bronko auf meinem Schoß und starrte mich an. Er war schlammverschmiert, und als ich meine Arme von ihm löste, entdeckte ich, dass das auch auf mich zutraf.

Die Farbe meiner neuen Softshelljacke war nicht mehr zu erkennen und die meiner Jeans ebenso wenig. Ich war über und über mit Schlamm und Grasfetzen bedeckt, und unter den Sohlen meiner Stiefel klebten dicke Lehmklumpen. Jeder einzelne Knochen im Leib tat mir weh, und mein Kopf fühlte sich so an, als ob ich eine sehr schwere Perücke darauf trüge.

Trug ich auch. Allerdings eine aus Erde und Lehm, wie ich feststellte, als ich vorsichtig meinen Schädel berührte.

„Herr im Himmel“, sagte ich und sah mich um. „Meine Güte. Was für ein Absturz.“

Ich saß mitten auf einem schmalen, geteerten Weg. Direkt vor mir führte eine kurze Holztreppe einen Abhang hinunter, und dort zog sich eine Reihe terrassenförmig angelegter Bungalows die Straße hinab. Vor einigen von ihnen standen frischpolierte SUVs, die in der Maisonne glänzten.

Irgendwo muhte eine Kuh, und das Geräusch eines anspringenden Rasenmähers drang durch die Luft.

Vorsichtig griff ich in die Hintertasche meiner Jeans und zog den Stadtplan von Zug hervor, den ich heute Morgen vor meinem Aufbruch eingesteckt hatte. Sie war an den Rändern lehmverklebt, aber immerhin ließ sie sich noch auffalten. Ich wischte mir einen Lehmklumpen von der Wange und sah nach.

Wenn mich nicht alles täuschte, dann handelte es sich bei der Straße vor mir um die Blasenbergstraße. Von dort aus war es vielleicht noch eine knappe Stunde Fußmarsches bis zum Hotel, immer den nach Süden abfallenden serpentinenförmig angelegten Straßen entlang. Aber vielleicht fuhr ja auch irgendwo ein Bus. Die Schweiz war ja schließlich bekannt für ihren hervorragenden öffentlichen Nahverkehr. Zweifelnd sah ich auf meine lehmigen Stiefel, dann hob ich Bronko von mir herunter und stand ächzend auf.

Humpelnd und keuchend kletterte ich die kurze Treppe hinunter und bog schwankend auf die Straße ein. Ich hatte mit meiner Annahme richtig gelegen, erkannte ich beim Blick auf das Straßenschild, und eine Art grimmiger Triumph erfüllte mich, der jedoch sofort wieder schwand, als ich die ältere Dame entdeckte, die gerade mit einer Gießkanne in der Hand vor die Tür ihres Bungalows getreten war. Sie musterte erst mich und dann Bronko mit ungläubigem Gesichtsausdruck, dann stieß sie einen kurzen, spitzen Schrei aus und verschwand wieder im Haus. Mit einem Knall schlug die Tür zu. Bronko zuckte zusammen, und ein Brocken Lehm fiel aus seinem dreckverschmierten Fell auf die sauber gefegte Straße.

Ich bückte mich und klinkte seine Leine ins Halsband. Nicht, dass er noch verlorenging! Schließlich waren wir mittlerweile eine eingeschworene Gemeinschaft. Parias, auf unsere Art.

Ausgesetzte. Verstoßene.

Vom Leben Gezeichnete.

Tief seufzte ich auf, und Bronko blickte mich mit vorgeschobenem Unterkiefer aufmerksam von unten an. Seine schiefen Zähne blitzten; sie waren das Einzige an ihm, was sauber aussah, und ich seufzte erneut.

Ich hatte kaum Gelegenheit gehabt, mich ausgiebig in mein Selbstmitleid zu vertiefen, und war nur ungefähr zweihundert Meter weit gekommen, als sich hinter mir Motorengeräusch näherte.

Vorsichtig trat ich mit Bronko auf den Bürgersteig und führte ihn an dem nächsten ordentlich eingezäunten Vorgarten vorbei.

Das Motorengeräusch wurde lauter, aber als der Wagen direkt neben mir war, bremste er ab. Ich straffte die Schultern und sah stur geradeaus.

Die einen verbarrikadierten sich bei meinem Anblick, die anderen fuhren sogar neben mir her, um mich anzugaffen! Die Schweiz offenbarte nun doch mir unbekannte Seiten.

Der Wagen hielt mit mir Schritt, und ich schob das Kinn vor wie gerade eben noch Bronko.

Aus dem Augenwinkel sah ich, wie der Fahrer die Fensterscheibe herunterließ.

„Hallo?“, rief eine Frauenstimme. „Mai-Britt, bist du’s?“

Ich erstarrte. Dann wandte ich den Kopf.

Der Wagen war ein Mercedes-Kombi, und die Frau am Steuer war Sandra Keller.

Die Frau, die ich das letzte Mal im Garten des Dog-Centers gesehen hatte, als sie in der vergeblichen Hoffnung, mit mir ein Paar bilden zu können, das Gebäude betreten hatte.

„Mai-Britt?“, fragte sie ein weiteres Mal.

„Äh … nein“, sagte ich. Einen Versuch war es wert.

Sandra Keller starrte mich durch das heruntergelassene Fenster hindurch ungläubig an. Dann beugte sie sich herüber. „Mai-Britt! Um Himmels willen! Was ist geschehen?“ Ein lautes Bellen untermalte ihre Worte. Hinten, im Fond, entdeckte ich einen dieser modernen, gut gepanzerten Käfige, in denen begüterte Hundebesitzer neuerdings ihre kostbaren Lieblinge transportierten. Mona streckte ihre schwarze Schnauze durch die dicken Stäbe und winselte laut.

„Ich habe eine Schlammkur gemacht. Das mache ich jeden Sonntag“, sagte ich und lächelte. Sandra Keller fuhr zurück.

„Mai-Britt!“, rief sie. Meinen Namen hatte sie sich jedenfalls sehr gut gemerkt. „Geht es dir gut? Still, Mona! Brauchst du Hilfe?“

„Ach was!“ Ich schüttelte den Kopf, und ein Erdklumpen löste sich aus meinem Haar und klatschte direkt neben Bronko, der erschrocken zusammenzuckte, zu Boden. „Nein, alles okay. Sag mal, weißt du eventuell, wo hier der nächste Bus fährt?“

Sprachlos starrte sie mich an. Dann schüttelte sie den Kopf. „Sicher“, sagte sie. „Aber kein Busfahrer wird dich in diesem Aufzug mitnehmen. Da müsstest du dich vorher ein wenig säubern. Das kannst du aber gern bei mir erledigen.“

„Ach, nein, danke, da laufe ich lieber“, sagte ich und verbesserte mich sofort, als ich ihren gekränkten Blick sah. „Ich meine, ich laufe gern! Und es ist ja nicht mehr weit bis hinunter in die Altstadt, nicht wahr?“

„Doch“, sagte Sandra Keller knapp. „Ich wohne da vorn, in dem Haus mit der Buchsbaumhecke, die Nummer 7, gleich vor der Ecke.“ Sie warf einen abschätzigen Blick auf meine schlammverschmierte Kleidung, dann ließ sie den Motor aufheulen. „Ich parke nur schon einmal ein!“ Ohne meine Antwort abzuwarten, gab sie Gas und rauschte los. Kurz vor der Straßenecke bremste sie wieder ab und bog mit Schwung auf die Auffahrt eines der Bungalows, um abrupt anzuhalten. Im nächsten Moment ging auch schon die Autotür auf, und Sandra Keller stieg aus, um mich zu sich zu winken. „Hier ist es!“, rief sie überflüssigerweise. „Hierher, Mai-Britt!“

Ich zögerte nur kurz. Mir blieb kaum etwas anders übrig, als ihrer Einladung Folge zu leisten.

„Oder, Bronko?“, fragte ich. Bronko wedelte leicht und zog an der Leine.

„Na gut“, sagte ich. „Aber nur kurz!“ Und dann folgte ich ihm.

Noch bevor wir die Auffahrt erreichten, blieb Bronko wie erstarrt stehen und spitzte die Ohren.

„Ja, Bronko, ich höre es auch. Die tun dir nichts“, sagte ich, aber ich war selbst nicht ganz überzeugt.

Sandra Keller hatte inzwischen Mona aus ihrem Käfig im Kofferraum befreit und die Seitentür des Bungalows aufgeschlossen, um den Hund hineinzulassen. Mehrstimmiges, sehr lautes Bellen war zu hören, und ich konnte Bronko gut verstehen. Selbst für mich klang es ein wenig … furchterregend.

Sandra Keller winkte mir zu. Ihre hellen Augen leuchteten im klaren Licht der Maisonne. „Hereinspaziert! Herzlich willkommen!“, rief sie, als befänden wir uns auf einer Haushaltsmesse oder einem Rummelplatz. Ich ruckte an der Leine, aber Bronko bewegte sich keinen Zentimeter vorwärts. Mit fest in den Boden gestemmten krummen Beinen stand er da, den Unterkiefer trotzig in die frische Luft gereckt. Sein schlammverschmiertes Fell stand in alle Richtungen von seinem kleinen Leib ab, und seine Ohren ragten erstaunlicherweise steil in die Höhe.

„Los, Dicker. Ich bin ja bei dir. Ich verspreche dir auch, es dauert nicht lange!“ Ich zog erneut an der Leine, aber ohne Erfolg. Schließlich zerrte ich mit einem solchen Ruck daran, dass Bronko unsanft nach vorne geschleudert wurde. Sogleich schämte ich mich meiner Grobheit, aber immerhin hatte ich erreicht, dass Bronko sich nun doch in Bewegung setzte. Mit gesträubtem Fell trabte er hinter mir her, die Ohren immer noch wachsam gespitzt.

„Da seid ihr ja!“, rief Sandra Keller durch das Gebell hindurch, das immer noch aus dem Hausinneren klang. „Herein! Gibst du mir deine Jacke? Vielleicht ziehst du deine Schuhe hier vorn aus?“ Sie deutete auf eine Gummimatte gleich hinter dem Eingang. „Schschsch, jetzt ist es aber gut!“, rief sie über die Schulter.

Erstaunlicherweise verstummte das Gebell augenblicklich. Ich zog Bronko hinter mir über die Schwelle in eine Art Waschküche, reichte Sandra Keller meine verdreckte Jacke, nahm mein Portemonnaie und mein Handy heraus und stieg folgsam aus meinen lehmverkrusteten Stiefeln, um sie fein säuberlich auf die Fußmatte zu stellen. Dann klinkte ich Bronkos Leine aus. Ein paar Klümpchen angetrockneten Schlamms fielen von meinen Ärmeln hinunter, und ich wischte sie rasch unter die Matte. Als ich mich vorbeugte, fiel meine Kapuze über meine Schulter nach vorn, und ein dicker Klumpen Matsch platschte heraus und auf den sauber gewischten Boden.

„Oh!“, sagte ich überrascht. „Pardon!“

„Das macht doch nichts. Lass liegen, ich putze es nachher fort.“ Sandra Keller lächelte schwach, dann ging sie vor mir her durch einen schmalen Durchgang und öffnete eine Tür.

Augenblicklich setzte das Gebell wieder ein, und eine Horde großer, schwarzer Hunde stürmte auf mich und Bronko zu. Ich spürte mehrere warme, riesige Zungen, die an meinen Händen leckten, und ein paar Pfoten auf meiner Jeans, dann aber ließen sie von mir ab und widmeten sich Bronko, der hinter mir zur Salzsäule erstarrt war.

Stocksteif stand er da und ließ sich von den drei großen, schwarzen Labradoren beschnüffeln. Sie ließen keinen Millimeter seines Körpers aus, und ich stand ähnlich verspannt wie Bronko daneben und sah zu, wie die dicken Schnauzen sich unter Bronkos Bauch schoben, sein Hinterteil berochen und in seine Ohren stupsten, und erst, als der Größte der drei, ein mächtiger Rüde mit einem Kopf erstaunlichen Ausmaßes, Bronko freundschaftlich über die Schnauze leckte und ihn dann mit einem fröhlichen Wuffen zum Spiel aufzufordern versuchte, erst da atmete ich langsam aus. An meiner Wange juckte etwas, und als ich hinlangte, spürte ich, dass die Schmutzschicht darauf inzwischen getrocknet war und die Haut spannen ließ.

„Na, das geht doch wunderbar“, sagte Sandra Keller, die mich aus den Augenwinkeln beobachtet hatte. „Das sind übrigens Ben, mein Vierjähriger, und Wally, meine …“

„Achtjährige“, führte ich ihren Satz zu Ende und streichelte die beiden großen Hundeköpfe, die sich bei der Erwähnung ihrer Namen erstaunlicherweise mir und nicht ihrem Frauchen zugewandt hatten.

„Ach, das hast du dir gemerkt?“ Sandra Keller war sichtlich geschmeichelt.

Klar hatte ich mir das gemerkt. Immerhin hatte ich ja auch gedacht, es handele sich um ihre Kinder. So etwas merkt man sich besser, das war meine Erfahrung aus meinen gesammelten Begegnungen mit Eltern. Wenn Eltern das Alter ihrer Kinder benennen, dann ist es ihnen enorm wichtig. So wichtig, dass sie nämlich unbedingt etwas dazu erzählen möchten. Punkten kann man dann immer gut, wenn man sich diese Kleinigkeit gemerkt hat. Namen sind auch gut, aber das Alter …

„Ben ist für sein Alter noch etwas verspielt“, erklärte Sandra Keller jetzt, während sie mich mit einer ausholenden

Geste in den Wohnbereich bat. „Aber Wally hat mit ihren acht Jahren schon eine erstaunliche innere Ruhe erlangt. Ich denke aber, alle drei sind seelisch sehr ausgeglichen. Das merkt man ja auch daran, wie sie einen Hundegast begrüßen: freundlich, zugewandt, entspannt. Wir üben aber auch jeden Morgen, ins Gleichgewicht zu kommen."

„Ach?" Ich sah mich um. Der Haustrakt war geräumig und sehr hell, und für einen Moment musste ich staunen. Die in einem zarten Cremeton gehaltene minimalistisch anmutende Küchenzeile passte genau zu der cremefarbenen Stressless-Sitzgruppe, die ich sofort erkannte, weil ich unzählige Male den entsprechenden Katalog durchgeblättert hatte, in der sicheren Gewissheit, mir diese Art Möbel niemals leisten zu können. Das kleinteilige geölte Eichenparkett schimmerte matt, und durch die große Fensterwand sah ich auf einen äußerst gepflegten Garten mit japanischen Zierhölzern hinaus, die einen kleinen Teich umstanden.

Sandra Keller hatte ganz offensichtlich Geld. Viel Geld. Das zeigte sich sogar in den verschiedenen Hundeliegen, die allenthalben herumstanden. Wally, Ben und Mona besaßen nicht etwa schnöde Körbchen, nein. Sie konnten auf cremefarbenen Holzliegen ruhen, auf denen saubere, helle Kissen und Matten ausgebreitet waren.

„Wer wäscht denn das alles immerzu?", fragte ich verdutzt und zeigte auf die blütenrein wirkenden Kissen auf der nächstgelegenen Liege, auf der sich gerade Sandra Kellers Achtjährige schnaufend zusammenrollte.

„Ach ... mal ich, mal die junge Dame, die mir zur Hand geht", sagte Sandra Keller ausweichend und warf einen prüfenden Blick auf den Boden zu meinen Füßen.

Ich sah ebenfalls hinunter. Meine Socken waren auch schlammig, wie auch immer das passiert sein mochte. „Komisch", sagte ich verlegen. „Also, dass die Socken auch schmutzig sind! Immerhin hatte ich ja Stiefel an. Da sollte man meinen …"

Sandra Keller lächelte ein seltsam verkniffenes Lächeln. „Vielleicht gehst du einmal unter die Dusche, und ich suche dir ein paar Kleidungsstücke heraus?"

„Ach, ja … ja gern. Ist vielleicht doch eine gute Idee." Ich warf einen prüfenden Blick zu Bronko, der in Habachtstellung dicht neben mir hockte, immer noch neugierig beäugt von Mona und Ben, die sich ein Stückchen entfernt auf dem Parkett niedergelassen hatten. „Kann ich Bronko unbesorgt hier lassen, oder wird er dann zerfleischt?" Ich lachte halbherzig, aber Sandra Keller warf mir einen tief beleidigten Blick zu.

„Natürlich kann Bronko hier bleiben", sagte sie. „Meine Hunde sind äußerst freundliche Wesen. Komm doch bitte mit. Ich zeige dir das Gästebad!"

Sie ging vor mir her in den Flur, und ich betrachtete ihre sehr geraden Schultern und die schmale Taille, während ich hinter ihr her marschierte, darauf bedacht, eine nicht allzu große Schmutzspur zu hinterlassen.

Der Flur war ebenfalls mit Parkett ausgelegt; die Türen in dazu passendem Eichenholz schimmerten wie blankgeputzt. Die dritte Tür führte in ein geräumiges Bad, das mit edlen Terracottafliesen ausgelegt war. Wenn das hier Sandra Kellers Gästebad war, dann wagte ich gar nicht, mir auszumalen, wie ihr Privatbad aussah. Vermutlich war es größer als meine gesamte Zweieinhalbzimmerwohnung.

„Oh, ein Bidet!", sagte ich, nur um etwas zu sagen, und Sandra Keller warf mir einen merkwürdigen Blick aus ihren stechend blauen Augen zu.

„Handtücher findest du hier unter dem Becken." Sie zeigte auf eine Reihe sehr flauschiger cremefarbiger Badetücher, die passend in das Regal gefaltet waren, dann legte sie die Hand auf die Klinke. „Ein Bademantel hängt hier hinter der Tür. Ich suche dir noch rasch ein paar Kleidungsstücke zusammen."

„Ach was, ich schüttele meine Sachen nur aus und ziehe sie wieder an", wehrte ich verlegen ab. Mir war nicht recht wohl bei dem Gedanken, Kleidungsstücke von Sandra Keller anzuziehen; außerdem würden sie mir ohnehin nicht passen, und dann musste man sie ja auch noch irgendwie zurückbringen.

„Auf keinen Fall", sagte Sandra Keller und legte eine gewisse Schärfe in ihre sanfte Stimme. „Ich hole dir etwas Passendes. Soll der Hund hier bleiben?"

Erst jetzt bemerkte ich, dass Bronko sich auf leisen Pfoten hinter mir hergeschlichen hatte und jetzt treuherzig zu mir aufsah. Offenbar war ihm wiederum auch nicht recht wohl bei dem Gedanken, allein mit den drei großen, schwarzen Labradoren zu bleiben.

„Nein, er … er stört mich nicht. Er hat mich schon mal nackt gesehen!"

Mein Scherz kam nicht recht an, weder bei Sandra Keller, die keine Miene verzog, noch bei mir selbst. Wortlos nickend schloss meine Gastgeberin die Tür, und ich atmete tief aus und sah zu Bronko hinunter, der zaghaft wedelte. „O Gott, Bronko", flüsterte ich. „Was für eine blöde Situation. Wir sehen zu, dass wir hier schnell wieder rauskommen, was?"

Bronko wedelte noch heftiger und setzte sich auf die teuer aussehende Badematte, und ich zog mich vorsichtig aus, wobei ich einen wahren Erdregen verursachte. Allerlei Klumpen und Bröckchen fielen zu Boden, und als ich sie mit dem Fuß zusammenzufegen versuchte, hinterließ ich schmierige Schlieren. Also ließ ich es sein und stieg in die blitzende Regenwalddusche, in der, ganz wie im Hotel, eine Reihe hochwertiger Kosmetikprodukte bereitstand. Seufzend ließ ich das Wasser auf mich herunterprasseln und seifte mich so lange ein, bis ich zu glühen begann.

Als ich aus der Duschwanne stieg und mich mit einem der angenehm weichen Badetücher abzutrocknen begann, fiel mein Blick auf Bronko und sein schlammverkrustetes Fell. Rasch griff ich nach dem cremefarbenen, weichen Bademantel und zog ihn mir über.

„Ach komm, Bronko!", sagte ich kurzentschlossen und hob ihn mit energischem Griff hoch und in die Duschwanne. Zitternd stand er da und sah kläglich zu mir auf, während ich den Duschkopf vorsichtig auf ihn richtete und das Wasser andrehte.

Eine dunkle, grashalmdurchsetzte Brühe strudelte in den Abfluss, und ich musste Bronko noch ein zweites Mal abduschen und ein klein wenig Shampoo zu Hilfe nehmen, bis er sauber aussah.

Als ich das Wasser abdrehte, sprang er sofort aus der Dusche und schüttelte sich so lange ausgiebig, bis der gesamte Terracottaboden gleichmäßig benetzt war. Ich benutzte ein weiteres Badetuch, um erst Bronko und dann den Boden zu trocknen, und ich war noch nicht ganz fertig und hockte noch auf den Knien, als es klopfte.

Die Tür öffnete sich einen Spalt breit. „Mai-Britt? Hier, bitte. Magst du einen Tee oder lieber einen Kaffee?"

Eine gepflegte Hand reichte mir einen Stapel Kleidungsstücke durch den Türspalt, und ich sprang eilig auf und nahm ihn entgegen.

„Ach, ich bin … gern einen Kaffee, danke."

„Aber gern." Die Tür schloss sich, und ich faltete die Kleidungsstücke auseinander und betrachtete sie ein wenig ratlos. Sandra Keller hatte an alles gedacht – vor mir lag schwarzseidene Unterwäsche, ein BH in exakt meiner Körbchengröße, dazu schwarze Socken, eine schwarze Fleecejacke mit einem aufgestickten Markenzeichen, das mir unbekannt war, und als Krönung eine Jeans in meiner Größe.

In meinem Nacken prickelte es. Irgendwie war mir das hier unheimlich.

Ich sah zu meinen eigenen Kleidungsstücken hinüber. Der BH war zwar feucht, aber noch tragbar, aber Slip und Unterhemd trugen deutliche Schlammspuren, und die Jeans und meine eigene Fleecejacke strotzten nur so vor Schmutz.

Ich rang ein paar Sekunden mit mir, dann gab ich klein bei.

Sandra Keller stand in der Küchenzeile und betätigte gerade eine dieser modernen Kaffeemaschinen, die ich bislang nur aus dem Fernsehen kannte. Zischend und sprotzend dampfte der Kaffee in einen weißen Steingutbecher, den sie auf ein cremefarbenes Holztablett stellte, auf dem schon ein Teller mit Keksen und Apfelschnitzen sowie ein weiterer Becher angerichtet waren. Sie nahm das Tablett in beide Hände und drehte sich zu mir um.

„Ach, da bist du ja!“ Ihr Blick fuhr an mir herunter und wieder hinauf. „Du siehst fantastisch aus. Die Kleidungsstücke passen dir ja wie angegossen!“

„Ja, das … das stimmt.“ Unter ihrem Blick wurde mir augenblicklich unbehaglich, und ich sah zu Bronko hinunter, der stocksteif vor mir stand, mit hocherhobener Rute. Die drei Labradore waren bei unserem Eintreten aufgesprungen und auf uns zugerannt, um Bronko erneut von allen Seiten zu beschnüffeln.

Nein, dies war kein guter Ort für Bronko und mich. Wieso hatte ich Sandra Kellers Einladung überhaupt angenommen? Und wieso hatte sie derart passende Kleidungsstücke bereit? Lagerten in ihrem Haus vielleicht Kleidungsstücke aller Art und Größen, um zufällig vorbeikommende Menschen damit versorgen zu können? Oder steckte etwas ganz anderes dahinter – womöglich ein Plan?

Vielleicht war Sandra Keller eine gesuchte Massenmörderin, die allenthalben arglose Frauen in ihr Haus lockte, um sie erst neu einzukleiden und dann niederzumetzeln?

Sandra Keller starrte mich immer noch an, dann nickte sie zur Stressless-Garnitur hinüber. „Nimm doch bitte Platz!" Sie selbst ließ sich an der rechten Seite nieder und stellte das Tablett auf dem niedrigen Glastisch ab. Ich legte meine zusammengerollten Kleidungsstücke und den Bademantel neben das Sofa auf den Boden, hockte mich auf die andere Seite und tätschelte Bronko, der sich ganz dicht vor mich setzte und ängstlich zu seinen drei Peinigern aufsah.

„Ben, Wally, Mona, legt euch!"

Die Labradore schnieften alle drei wie zum Protest auf, legten sich aber brav auf ihre Plätze, ohne Bronko, der immer noch kaum zu atmen wagte, aus den Augen zu lassen.

„Lang bitte zu", sagte Sandra Keller und nahm ihren Kaffeebecher in ihre gepflegten Hände. „Ich sehe, Bronko ist auch wieder sauber?"

„Ja, er wollte sich ebenfalls ein wenig frisch machen", sagte ich und lachte albern.

Sandra Keller lachte nicht mit. Sie lächelte nicht einmal. Stattdessen starrte sie mich einfach nur an, und obwohl ich schon auf der äußersten Kante des Sofas saß, wäre ich am liebsten noch weiter weggerückt.

Sie hatte irgendetwas an sich, das mich furchtbar nervös machte. Irgendetwas *Gefräßiges*.

Aber vielleicht lag es auch nur an ihrem durchdringenden Blick und den hellen blauen Augen.

Und wahrscheinlich war sie einfach nur wahnsinnig nett und freundlich und ich selbst paranoid und gestört. Am besten, ich ließ mir nichts anmerken und plauderte einfach ein wenig mit ihr, ganz normal und entspannt.

Ich nahm einen Schluck Kaffee, verdrängte den Gedanken an eventuelle Giftbeimischungen und wandte mich mit einem, wie ich hoffte, lässigen Lächeln zu Sandra Keller. „Schmeckt gut, der Kaffee. Ein tolles Haus hast du da! Wohnst du allein hier?"

Sandra Keller schüttelte den Kopf und nippte ebenfalls an ihrem Kaffee. „Nein", sagte sie ernst. „Ich wohne hier mit Mona, Wally und Ben."

„Ach", sagte ich und schluckte. „So. Ja, natürlich, klar! Und, äh, was machst du beruflich?"

„Ist das denn wichtig?" Sandra Keller legte den Kopf schief und nippte erneut an ihrem Kaffee. Dann zog sie ihre langen Beine unter sich. „Ich habe dich heute vermisst", sagte sie sanft. „Und gestern auch. Du warst einfach fort, das war sehr, sehr schade."

„Ja, ich … ich musste rasch gehen. Mir war nicht gut." Ich lächelte schwach und wich ihrem bohrenden Blick aus. „Wie war es denn noch?"

Sandra Keller spielte mit einer Haarsträhne und dachte kurz nach. Dann stellte sie ihren Becher ab und beugte sich näher zu mir. „Bei der Nicole ist es immer sehr schön und sehr interessant und lehrreich. Aber es hätte mir viel bedeutet, wenn du geblieben wärest."

„Ach? Na ja, vielleicht ein andermal." Warum hatte ich das nun wieder gesagt, ich alter Feigling?

„Wirklich?" Jetzt lächelte Sandra Keller tatsächlich.

Irritiert drehte ich meinen Becher in den Händen. Herr im Himmel, fühlte ich mich unbehaglich! Wie eine in die Ecke getriebene Maus. Sandra Keller hatte ja auch etwas

Katzenhaftes, jedenfalls die Art, wie sie mich ansah – scharf und weich zugleich. Bestimmt schnurrte sie, wenn man sie streichelte.

Ich rief mich zur Ordnung. „Sag mal, soll ich nicht vielleicht – kann ich erst mal kurz meine Schuhe saubermachen?"

Sandra Keller runzelte die Stirn. „Bitte?"

„Ich hab sie einfach gern sauber, mir ist irgendwie komisch, wenn sie da so schmutzig in deinem Vorraum stehen." Herrjemine, was faselte ich denn da?

„Mir würde es besser gefallen, wenn du noch ein wenig bei mir sitzen bliebest", sagte Sandra Keller sehr ernst.

„Ah ja. Na gut … und wie war denn die Paarübung?", fragte ich hastig und trank einen großen Schluck Kaffee.

„Nun, wir haben uns abgewechselt. So konnte jeder mal mit jedem zusammen sein, das war sehr interessant." Sandra Keller rückte näher. „Aber ich hätte diese Erfahrung gern mit dir geteilt." Sie legte den Kopf schief und schürzte die Lippen.

Wollte sie etwa immer noch mit mir ein Paar bilden?

Schlecht sah sie ja nicht aus. Aber …

„Wenn du magst, können wir es nachholen", fügte sie leise säuselnd hinzu. „Jetzt." Und dann legte sie sanft eine Hand auf mein Knie. „Oder möchtest du nicht?"

Plötzlich war ihr Gesicht dicht vor mir. Ein Gesicht mit vollen, leicht geöffneten Lippen, einer scharfen, geraden Nase und riesigen, hellblauen Augen darüber, umkränzt von schwarzgefärbten, zusammengeklebten, sehr spitz wirkenden Wimpern. Wie dunkle Miniaturspeere ragten sie in meine Richtung.

„Doch, äh, doch …" Hilflos hangelte ich mit meinem Becher in Richtung das Glastisches und stellte ihn ab. Allerdings verfehlte ich die Glasplatte halb, und so schaukelte der Becher einen Moment lang und kippte dann auf den Parkettfußboden, wo er eine hässliche Delle hinterließ. Die letzten beiden Schlucke Kaffee spritzten auf den hellen Bezug der Sofagarnitur, und Sandra Keller zuckte zurück und sprang auf.

„O je, tut mir leid!“, sagte ich kläglich. „Das … ach, Mist! Ich Trottel!“

„Das macht doch nichts.“ Sandra Keller war schon unterwegs in Richtung Flur. „Ich hole etwas zum Reinigen.“

„Kann ich dir helfen?“

„Nein, danke.“ Sie verschwand in der Diele. Einen Moment lang saß ich reglos da, dann raffte ich meine Kleidungsstücke zusammen und sprang selbst auf.

Die drei Labradore blickten verdutzt von ihren weichen, cremefarbenen Liegestätten auf, aber Bronko war der Einzige, der schaltete. Auf seinen kurzen Beinen rannte er hinter mir her zur Küchenzeile, durch die Tür in den Vorraum. In fieberhafter Eile schlüpfte ich in meine Stiefel, neben denen ich Bronkos Leine abgelegt hatte, und sah mich suchend um. Ich hatte keine Ahnung, wo Sandra Keller meine verdreckte Softshelljacke hingehängt hatte, aber das spielte jetzt auch keine Rolle mehr. Hastig klinkte die Leine in Bronkos Halsband ein und öffnete mit klopfendem Herzen die Tür.

Ein kalter Windzug fuhr mir entgegen, und ich erschauerte. Als ich mir mein Kleiderbündel unter den Arm klemmte, entdeckte ich, dass ich den Bademantel versehentlich mitgenommen hatte, und kurzerhand warf ich ihn mir über, trat mit Bronko in den Vorgarten hinaus und zog die Tür lautlos hinter mir zu. Und dann, wie auf Kommando, rannten Bronko und ich auch schon los, durch den Vorgarten über den Bürgersteig und die stille Straße hinunter.

Niemand folgte uns, kein Ruf war zu hören, nur ein gedämpftes, mehrstimmiges Bellen, das schließlich verstummte.

Enzo Caprese sah mir mit hochgezogenen Augenbrauen entgegen, als ich in meinem weißen Bademantel durch das Foyer auf ihn zusteuerte, Bronko im Schlepptau. „Grüezi, Frau Potönkche."

„Guten Tag. Ich hätte da eine Bitte – haben Sie vielleicht einen Karton für mich? Also einen, den man mit der Post verschicken kann? Da müsste all das rein, was ich anhabe", erklärte ich. „Nur die Stiefel nicht."

Enzo Caprese beugte sich leicht über den Tresen und sah mich von oben bis unten an, dann gestattete er sich ein kaum merkliches Lächeln. „Der Bademantel auch?"

„Der Bademantel auch."

„Nun, dann kann ich Ihnen sicher helfen." Er nickte mir zu und verschwand im angeschlossenen Büro, um kurz darauf mit einem Schuhkarton zurückzukommen. „Das müsste passen. Bitte sehr."

„Danke." Ich nahm den Karton entgegen und zückte mein Portemonnaie. Wie gut, dass ich es nicht in meiner verschollenen Jacke gelassen hatte. „Was bekommen Sie?"

„Betrachten Sie es bitte als Geschenk des Hauses", sagte Enzo Caprese und spitzte die Lippen. „Kann ich sonst noch etwas für Sie tun?"

Ja. Mir auf der Stelle Frau Dr. Regula Frey herbeischaffen. „Ja, vielleicht könnten Sie das Paket nachher für mich zur Post geben."

„Aber sehr gern." Enzo Caprese nickte. „Ihre Frau Mutter ist übrigens auch gerade gekommen. In Begleitung."

In Begleitung! Jetzt schleppte sie Herrn Lüthi auch schon aufs Zimmer? Nicht zu fassen!

„Der Herr wartet dort drüben.“ Enzo Caprese wies zur Sitzgruppe an der Seite des Foyers. Herr Lüthi hatte sich in eine Zeitung vertieft, hinter der sein Oberkörper komplett verschwand. Nur seine Beine ragten heraus; ich erkannte ihn dennoch an seinen blankpolierten spitzen Schuhen.

„Gut, dann werde ich … ich gehe mal“, sagte ich zu Enzo Caprese und schlich mich davon. Herr Lüthi musste mich ja nicht unbedingt in diesem Aufzug sehen.

Der Lift kam gerade an, als ich den Knopf drückte. Die Tür ging auf, und meine Mutter trat heraus.

„Brittchen!“, rief sie und umarmte mich stürmisch. Natürlich wusste ich, dass ihre Begeisterung nicht mir galt, sondern Herrn Lüthi, aber dennoch tat die Geste mir gut. Für einen Moment fühlte es sich so an, als wäre ich wieder acht Jahre alt und würde von meiner Mutter getröstet, weil ich mir gerade eben beim Rollschuhfahren das Knie aufgeschlagen hatte.

Meine Mutter hielt mich auf Armeslänge von sich ab und runzelte die Stirn. „Da bist du ja! Meine Güte, wie siehst du denn aus? Was hast du da Komisches an?“ Sie bückte sich, um Bronko zu streicheln, und sah mich verwundert von unten herauf an.

„Das ist ein Bademantel“, erklärte ich überflüssigerweise. „Wie war denn eure Dampferfahrt?“

„Wunderschön! Wirklich sehr schön! Aber wieso trägst du einen Bademantel?“

„Ein Notfall“, sagte ich rasch. „Na, wollen wir eine Runde Karten spielen?“ Auf einmal hatte der Gedanke an ein vertrautes Kartenspiel mit meiner Mutter etwas Tröstliches. Aber sie schüttelte bedauernd den Kopf.

„Ich hab jetzt leider überhaupt gar keine Zeit, Brittchen! Du, Britt“, sie senkte die Stimme, „Herr Lüthi ist wirklich nett! Und jetzt gehen wir noch einen Kaffee trinken. Er will mir auch die Altstadt zeigen."

„Na, das ist ja toll!", sagte ich. „Herzlichen Glückwunsch."

„Britt! Gönnst du mir das nicht? Soll ich lieber hier bleiben?"

„Nein, nein, geht ruhig. Ich muss mich sowieso ein bisschen ausruhen. Und Bronko braucht sein Futter."

„Bleibst du bei Britt, Bronko?", säuselte meine Mutter und zwinkerte Bronko zu. „Gut, dann muss ich los. Weißt du was? Hinterher gehen wir noch schön essen, ja? Mit Herrn Lüthi! In diesem Restaurant da vorn, wo wir am ersten Abend waren. Ich lade dich ein!"

„Ja, fein", sagte ich ohne große Begeisterung und trat zur Seite, um ein distinguiert wirkendes Pärchen in den Fahrstuhl treten zu lassen. „Dann melde dich doch. Ich bin auf meinem Zimmer."

Meine Mutter nickte und betrachtete mich mit einem Hauch Sorge. Ihre Lippen, das sah ich erst jetzt, glänzten verdächtig. Sie hatte Lipgloss aufgetragen. Auf ihre dreiundsiebzig Jahre alten Lippen hatte sie Lipgloss aufgetragen, um einen mindestens ebenso alten Herrn mit gezwirbeltem Schnurrbart und Lackschuhen zu bezirzen.

Die Fahrstuhltür schloss sich mit einem Pling. Plötzlich musste ich an Herrn Gärtner denken, der jetzt, in diesem Moment, wahrscheinlich zu Hause auf der Weide stand, Millie streichelte und in sehnsüchtigen Gedanken an meine Mutter schwelgte.

Wie ungerecht das Leben doch war.

Oder vielleicht war es gar nicht ungerecht. Vielleicht war es einfach nur so, dass die einen sehnsüchtig waren und blieben und den anderen unverhofft die Liebe über den

Weg lief. Beides zusammen kam vielleicht einfach nicht vor.

„Alles in Ordnung, Brittchen?" Meine Mutter sah mich besorgt an.

„So halbwegs", sagte ich und raffte meinen Bademantel zusammen. Dann drückte ich erneut auf den Liftknopf. „Bis später, Mutter. Viel Spaß!"

In meinem Zimmer füllte ich Bronkos Futterschale, dann zog ich als Erstes meine Stiefel aus und seufzte erleichtert auf. Die Blase an meinem rechten Fuß hatte mich den ganzen langen Fußmarsch von Sandra Kellers Haus hinunter zur Alstadt über gequält, es war eine Wohltat, mich des drückenden Schuhwerks endlich entledigen zu können.

Nach einer ausgiebigen Dusche zog ich mich um und legte die geliehenen Kleidungsstücke samt Bademantel fein säuberlich in den Schuhkarton, um ihn ordentlich zu beschriften: *An Frau Sandra Keller, Blasenbergstraße 7, Zug.* Die Postleitzahl sollte Enzo Caprese für mich nachtragen. Ich zögerte einen Moment, dann schrieb ich in das Absenderfeld in großen Buchstaben: *Mit vielem Dank zurück!*

Stöhnend stellte ich den Karton an die Tür und ließ mich erschöpft aufs Bett fallen. Im selben Moment klingelte mein Handy.

Müde warf ich einen Blick aufs Display. Ida, die treulose Tomate.

Ich drückte sie weg. Sollte sie doch wen anders anrufen. Jetzt war doch sowieso alles egal.

Bronko sprang neben mir aufs Bett und rollte sich gemütlich an meiner Seite zusammen. Ich legte eine Hand auf seinen warmen Hundekörper, dann schloss ich die Augen. Ein letztes Rosenblatt fiel mit einem leisen Knistern vom vertrockneten Strauß auf dem Nachttisch zu Boden.

Alles egal. Es war alles egal.

Ich reihte mich wieder ein in die Schar der Sehnsüchtigen.

Nun gut, dann war es eben so.

Immerhin hatte ich Bronko.

Ein bisschen.

Ich erwachte vom durchdringenden Schrillen des Hoteltelefons. Bronko, ebenso erschrocken wie ich, kläffte auf und betrachtete mit hoch aufgestellten Schlappohren, wie ich zum Tisch hechtete und den Hörer abnahm.

„Britt? Kommst du?"

„Was … wohin? Wie spät ist es?"

„Kurz nach sechs. Herr Lüthi und ich haben Hunger! Du nicht?"

„Doch", sagte ich ergeben. „Ich komme. Einen Moment, Mutter, ich muss mich kurz frischmachen."

Kurz darauf überreichte ich einem lächelnden Enzo Caprese den Schuhkarton. „Bitte, seien Sie so nett und tragen Sie die Postleitzahl noch nach? Die weiß ich leider nicht."

Enzo Caprese schaute kurz auf die Adresse, dann hob er eine Braue. „Das kann ich sehr gern für Sie erledigen, aber vielleicht haben Sie auch nichts dagegen, wenn ich das Paket persönlich abliefere? Ich wohne nämlich nur drei Häuser weiter als die Empfängerin."

„Ach?" Verblüfft starrte ich ihn an. Enzo Caprese wohnte in derselben Straße wie Sandra Keller? „Ja, dann … Wie klein die Welt doch ist", sagte ich. „Das ist ja ein Zufall!"

Enzo Caprese lächelte und tippte sich an die Stirn. „Aber ja!", stimmte er mir zu. „Die Welt ist klein. Ich fahre dann heute Abend sehr gern auf dem Heimweg gleich bei der Frau Keller vorbei. Soll ich Grüße ausrichten?"

„Ach … nein, lieber nicht. Ich will sie … nicht unnötig aufregen. Außerdem soll es eine Überraschung sein!" Hui, was war ich schlagfertig! Für einen Moment war ich richtig stolz auf mich. Das fehlte mir nämlich: Schlagfertigkeit! Nicht nur im privaten Bereich, sondern auch auf der Arbeit. Ich hatte meine Kollegen bisher höchst selten mit witzigen Sprüchen überrascht.

Das musste unbedingt anders werden!

„Brittchen? Bronko? Hier sind wir!" Meine Mutter winkte mir überschwänglich von der Eingangstür zu, so als hätte sie mich schon seit Wochen nicht gesehen und sich unablässig nach mir verzehrt. Beim Anblick ihres glücklichen Gesichts tat mir das Herz fast weh. Hatte ich sie seit dem Tode meines Vaters überhaupt schon mal so ausgelassen gesehen, außer beim Kartenspielen?

Herr Lüthi stand neben meiner Mutter und streckte mir freundlich die Hand entgegen. „Frau Potönkche! Wir gehen, wenn es Ihnen recht ist, in das italienische Restaurant an der Promenade, in dem Sie bereits mit Ihrer Frau Mutter gespeist haben. Es ist sehr zu empfehlen!" Er reichte meiner Mutter den Arm, und sie hakte sich zufrieden bei ihm ein. Gemeinsam schlenderten sie aus dem Foyer hinaus in den milden Maiabend. Bronko und ich folgten ihnen wie zwei unpassend ausgewählte Brautjungfern.

Die Sonne würde erst in einer Weile untergehen, dennoch schien sich bereits ein zartrosafarbener Abendschimmer über den glatt daliegenden Zugersee zu senken. Der Vorstadtquai, der sich an den Landsgemeindeplatz anschloss, war für die frühe Abendstunde noch recht belebt; hie und da wanderten vereinzelte Spaziergänger die Promenade entlang und genossen die Aussicht, ein paar Enten hockten träge auf den Steinen unweit des Ufers verteilt, weiter hinten pickte ein Schwanenpaar im Schlick, und unter einer ausladenden Eiche küsste sich ein junges Paar. Der junge Mann trug nur ein T-Shirt, und die Gänsehaut auf seinen Armen war deutlich zu erkennen. Der Anblick ließ mich frösteln. Als ich die Knöpfe meines Kurzmantels schloss, dachte ich mit Schaudern an die Kälte, die heute Morgen auf dem Zugerberg geherrscht hatte. Ein Wunder, dass ich mich bei meinem erfolglosen Abenteuer nicht erkältet hatte!

„Britt hat sich feingemacht!", kicherte meine Mutter vergnügt und betrachtete wohlwollend meine schwarzen Chinos und die dunkelgrauen halbhohen Stiefel darunter. „Du siehst gut aus, Kind."

„Danke. Ist doch auch eine passende Gelegenheit, nicht wahr?" Ich bückte mich und klinkte die Leine aus Bronkos Halsband aus. Mit hocherhobenem Ringelschwanz stürzte er auf den nächsten Busch zu und beroch ihn eingehend.

Herr Lüthi lächelte mich an. „Das sehe ich auch so, liebe Frau Potönkche. Ich freue mich sehr, dass Sie gemeinsam mit Ihrer Frau Mutter und mir zu Abend essen wollen." Er warf meiner Mutter einen tiefen Blick zu, den sie mit einem mädchenhaften Kichern beantwortete, dann wandte er sich wieder zu mir. „Darf ich fragen, wie es Ihnen heute tagsüber ergangen ist?"

„Gut. Sehr gut. Also – ja, gut. Bronko, lass das!"

Bronko, der eben Anstalten gemacht hatte, an einer Bank das Beinchen zu heben, auf der sich gerade zwei ältere Herren mit Krückstöcken niedergelassen hatten, ließ folgsam von seinem Vorhaben ab und hüpfte fröhlich auf das Seeufer zu.

„Waren Sie denn heute wohlauf?"

Ich nickte. „Ja. Aber …" Ich beschloss, nicht länger um den heißen Brei herumzureden. „Ich war … ach, wissen Sie, ich war gar nicht beim Workshop. Ich war auf dem Zugerberg."

„Aha?", wunderte sich Herr Lüthi. Meine Mutter an seiner Seite grinste in sich hinein, als ob sie genau Bescheid wüsste.

Und vielleicht war das ja auch so.

„Ja, ich … ich musste einfach mal an die frische Luft."

Herr Lüthi nickte verständnisvoll „Da sind Sie dann bei uns in der schönen Schweiz genau richtig aufgehoben", erklärte er ernst.

„Brittchen, humpelst du etwa?", erkundigte sich meine Mutter.

„Nur eine Blase am Fuß, Mutter."

„Siehst du, Bergwanderungen sind gefährlich", sagte meine Mutter kopfschüttelnd. „Da ist mir doch eine Dampferfahrt viel lieber!" Sie sah Herrn Lüthi schmeichelnd von der Seite an, und er lächelte erfreut. Seine hellen Augen musterten mich sanft.

„Ich hatte vorhin einen Anruf, liebe Frau Potönkche", fügte er hinzu. „Und zwar von einer Teilnehmerin des Workshops ‚Du und dein Hund: Partner im Zwiegespräch'. Sie bat mich um Ihre Nummer, aber ich habe ihr selbstverständlich mitgeteilt, dass ich keine Telefonnummern herausgebe ohne Einwilligung der betreffenden Person."

Erneut überlief mich ein Schauder, und unwillkürlich zog ich den Kragen meines Mantels enger zusammen. „Ach? Ja, das ist … gut so. Was wollte sie denn?"

„Sie sagte, Sie hätten etwas vergessen? Über weitere Details hat sie mich leider nicht informiert. Aber ihren Namen hat sie mir genannt: Es handelt sich um Frau Sandra Keller."

„Ach?“, fragte ich scheinheilig. „Sandra Keller? Wer war das noch gleich?“

„Die Dame mit dem Labrador“, erklärte Herr Lüthi ernst. Meine Mutter an seinem Arm blickte sich suchend um.

„Wo ist eigentlich der Hund?“, fragte sie.

„Der Hund?“ Alarmiert sah ich auf.

„Ja. Wo ist Bronko?“

Ruckartig drehte ich mich um die eigene Achse und stieß dabei fast mit Herrn Lüthi zusammen, der ebenfalls nach Bronko Ausschau hielt. Für einen Moment trafen sich unsere besorgten Blicke, dann sahen wir gleichzeitig zum Schwanenpaar am Seeufer weiter hinten hinüber, gerade rechtzeitig, um Bronko zu entdecken, der in diesem Moment Anlauf nahm und mit einen Hechtsprung auf das Schwanenpaar zusetzte.

Und dann brach die Hölle los.

Ein schrilles Quieken schallte durch die Luft, dann folgte ein ohrenbetäubendes Fauchen und Zischen. Die Spaziergänger schrien auf und reckten die Hälse, und schon lief ich los.

„Bronko!“, schrie ich. „Nein! Zurück!“

Von Bronko aber war weiter vorn nichts mehr zu sehen. Stattdessen erkannte ich nur wild durcheinanderstoßende lange Schwanenhälse, weit aufgestellte und flatternde Flügel und, als ich näherkam, die spitzen, scheinbar ziellos durch die Luft hackenden Schnäbel. Federn stoben auf, und Wassertropfen spritzten umher. „Bronko!“, rief ich. „Dicker! Hierher!“

Meine schmerzende Blase an der Ferse behinderte mich ein bisschen, und ich kam nicht schnell genug voran. Aber dann war auf einmal Herr Lüthi neben mir, der laut in die Hände klatschte und mit erstaunlich tiefer Stimme auf die

Schwäne einschrie, die erschrocken zurückwichen, nicht, ohne mit ihren großen Schnäbeln nunmehr nach Herrn Lüthi zu hacken. In meine Ohren drang das entsetzte Kreischen einer älteren Dame, gefolgt von den Rufen der beiden Herren, die von ihrer Bank aufgesprungen waren und sich zu Herrn Lüthi gesellten, der die Schwäne immer weiter zurücktrieb. Schließlich wandten sie ihm und den beiden Herren das Hinterteil zu, stelzten grimmig über die glitschigen, moosbewachsenen Steine ins Wasser und schwammen flügelschlagend davon.

„Bronko!", rief ich hilflos. „Wo bist du?" Meine Stimme klang kläglich in der plötzlich einsetzenden Stille.

„Da ist sie!", rief meine Mutter. Ich drehte mich um und folgte ihrer ausgestreckten Hand, aber Herr Lüthi war schneller. Mit ein paar langen Sätzen eilte er zum Seeufer, bückte sich, packte zu und hob Bronko, der eben zum Ufer gepaddelt war, kurzerhand hoch.

Triefend und klatschnass hing er in Herrn Lüthis Händen, mit schlaff heruntergerollter Rute und tropfendem Fell.

„Dicker!", rief ich erleichtert und hastete humpelnd hinüber. Mit großen, erschrockenen Augen starrte Bronko mir entgegen, und als ich seine traurig hängenden Barthaare sah, konnte ich nicht anders, als ihn Herrn Lüthi abzunehmen und fest zu umarmen. Augenblicklich durchfeuchtete sein nasses Fell meinen Mantel und den Pulli, den ich darunter trug. „Mein Bronko!", flüsterte ich und schmiegte meine Wange an seinen nassen, mit Algen bedeckten Schädel. „Was machst du denn für Sachen!"

„Offenbar hat er leider nicht viel gelernt aus dem letzten Abenteuer", sagte Herr Lüthi bedauernd und sah zu, wie ich Bronko ein letztes Mal fest an mich drückte und dann absetzte.

„Er ist sicher nicht der Klügste", sagte ich achselzuckend und betrachtete, wie Bronko sich eingehend schüttelte und anschließend die Pfoten leckte. „Aber trotzdem ein sehr feiner Hund." Ich war selbst überrascht, wie stark das Bedürfnis in mir hochkam, Bronko verteidigen zu müssen. In den vergangenen Tagen war er mir offenbar mehr ans Herz gewachsen, als ich gedacht hätte. Nicht auszudenken, wenn ihm etwas Ernsthaftes passiert wäre. Schwäne waren ja schließlich unberechenbar. Ohne Weiteres hätten sie ihm ein Auge aushacken können – oder auch beide!

Ich schüttelte mich bei dem Gedanken und sah zu, wie sich meine Mutter nun zu Bronko herunterbückte und ihn beruhigend streichelte, was Bronko mit einem leichten Wedeln quittierte.

„Oh!" Sie legte den Kopf schief. „Ich glaube, er blutet!"

„Wo?" Herr Lüthi beugte sich herunter, und ich spürte Ärger in mir hochsteigen, weil sie mir nun beide die Sicht versperrten. Stand ich nicht Bronko doch etwas näher als sie beide? Hatte ich nicht die letzten Tage mit ihm verbracht und mich um ihn gekümmert – und er sich um mich?

„Ich weiß nicht", sagte meine Mutter zweifelnd und versuchte, unter Bronkos Bauch zu guckten, was ihr natürlich nicht gelang. „Vielleicht … vielleicht hat er ja auch seine Regel?"

„Mutter!", rief ich verärgert. „Es ist ein Er!"

„Trotzdem!", beharrte sie.

„Mutter, er kann seine Regel nicht haben, er ist ein Rüde!"

Meine Mutter sah ein wenig beschämt drein. „Ach ja, richtig", sagte sie. „Aber er sieht so weiblich aus. Ich finde, er sieht aus wie eine Sie."

Herr Lüthi lachte und schlug sich im nächsten Moment verlegen die Hand vor den Mund. Dann hob er vorsichtig

Bronko an den Hinterbeinen ein Stückchen an, und jetzt konnte auch ich den kleinen Blutflecken auf dem Gehweg unter ihm erkennen. „Da!", stellte Herr Lüthi fest. „Das sieht aus wie ein Riss. Nicht groß, aber es blutet doch unangenehm. Das müsste sicher verbunden werden."

„Wo denn aber?" Ich bückte mich und inspizierte Bronkos Hinterteil genauer.

Herr Lüthi hüstelte. „Am Hoden", flüsterte er. „Also, da, wo eigentlich … Er ist ja kastriert, richtig?"

Tatsächlich, da, wo einmal Bronkos Hoden gebaumelt hatten, bevor der Tierarzt des Gnadenhofs ihn mit einem gezielten Schnitt entmannt hatte, tropfte aus einem daumengroßen Schnitt ein wenig Blut. Die Wunde war nicht groß, aber offenbar auch nicht oberflächlich, und sofort tat mir Bronko unendlich leid. Das musste ja wehtun!

„Fieser Schwan!", sagte ich böse und streichelte Bronko beruhigend über den Rücken. Herr Lüthi setzte Bronko wieder ab und richtete sich auf.

„Ich rufe rasch meine Tochter an", sagte er und griff in die Innentasche seines Mantels, um sein Handy herauszuziehen.

„Ist es schlimm?", fragte meine Mutter besorgt.

„Nein, schlimm ist es nicht", beruhigte ich sie. „Aber so lassen können wir es auch nicht."

„Gut, dann … ich muss mich aber erst mal setzen. Und siehst du, Britt, er ist ja auch kastriert. Vielleicht sieht er deswegen ja auch so weiblich aus, das habe ich mir gerade überlegt."

„Ja, Mutter", sagte ich gnädig. „Gewiss. Das könnte sein."

Meine Mutter nickte befriedigt und marschierte zur nächstgelegenen Bank und setzte sich neben die beiden älteren Herren mit den Gehstöcken. „Guten Tag!", grüßte sie freundlich.

Beide nickten höflich zurück. „Grüezi! Schtärneföifi, das isch jo grad nomel guet uusgange, gälled Si?", sagte der eine Herr mitfühlend. Sein Freund nickte, und meine Mutter lächelte verständnislos.

„Wissen Sie, ich kann Sie überhaupt nicht verstehen. Aber mein Bekannter vielleicht. Der ist nämlich Schweizer!" Sie deutete stolz auf Herrn Lüthi, der sich halb zur Seite gewandt hatte und eifrig in sein Telefon sprach. Einen Moment lauschte er, dann verabschiedete er sich, steckte das Handy wieder ein und kam mit schnellen Schritten auf mich zu.

„Meine Tochter rät, zum tierärztlichen Notdienst zu gehen. Dort ist jetzt geöffnet, und es liegt gleich hier vorn. Nur die Seestraße hinunter bis zum Seegässli." Er deutete nach rechts, wo die schmucken Häuser der Altstadt an den Landsgemeindeplatz angrenzten. „Es sind nur gut hundert Meter."

„Na, dann los!", sagte ich, hob Bronko kurzerhand auf den Arm und stand auf. Meine Mutter hatte eigentlich recht, dachte ich und streichelte Bronkos flauschige Ohren. Bronko sah wirklich ein wenig weiblich aus. Aber das lag bestimmt nur an dem hellen, puschelig weichen Fell.

„Dürfen wir Sie begleiten?"

Ich warf einen Blick zu meiner Mutter, die Anstalten machte, sich von ihrer Bank zu erheben, dann schüttelte ich den Kopf. „Nein", sagte ich. „Danke. Ich gehe allein hin und komme dann nach. Ich weiß ja, wo ich Sie finde!" Ich winkte meiner Mutter zu, die mir sofort zurückwinkte. „Mutter! Ich komme nach! Amüsiert euch schön!"

Herr Lüthi wirkte erleichtert, aber auch ein wenig schuldbewusst, als ich ihn wieder ansah. „Und Sie kommen wirklich allein zurecht?"

„Herr Lüthi", sagte ich und musste lächeln. „Ich komme bestens allein zurecht. Ich bin im Übrigen dreiundvierzig Jahre alt, da muss man auch schon mal allein zurechtkommen. Außerdem schlage ich nach meiner Mutter, und die kommt auch prima allein zurecht. Aber wenn sie die Gelegenheit hat, Zeit in netter Gesellschaft zu verbringen, dann nutzt sie die gern. Und jetzt hat sie ja die Gelegenheit! Mir wäre also sehr lieb, wenn Sie sich um meine Mutter kümmern und die verbleibende Zeit genießen würden", sagte ich und legte das Kinn auf Bronkos weichen Schädel.

„Das mache ich sehr gern", sagte Herr Lüthi weich. Er sah aus, als hätte ich ihm soeben die Absolution erteilt – oder als hätte er gerade bei mir erfolgreich um die Hand meiner Mutter angehalten. Für einen Moment fühlte ich mich schlecht – als hätte ich wiederum meine Mutter verkauft. Aber schließlich waren wir alle drei erwachsene Menschen und selbst für unser Glück verantwortlich, jeder für sich, nicht wahr?

Ich allerdings war momentan auch für Bronko verantwortlich, wie es aussah.

„Gut. Ich muss dann jetzt los!", sagte ich und setzte mich in Bewegung.

„Bis gleich, Brittchen!", schrie meine Mutter hinter mir her.

Und irgendwie zauberte mir ihre helle, aufgeregte, allzu vertraute Stimme ein Lächeln auf die Lippen, das immer noch anhielt, als ich den tierärztlichen Notdienst erreichte.

Der Notdienst war im Erdgeschoss eines der stuckverzierten Altbauhäuser gleich am Anfang der Seegässli untergebracht, mit Blick auf den See. Ein schmuckloses Messingschild wies mir den Weg, und als ich den Finger auf den darin eingebetteten Klingelknopf legte, ertönte aus dem

Innern des Hauses eine altmodische Glocke. Der Klang flößte mir Vertrauen ein, und ich drückte Bronko, der den ganzen Weg über reglos in meinen Armen gehockt hatte, enger an mich, wobei ich darauf achtete, sein lädiertes Hinterteil nicht zu berühren. „Gleich wird es alles wieder gut, mein Kleiner“, flüsterte ich auf seine flache Schädelplatte hinunter. „Mach dir keine Sorgen, es ist nichts Schlimmes!“

Von drinnen waren energische Schritte zu hören. Im selben Moment fing mein Handy an zu vibrieren, und der Klingelton *Nostalgia* ertönte gedämpft durch den Stoff meines Kurzmantels. Verärgert fingerte ich daran herum, und wie durch ein Wunder erwischte ich die richtige Taste, und das Handy verstummte. Vor mir öffnete sich mit Schwung die Tür, und eine große, blonde Frau in einem blütenweißen Arztkittel erschien auf der Schwelle.

„Grüezi!“, rief sie lächelnd. „Treten Sie ein!“ Im nächsten Moment stockte sie und musterte mich genauer.

Ich sog die Luft ein. Meine Lungen dehnten sich bis ins Unendliche, aber es gelang mir nicht, auch nur einen Hauch Sauerstoff einzuatmen. Eine Art ersticktes Keuchen kam aus meiner Kehle, und Bronko in meinen Armen zuckte zusammen.

Die Tierärztin legte den Kopf schief. „Ist Ihnen nicht gut? Warten Sie, ich nehme Ihnen den Hund ab!“ Mit beherztem Griff fasste sie Bronko unter den Bauch und bettete ihn auf ihren rechten Arm, und Bronko ließ es widerstandslos geschehen.

Ich rang weiter nach Luft, mit offenem Mund. Vor meinen Augen schien alles zu verschwimmen, nur das Namensschild auf dem weißen Kittel vor mir nicht. Im nächsten Augenblick spürte ich eine große Hand, die sich unter meinen Arm schob, dann wurde ich behutsam in den Flur geführt. Einen Moment später saß ich auch schon auf einem äußerst bequemen Stuhl.

„Warten Sie, ich bin gleich bei Ihnen!"

Atemlos sah ich zu, wie Bronko von den großen, sauberen Händen der Tierärztin auf einen modernen Untersuchungstisch gehoben und festgehalten wurde, während der Tisch mit einem elektrischen Surren nach oben fuhr. Mit vorgeschobenem Unterkiefer blickte Bronko sich unsicher nach mir um, und ich nickte ihm beruhigend zu. Allmählich sah ich wieder klar, und meine Atmung hatte sich ebenfalls ein wenig beruhigt. Ich blickte mich um. Wir befanden uns in einem Behandlungszimmer, von dem eine weitere Tür abging. Daneben stand ein kleiner Schreibtisch mit einem Stuhl davor und einem dahinter. Ein hohes Sprossenfenster eröffnete den Blick in einen schmalen, begrünten Innenhof. Taumelnd stand ich auf.

„Bleiben Sie ruhig sitzen!", befahl Dr. Frey sanft, ohne mich anzusehen, und ein Schauder lief mir den Rücken hinunter.

„Ich … äh", krächzte ich und setzte mich folgsam wieder hin, und sie wandte mir das Gesicht zu und lächelte mich an, mit diesem wunderschönen, großen Mund und diesen unglaublich blauen Augen, und wieder wurde mir schwach zumute.

Ich hatte sie gefunden. Da stand sie, nur gut einen Meter vor mir entfernt, und untersuchte Bronko, der zitternd auf dem Tisch hockte, mit eingeklemmtem Ringelschwanz.

Ich hatte sie gefunden.

Ich hatte nicht mehr nach ihr gesucht, und dann hatte ich sie gefunden.

Sie war es.

Meine Frau Doktor. Frau Dr. Frey. Frau Dr. Regula Frey. Die Frau meiner Träume.

Die sich soeben hauchdünne Latexhandschuhe anzog und Bronko zart an den Hinterbeinen anhob, um ihn genauer in Augenschein zu nehmen. „Ihr Hund blutet im Bereich des Hodensacks", stellte sie nüchtern fest und streichelte Bronkos krummes Bein. „Geht es wieder? Was ist passiert?"

Die Art, wie sie mit ihrer leicht rauen, zugleich einnehmend weichen Stimme die Endungen dehnte, raubte mir fast die Sinne. Niemand sprach so schön wie sie! Niemand! In meinem Nacken prickelte es, und ich zwang mich, endlich aufzustehen und neben sie zu treten.

„Ein Schwan hat ihn da reingehackt", sagte ich heiser.

Frau Dr. Frey lachte sanft. „Also ist es ein mutiges Kerlchen! Sich mit einem Schwan anzulegen, das trauen sich nur wahre Löwen! Wie heißt du denn eigentlich, mein Großer?"

„Bronko", krächzte ich. So dicht, wie ich neben ihr stand, konnte ich ihren Duft fast in mich einsaugen. Sie roch sehr sauber, nach einem biologischen Waschmittel, durchsetzt mit einem Hauch Parfüm. Wie bei unserer ersten und letzten Begegnung trug sie auch diesmal Sportschuhe und dazu eine karierte Bluse und Jeans unter dem Kittel.

„Bronko?" Sie runzelte die Stirn und tastete Bronko weiter ab, der es sich gefallen ließ, ohne sich zu bewegen.

Ich hätte mich auch nicht bewegt. Ich hätte stillgehalten und jede Sekunde genossen.

„Wir müssen das nicht nähen; es ist nicht so tief, wie es scheint." Sie griff nach einem Desinfektionsmittel, rieb sich die Hände damit ein und warf mir einen kurzen Blick aus ihren schönen, blauen Augen zu. „Geht es Ihnen wieder gut? Ein kleiner Schwächeanfall, nehme ich an?"

Ja. Weil ich eine Schwäche für Sie habe. Einen Dauerschwächeanfall, wenn Sie es genau wissen wollen.

Ich nickte kurz. „Ja, es war wohl … alles ein bisschen viel. Die Aufregung." Und das war noch nicht einmal gelogen.

Sie sah mich immer noch an, und plötzlich verengten sich ihre Augen. „Wir kennen uns", stellte sie fest.

Ich erstarrte. „Ja, das … das ist richtig", sagte ich nervös. Jetzt kam es darauf an! *Gerade halten und klar sprechen, ohne zu stottern!* „Wir haben uns schon einmal gesehen. In Deutschland. Da haben Sie Dr. Gerdes vertreten."

„Ja, richtig!" Sie lachte auf und wandte sich wieder Bronko zu. „Das stimmt, ich erinnere mich. Aber da ging es nur ums Impfen, glaube ich. Sie hatten Bronko gerade aus dem Tierheim geholt, oder?"

Wie wunderschön ihre Stimme klang! Ach, wenn sie doch nur den ganzen Tag mit mir reden würde! Allein der Klang ihrer Stimme würde mir schon genügen.

Und ihre Hände. Diese schönen, wunderbar geformten Hände …

Ich räusperte mich. „Vom Gnadenhof", stellte ich richtig.

„Ach ja, richtig. Vom Gnadenhof, das stimmt! Nun, Großer, hast du dich inzwischen eingelebt?" Inzwischen hatte sie Bronkos Wunde bereits gesäubert und einen kleinen Tapeverband darübergeklebt. Bronko zuckte zusammen, aber dann stand er ruhig da.

„Ja, hat er", sagte ich an seiner Stelle.

„Das ist schön. Das war es schon, kleiner Mann!" Sie tätschelte Bronko die Seite und zog sich die Handschuhe aus. „Sie können ihn nun gern wieder heruntersetzen. Warten Sie, ich fahre das Tischli erst hinunter." Sie betätigte ein Pedal, und mit einem leisen Surren fuhr der Untersuchungstisch auf Kniehöhe. Ich bückte mich und setzte Bronko auf den Boden, wo er zaghaft ein paar Schritte machte. Ich musste lächeln; er bewegte sich ein wenig geziert, so als trüge er Windeln.

Regula Frey hatte sich an den kleinen Schreibtisch gesetzt und notierte etwas. „Darf ich Sie bitten, das hier auszufüllen?"

Ich ging zu ihr hinüber und setzte mich ebenfalls, um den Anmeldebogen auszufüllen. Ich war so nervös, dass ich mich bei meinem eigenen Namen zweimal verschrieb und erst Mai-Gritt und dann Potöke schrieb.

Sie war es wirklich.

Sie saß mir gegenüber, einen halben Meter entfernt, und *sah mich an.*

Schließlich war ich fertig und schob ihr den ausgefüllten Bogen hinüber, und sie überflog ihn kurz, um ihn dann gefaltet in eine Karteikarte zu legen. „Das macht 48 Franken."

„Ja, danke." Ich zog mein Portemonnaie heraus und überreichte ihr mit zitternden Fingern einen 50-Franken-Schein. Als sie mir zwei Franken zurückgeben wollte, winkte ich ab. „Nein, ich … danke schön."

Es war merkwürdig, ihr ein Trinkgeld zu geben, aber noch merkwürdiger wäre gewesen, es nicht zu tun.

Sie steckte das Geld ein und sah mich über den Tisch hinweg an. „Was führt Sie denn eigentlich hierher nach Zug?"

Jetzt nichts Falsches sagen! „Ich mache ein paar Tage Urlaub mit meiner Mutter", erklärte ich beherzt.

„In Zug?" Sie hob die Brauen, und mir blieb einen Moment lang der Atem weg.

„Ja, ich … meine Mutter war noch nie hier, und da sind wir hergefahren", sagte ich. Und das war ja noch nicht mal gelogen!

„Ausgerechnet nach Zug." Sie lächelte und entblößte dabei ihre leicht schiefstehenden Vorderzähne. „Sie werden doch nicht etwa hier im Steuerparadies Geld angelegt haben? Bei uns in den Alpen, die vor der Finanzkavallerie kuschen – wie Ihr Herr Steinbrück gemeint hat?"

„Na ja", sagte ich. „Nein. Eher kusche ich ja selbst vor der Finanzkavallerie. Nein, ich … wir … hier gibt es einfach viel zu sehen. Den See, die Altstadt." Ich spürte, wie mir unter ihrem forschenden Blick heiß wurde und ich ins Schleudern kam. „Den Glockenturm haben wir auch angesehen", fügte ich eilig hinzu. „Also, von vorn. Und ich war auf dem Zugerberg!"

Sie lehnte sich zurück und streichelte Bronko, der seinen Rundgang im Raum beendet und sich neben ihr niedergelassen hatte, als wären sie beide schon seit Langem miteinander vertraut. „Auf dem Zugerberg? Da habe ich eigentlich meine Praxis und mein kleines Hundezentrum. Ich weiß nicht, ob ich davon erzählt hatte?"

Scheinheilig zuckte ich mit den Schultern. *Aber ja. Haben Sie. Zum Glück! Deshalb bin ich ja auch hier! Sonst hätte ich Sie niemals wiedergefunden.*

„Aber im Moment bin ich viel auf Reisen", fügte sie hinzu.

Jetzt musste ich beweisen, dass ich aufgepasst und noch dazu gut kombinieren konnte! „Zu Vertretungen, ja? Also, zu Praxisvertretungen?"

„Nicht nur." Sie kraulte Bronko hinter den Ohren und sah mich mit ihrem umwerfenden Schlafzimmerblick leicht von unten herauf an. „Ich habe ein Buch geschrieben und lese gelegentlich bei öffentlichen Veranstaltungen daraus vor."

„Ach? Ein Buch?"

Sie machte den Mund auf, um zu antworten, aber im selben Moment bellte ein Hund hinter der Tür. Es war ein hohes, irgendwie verärgertes Bellen, und Frau Dr. Frey lächelte in sich hinein und erhob sich. „Das ist Bertil", sagte sie. „Mein Hund. Er kann die Uhr lesen, wissen Sie. Es ist neunzehn Uhr, und um neunzehn Uhr schließt der tierärztliche Notdienst."

Mein Mund wurde trocken. *Los, sag was!* „Und wenn jetzt was passiert? Also, wenn Bronko sich jetzt noch mal mit einem Schwan anlegen würde? Wohin müsste ich dann?" Ich stand ebenfalls auf.

„Dann müssten Sie nach Hünenberg auf der anderen Seite des Sees", sagte sie in ihrem unvergleichlich melodisch klingenden Singsang, „da hat es eine Tierklinik, die ist rund um die Uhr geöffnet."

„Ach", sagte ich. Jetzt musste ich noch etwas sagen. Unbedingt. Irgendetwas.

Für einen Moment lang standen wir uns schweigend gegenüber, dann legte sie den Kopf leicht in den Nacken. „Sagen Sie, Frau Potönkche …"

„Nennen Sie mich doch bitte Mai-Britt."

„Mai-Britt." Sie ließ sich den Namen scheinbar auf der Zunge zergehen, dann nickte sie. „Mai-Britt. Ich bin Regula."

Ich nickte.

„Mai-Britt. Wenn sich Bronko allerdings in den nächsten ein, zwei Stunden mit einem Schwan anlegt, dann könnten Sie sich allerdings auch an mich wenden. Vorausgesetzt, Sie haben Lust, noch etwas mit mir essen zu gehen."

Ich starrte sie an. „Was?", krächzte ich.

Sie kehrte die Handflächen nach außen. „Nur, wenn Sie mögen und nichts anderes vorhaben", sagte sie. „Ich möchte mich Ihnen wirklich nicht aufdrängen …"

„Doch!" Meine Stimme klang viel zu laut, und ich schluckte. „Doch", sagte ich leiser. „Gern. Also, wirklich, also gern. Ich müsste nur … ich müsste nur meiner Mutter Bescheid sagen." Gott, wie das klang! Als wäre ich dreizehn.

„Oh!" Sie schüttelte den Kopf. „Oh, Sie sind schon mit Ihrer Frau Mutter verabredet? Das tut mir leid, ich …"

„Nein, ich nicht … nicht so richtig. Aber meine Mutter ist schon verabredet. Also, die hat schon … Sie hat einen Herrn kennengelernt, und die beiden … wir wollten zu dritt essen gehen." Das kam so kläglich heraus, dass mir ganz schummerig wurde.

„Und ließe sich das eventuell noch ändern?", fragte sie und legte den Kopf schief.

Ich sog die Luft ein. „Ja", hauchte ich. „Ja. Auf jeden Fall."

Sie lächelte mich an. „Ich müsste allerdings meinen Hund mitnehmen. Ich denke aber, das dürfte kein Problem sein, oder?"

„Nein", sagte ich. „Nein, gewiss nicht."

„Und die Größe passt ohnehin", sagte Frau Dr. Regula Frey und blickte verschmitzt zu Bronko hinunter. „Einen Moment, ich lasse Bertil schon einmal herein und ziehe mich um, ja?" Ohne meine Antwort abzuwarten, ging sie zur Tür hinter dem Schreibtisch und öffnete sie.

Ein kleiner, heller, runder Mops, kaum größer als Bronko, schoss herein und stürmte auf Bronko und mich zu. Wedelnd und keuchend hüpfte er um uns herum und blieb dann stocksteif vor Bronko stehen, mit erhobenem Ringelschwanz.

Bronko stand ebenfalls wie erstarrt da, den eigenen Ringelschwanz ebenfalls steif in die Höhe gehoben.

Einen Augenblick lang starrten die beiden sich an, Bronko mit verdutzt vorgeschobenem Unterkiefer, der Mops mit erstaunt vorquellenden Augen.

Dann duckten sich beide zugleich und sprangen aneinander hoch, und in der nächsten Sekunde jagten sie sich auch schon vergnügt durchs Behandlungszimmer.

„Na, die beiden mögen sich aber", sagte Frau Dr. Frey und strahlte mich an. „Mit den beiden passt das schon, denken Sie nicht?"

Ich nickte wortlos, dann riss ich mich zusammen. „Ja", sagte ich heiser. „Ja, das passt prima."

Und mit uns vielleicht auch? Sag, dass es mit uns auch passt!

Jetzt nickte sie. „Warten Sie kurz hier? Es dauert nicht lange. Ich bin gleich zurück." Und damit zog sie die Tür hinter sich zu.

Ich ließ mich erschöpft und aufgeregt zugleich auf den Stuhl sinken und sah den beiden Hunden beim Spielen zu. Bertil war genau wie Bronko keine Schönheit, besaß aber ein ausgesprochen heiteres Gemüt, und Bronko hatte ich noch nie derart ausgelassen erlebt.

Munter tobten die beiden durchs Zimmer, berochen sich gegenseitig und forderten sich unentwegt zum Spielen auf. Einmal fiel der Stuhl, auf dem Regula Frey gerade noch gesessen hatte, fast um, als Bertil darunter hindurchrannte und tolpatschig gegen ein Bein stieß, aber ich konnte noch gerade rechtzeitig hinzuspringen und Schlimmeres verhindern. Als ich mich wieder setzen wollte, klingelte mein Handy, und ich zog es heraus.

„Ida!", flüsterte ich. „Ida, stell dir vor …"

„Britt? Hörst du mich?" Idas Stimme klang genauso aufgeregt, wie ich mich fühlte. „Hallo, Britt?"

„Ja!", sagte ich gepresst. „Ja doch!"

„Britti? Du, ich hab was rausgefunden! Die Lesung, bei der ich war …"

„Ida! Sei doch mal still!", flüsterte ich drängend und hob eine Hand vor den Hörer. „Du, weißt du was? Ich hab sie ge…"

„Die Frau schreibt unter Pseudonym!“, rief Ida. „Weißt du, wie die in Wirklichkeit heißt?“

„Das ist mir egal, Ida!“

„Was? Ich kann dich so schlecht verstehen, red doch mal lauter, Britt!“

„Ich kann nicht!“, flüsterte ich verzweifelt und sah argwöhnisch zur Tür hinüber. Hinter mir klapperte es, und ich drehte mich um. Die tobenden Hunde hatten die Wasserschüssel in der Ecke umgestoßen, und eine große Pfütze hatte sich über die Tierwaage daneben ergossen. Schimpfend sprang ich auf. „Ida, Mist, ich muss auflegen. Aber weißt du, was? Ich hab sie gefunden!“, rief ich unterdrückt in den Hörer.

„Was?“, schrie Ida. „Was? Du hast was?“

„Ich ruf wieder an“, sagte ich leise und drückte die Austaste.

Hinter mir ging die Tür auf, und ich drehte mich um.

„Na, hier geht es ja heiß her!“, sagte Frau Dr. Regula Frey und lächelte mich an.

Ich schluckte. Und dann schluckte ich noch mal.

Sie trug keine Jeans mehr, sondern eng anliegende schwarze Hosen, dazu passende schwarze Pumps mit hohen Absätzen und eine helle Bluse mit einem dunklen Cardigan darüber.

Und sie sah umwerfend aus. Einfach umwerfend.

„Ja“, sagte ich. „Ja, das stimmt. Mir ist sehr heiß.“

Es dämmerte bereits, und die Laternen am Seeufer flackerten gerade auf, als wir die Promenade betraten. Bronko und Bertil liefen beide einträchtig nebeneinander vor uns her und schnupperten im Einklang an diesem und jenem Strauch, und Frau Dr. Regula Frey lächelte neben mir in sich hinein.

„Die beiden passen ausgezeichnet zusammen, obwohl sie auf den ersten Blick gar nicht so aussehen“, sagte sie und nahm ihre Tasche von der Schulter. „Haben Sie eigentlich eine Fußverletzung?“

„Nur eine Blase vom Wandern“, wehrte ich verlegen ab. „Nicht schlimm. Macht gar nichts! Ist ja nur eine Blase.“ Herrgott, warum konnte ich nicht einfach nur einen Satz sagen?

Aber Frau Dr. Frey nickte nur. „Sie müssen denken, dass ich vielleicht nur Rassehunde mag“, sagte sie nachdenklich, während sie neben mir ausschritt; etwas langsamer als zuvor, zumindest schien es mir so. „Das stimmt aber nicht. Ich habe Bertil von einer alten Dame übernommen, die nach einem Schlaganfall ins Pflegeheim musste. Ausgesucht hätte ich mir Bertil jedenfalls nicht. Ich habe keine Schwäche für Möpse.“ Sie sah mich von der Seite an, dann lachte sie plötzlich auf und schlug die Hand vor den Mund. „Oh, entschuldigen Sie, das klingt wirklich seltsam!“

„Tja“, sagte ich. „Ach, wieso … Na ja. Aber vielleicht haben Sie jetzt, wo Sie Bertil haben, doch eine Schwäche für …“ Ich konnte den Satz unmöglich zu Ende bringen, und so verstummte ich.

An meiner Schlagfertigkeit musste ich jedenfalls dringend noch feilen, das stand mal fest.

Frau Dr. Regula Freys blaue Augen leuchteten im Dämmerlicht, als sie mich immer noch von der Seite musterte. In ihrem Blick lag ein Ausdruck, den ich nicht recht zu deuten wusste. So etwas wie … Wärme. Oder Interesse.

Ein Prickeln lief mir über den Nacken, und ich musste zur Seite sehen, wo Bronko eben das Beinchen an einem Laternenpfahl hob, während Bertil unruhig trippelnd hinter ihm stand und darauf wartete, ebenfalls seine Duftmarke absetzen zu können.

Die Luft roch mild, aber mit einem Hauch Abendfrische, und vom See kam das Tuten eines Dampfers zu uns herübergeschwebt. Ich zog meinen Mantel am Kragen zusammen und schlang die Arme um meinen Oberkörper. Gleich darauf ließ ich sie wieder sinken. Schließlich sah die Geste sicherlich etwas kindlich aus. Einen Moment lang wusste ich nicht, wohin mit meinen Händen, dann steckte ich sie kurzerhand in meine Manteltaschen.

Wie gut, dass ich mich vorhin umgezogen hatte. Wenigstens war ich angemessen gekleidet, wenn ich mich schon nicht angemessen zu benehmen wusste.

„Ich habe Ihnen etwas mitgebracht", sagte Frau Dr. Frey – es fiel mir enorm schwer, sie innerlich anders zu nennen; viel zu lange hatte ich mit diesem Namen an sie gedacht – und zog ein Buch aus ihrer Tasche. „Hier, bitte. Das ist das Buch, von dem ich vorhin gesprochen habe. Ich hab es allerdings unter einem Pseudonym verfasst." Sie reichte es mir, und für einen Augenblick berührten sich unsere Fingerspitzen. Mein Herz fing erneut an zu pochen, und ich musste mich räuspern.

„Danke", sagte ich heiser und betrachtete das Cover. *Dr. Gina Müller – Hundefrauen, Frauenhunde* stand in fein geschwungenen Lettern über dem in Blautönen gehaltenen Foto eines Mopses, der zwischen einem Paar langer Frauenbeine in engen Leggins saß. „Das ist ja Bertil!"

„Ja", sagte sie. „Bertil ist sehr fotogen, wie man sieht." Sie lachte wieder, dann griff sie über meine Hand hinweg und schlug das Buch behutsam auf. „Sehen Sie? Ich habe Ihnen etwas hineingeschrieben."

Ich musste zwinkern, bevor ich ihre ausladende Handschrift entziffern konnte. „Für Mai-Britt von Regula – wie schön, dass wir uns wiedergetroffen haben!"

„Finden Sie?“, fragte ich und schlug das Buch vorsichtig zu. Erst dann blickte ich auf.

Sie sah mich immer noch an.

Der Ausdruck in ihren Augen hatte sich vertieft. Plötzlich wusste ich, dass sie mich wirklich sah.

Und für einen Moment hatte ich wieder dieses Gefühl, das ich damals bei unserer ersten Begegnung bereits verspürte hatte – zwischen uns schwang etwas, es schwang mehr mit als dieses Lächeln, das von ihren Augen zu meinen flog und sich in unser beider Mundwinkel festsetzte.

„O ja“, sagte sie und nickte ernst. „Das finde ich.“

Bronko ruckte an seiner Leine, und ich sah zu ihm hinunter. Er versuchte gerade, zu dem Schwanenpaar am Ufer des Sees zu gelangen, das dort entspannt auf den Steinen saß. Einer der beiden hatte den langen Hals zwischen die Flügel gesteckt, der andere sah mit erhobenem Kopf zu Bronko und Bertil herüber, die ihn beide anstarrten.

Bertil gab ein hohes, wütendes Kläffen von sich, und Bronko wedelte kurz.

„O nein“, sagte Frau Dr. Regula Frey. „Nein, ihr beiden. Auf gar keinen Fall!“ Sie schmunzelte, dann sah sie zu mir. „Wo sind Sie mit Ihrer Frau Mutter verabredet?“

„Dort drüben.“ Ich zeigte zu dem hellerleuchten Restaurant an der Uferpromenade. „Vielleicht gehe ich rasch und sage Bescheid?“

„Oh, Sie haben das *Casa Alto* ausgesucht? Das ist allerdings sehr zu empfehlen. Was halten Sie davon, wenn wir uns vielleicht einfach dazugesellen?“, schlug sie vor. „Wenn Sie dann noch mögen, können wir uns hinterher noch ein wenig separieren und an einem anderen Ort ein Getränk zu uns nehmen.“

„Unbedingt“, sagte ich. „Das mag ich. Also … das weiß ich jetzt schon.“ Mir wurde heiß, und schnell ruckte ich an Bronkos Leine und setzte mich in Bewegung. Frau Dr. Regula Frey blieb einen Moment verdutzt stehen, dann schloss sie zu mir auf. Gemeinsam gingen wir zum Restaurant hinüber und sahen durch die großen Fensterscheiben ins warm erleuchtete Innere.

Es herrschte offenbar Stoßzeit, denn alle Tische waren voll besetzt. In der Ecke feierte eine Schar älterer Frauen, an den Einzeltischen saßen hauptsächlich Paare, und ganz vorn hatte sich eine Truppe sehr junger Leute breitgemacht, die verschwörerisch die Köpfe zusammensteckten.

„Und, wo ist Ihre Frau Mutter?", fragte Frau Dr. Regula Frey sehr dicht neben mir, so dicht, dass ihre Schulter fast die meine berührte. Ich atmete vorsichtig ein, um einen Hauch ihres Dufts aufzusaugen.

Es war ein unglaublich aufregendes Gefühl, sie so dicht neben mir zu spüren, und mein Herz fing erneut an zu klopfen. Dann entdeckte ich meine Mutter. Sie saß Herrn Lüthi gegenüber, an einem Vierertisch in der Nähe des Fensters, und sah alt und fröhlich und übermütig aus. Ihre kurzen Haare waren ein wenig verstrubbelt, und ihr Lipgloss hatte sich bereits verflüchtigt, aber ihre Augen glänzten wie die eines jungen Mädchens bei seiner ersten Verabredung. „Da", sagte ich heiser. „Da vorn. Die ältere Frau in der schwarzen Strickjacke."

Bronko setzte sich zu meinen Füßen hin, und Bertil stupste ihn keuchend mit seiner breiten Schnauze ans Ohr. Frau Dr. Regula Frey lachte überrascht.

„Den Herrn kenne ich. Das ist Herr Lüthi! Seine Tochter ist ebenfalls Tierärztin, sie betreibt hier in Zug eine Hundeschule. Wir heißen beide Frei, allerdings schreibt sie sich mit i. Deshalb werden wir gelegentlich verwechselt!" Sie schüttelte lächelnd den Kopf.

Ich nickte und machte den Mund auf, aber im selben Moment fing mein Handy an zu vibrieren, und dann ertönte ein zarter, kaum hörbarer Glockenton.

Eine SMS! Na so was! Ich bekam so gut wie nie SMS. Vielleicht war es wichtig? „Entschuldigen Sie bitte." Ich zog das Handy heraus.

„Sie hatten übrigens Glück, dass Sie mich angetroffen haben. Oder vielmehr, wir uns", sagte sie, ohne den Blick von meiner Mutter und Herrn Lüthi zu wenden. „Ich war noch bis heute früh in Deutschland. In einem sehr schönen Ort in Norddeutschland, zu einer Lesung." Erst jetzt bemerkte sie, dass ich mein Handy in der Hand hielt, und verstummte. „Oh, Entschuldigung!"

„Einen Moment, bitte." Ich klickte die SMS an. Sie war von Ida. *„Ignoratin! Wehe, du drückst mich jemals wieder weg. Die Autorin heißt in Wirklichkeit Dr. Regula Frey! Und wenn du wissen willst, wo du sie findest, dann ruf mich an!!!"*

Ungläubig starrte ich für einen Moment auf mein Handy, dann schaltete ich es kurzerhand aus und holte tief Luft.

Regula Frey sah mich aufmerksam an. „Schlechte Nachrichten?"

Ich musste lachen. „Nein", sagte ich und schüttelte den Kopf. „Nein, im Gegenteil … nein. Es war nur … eine Art Bestätigung. Sie waren in Oldenburg, richtig?"

Jetzt sah sie verblüfft aus, aber nur kurz. Dann lächelte sie. „Richtig, ja", sagte sie. „Und vielleicht erklären Sie mir ja nachher bei einem Drink, woher Sie das wussten."

„Ja", sagte ich. „Das kann ich gern tun."

Und noch mehr. Ich wusste, dass ich ihr noch viel mehr würde erklären können. Und vielleicht sogar müssen.

Aber das schreckte mich nicht. Jetzt nicht mehr, jetzt, wo sie so dicht neben mir stand und gewillt war, den Abend mit mir zu verbringen.

Ich sah meine Mutter an, die gerade fröhlich über eine Bemerkung lachte, die Herr Lüthi offensichtlich von sich gegeben hatte, und mir ging das Herz auf.

Da, nur wenige Meter entfernt, saß meine Mutter, meine unmögliche, laute, fröhliche, stets zu unpassenden Sprüchen aufgelegte Mutter und hatte Spaß mit einem Mann, einem ordentlichen, biederen, gutsituierten und unglaublich höflichen Mann, der so ganz und gar nicht zu ihr zu passen schien.

Und hier stand ich, halb im Dunkeln, mit einer Frau an meiner Seite, einer großen, attraktiven, selbstsicheren und vollkommen fremden Frau, die wiederum ganz und gar nicht zu mir zu passen schien.

Und doch spürte ich einen Anflug von Glück, von wahrem, reinem Glück, wie es einem im Leben nur selten vergönnt ist. Was auch immer daraus wurde – ich würde diese Begegnung genießen, solange sie währte, jetzt, heute, an diesem Abend. Genau wie meine Mutter da drüben.

Es zählte nicht, was ich mir wünschte und was noch kam. Und auch nicht das, was gewesen war.

Nur dieser Abend zählte.

Mein Abend mit Frau Dr. Regula Frey. Der Frau meiner Träume.

„Wollen wir?“, fragte sie behutsam.

Ich nickte. Und dann spürte ich, wie sie eine Hand unter meinen Arm schob und mich sanft mit sich zog.

Epilog

Rüdiger starrte mich misstrauisch an, zog die Oberlippe zurück und entblößte eine Reihe gelber Zähne, bevor er sich umdrehte und mir sein Hinterteil zukehrte.

„Rüdiger ist heute mal wieder ein bisschen übellaunig", sagte Hermann und schulterte seine Mistgabel. „Aber eigentlich war er in letzter Zeit ziemlich gut drauf. Und dann hast du also eine heiße Nacht mit ihr verbracht, ja?" Seine Augen glitzerten erwartungsvoll. Ich musste schmunzeln.

„Nein, das nicht. Ich habe eine heiße Nacht ohne sie verbracht", erklärte ich. „Erst haben wir mit meiner Mutter und Herrn Lüthi zu Abend gegessen, erstaunlich lässig und entspannt. Und dann sind wir, also Regula" – der Name war mir immer noch fremd, aber langsam ging er mir schon etwas glatter von der Zunge – „und Bronko und Bertil und ich, etwas trinken gegangen. Und haben uns geküsst. Aber dann ist sie allein nach Hause gegangen. Und ich bin hoch und habe mit meiner Mutter noch eine Runde Phase 10 gespielt." Ich musste grinsen, und Hermann schüttelte ungeduldig den Kopf.

„Ja, und dann? Wie ging es weiter?“

„Dann sind wir am nächsten Morgen abgereist. Enzo Caprese hat mir noch eine Nachricht von Sandra Keller zugesteckt – dass ich mich jederzeit wieder bei ihr melden könne, wenn mir danach sei.“ Ich zuckte mit den Schultern. „Aber mir war nicht danach. Und dann kam auch schon Herr Lüthi und brachte uns zum Flughafen. Und da stand dann Regula.“ Immer noch durchfuhr mich ein Schauder bei der Erinnerung daran, wie sie mich umarmt und mir ins Ohr geflüstert hatte, dass sie mich bald wiedersehen wolle. „Das war so schön, Hermann!“

„Ach, ihr Frauen, immer so romantisch!“, Hermann schnalzte missbilligend mit der Zunge und verdrehte die Augen. „Und dann? Hat sie dich schon besucht oder ist sie gleich mitgeflogen?“

„Sie hat mich schon zweimal besucht“, sagte ich stolz. „Und nächste Woche kommt sie wieder!“ Immer noch hatte ich das Gefühl zu träumen. Mein Traum war wahr geworden, aber glauben konnte ich es immer noch nicht so ganz.

Hermann seufzte ergeben und schulterte seine Mistgabel. „Na prima“, sagte er. „Und, willst du jetzt mal unsere Neuzugänge sehen?“ Er wartete meine Antwort nicht ab, sondern schlurfte in seinen schmutzigen Gummistiefeln voran durch die riesige Scheune. „Wir haben acht Hühner aus einer Mastanlage, einen Beagle aus einem Labor, ein Rentier aus einem Freiluftgehege und eine dreibeinige Katze“, zählte er auf, während er einem zerrupft aussehenden Pfau auswich.

„Die Katze hattet ihr letztes Mal aber auch schon!“, sagte ich und schlug ebenfalls einen Bogen um den Pfau.

„Nein, das war ein dreibeiniger Hund. Wir haben jetzt zwei dreibeinige Hunde und eine dreibeinige Katze“, sagte Hermann. Hinter einem Holzzaun suhlte sich eine grunzende Schweinefamilie im Schlamm, und auf einem Pfosten stand ein Hahn und präsentierte ruckelnd sein spärliches Gefieder. Er starrte mich misstrauisch an, dann schlug er mit den Flügeln und legte den Kopf in den Nacken, um ein krächzendes Krähen von sich zu geben.

„Das ist übrigens Anton", sagte Hermann im Vorbeigehen. „Der stammt von einem Hinterhof in Holland und musste dort in einer Apfelsinenkiste wohnen. Aber den haben wir schon länger hier. Er ist schrecklich eingebildet, aber die Hennen lieben ihn." Eine Schar gackernder Hühner stob auseinander, als wir um die Ecke bogen, und Bronko jagte fröhlich voraus und gab ein hohes Wuffen von sich, das er nur von Bertil gelernt haben konnte.

Ich sah mich nach Anton um. Er blickte mir ebenfalls nach, und dann krähte er erneut. Irgendwie hatte ich das Gefühl, dass er mich mochte.

„Hier." Hermann blieb vor einem kleinen Gatter stehen. „Hier, das ist Gesine. Die hat sich schon gut erholt, seit sie hier ist!" Hinter den rohen Holzlatten lag entspannt ein kleines, dickbäuchiges Schwein im Schlamm und ließ sich die Sonne aufs Fell scheinen. Als es uns bemerkte, wedelte es kurz mit seinem Quastenschwanz, dann schloss es beide Augen und fing fast augenblicklich an zu schnarchen.

„Der scheint es aber wirklich gut zu gehen", sagte ich und zupfte mir ein mit Matsch durchsetztes Grasbüschel von der Hose.

„Bronko auch", sagte Hermann, lehnte die Mistgabel an den Verschlag und ging in die Knie. Bronko kam augenblicklich herbeigeflitzt und drückte sich an Hermanns Wade, um sich ausgiebig streicheln zu lassen. „Und er bleibt jetzt also bei dir, ja?"

Ich zuckte mit den Schultern. „Ja. Irgendwie konnte ich mich nicht mehr von ihm trennen. Ich weiß nicht … und meine Mutter fand es dann schließlich auch in Ordnung. Sie hat sich allerdings ausbedungen, dass sie ihn immer dann in Pflege nehmen darf, wenn ich mal auf Reisen bin. Vorausgesetzt, sie ist selbst nicht auf Reisen."

„Was ja durchaus mal vorkommen kann", sagte Hermann grinsend und stand wieder auf. „Nicht wahr?"

„O ja", sagte ich und grinste zurück. „Das kann durchaus mal vorkommen. Beides."

Hermann und ich lächelten uns noch einen Augenblick lang wissend an, dann griff er wieder nach seiner Mistgabel. „Jedenfalls, schön, dass du mal wieder vorbeikommst. Passt auch gut, denn Gert hat gerade heute einen köstlichen Käsekuchen gebacken, nach original niederländischem Hausfrauenrezept. Übrigens", fügte er hinzu, „haben wir noch einen weiteren Neuzugang, den ich dir zeigen will. Komm mal mit!"

Ich folgte ihm quer über den Hof, an gut zwei Dutzend träge in der Sonne liegenden Katzen vorbei ins Innere des Hauses. In der Diele schlüpfte Hermann aus seinen Gummistiefeln und öffnete die Tür zur Wohnküche. Gleich darauf waren wir von mehreren fröhlich wedelnden Kleinhunden umringt, die vor allem Bronko freudig begrüßten. Der Geruch von frisch gebackenem Kuchen drang mir in die Nase.

„Da ist ja Apollo!", sagte ich und streichelte den schwarzweiß gefleckten Rüden, der munter seine zweirädrige Kutsche hinter sich herzog und aufgeregt zu kläffen begann. „Und Einauge ist ja auch noch da!"

„Still, Apollo", sagte Hermann gutmütig und ging in die Knie. „Bruno, komm mal her!"

Aus dem Schatten des großen Holztisches kam ein kleiner, dunkler Hund mit spitz aufgestellten Ohren geschlichen. Vorsichtig sah er zu mir auf, dann schmiegte er sich an Hermanns Beine und ließ sich ausgiebig streicheln. Bronko hob seinen Ringelschwanz und wedelte freudig, während er Bruno beschnüffelte.

„Das ist Bruno", sagte Hermann und klopfte Bronko zärtlich aufs Hinterteil, „süß, oder?"

Ich betrachtete Bruno nachdenklich und zog einen der wuchtigen Holzstühle zu mir heran, um mich zu setzen. „Ja", sagte ich. „Der ist süß. Was ist denn da drin?"

„Bruno ist ein ganz seltenes Exemplar hier bei uns auf dem Gnadenhof", sagte Hermann und nahm Brunos kleine Ohren zwischen zwei Finger, um sie zu kraulen. Bruno schloss genießerisch die Augen und brummte leise.

Ich spürte zwei warme Pfoten an meinem Oberschenkel. Mein alter Kumpel Einauge hatte sich an mich herangewagt und blinzelte mich aufmunternd an, und ich strich ihm über den Kopf, während ich wieder zu Bruno sah.

„Bruno ist nämlich reinrassig!", erklärte Hermann. „Er ist ein Rehpinscher. Sein Herrchen ist gestorben, und sonst wollte ihn keiner mehr haben. Dabei ist er einer der liebsten Hunde, die wir je hatten. Weißt du nicht eventuell jemanden, der ihn nehmen könnte? Am besten ein alleinstehender älterer Herr?"

Einauge ließ sich wieder auf den Boden herunter und rollte sich neben meinem Stuhl zusammen, und Bronko kam zu mir herüber und sah mich bittend an. Ich bückte mich, hob ihn auf meinen Schoß und legte eine Hand unter seinen warmen Hundebauch. Zum Dank leckte Bronko mir die Finger, dann schnaufte er zufrieden und lehnte sich an mich. Ich sah zu Bruno hinunter. In seinen glänzenden Hundeaugen vermeinte ich eine Frage zu erkennen. Aber vielleicht bildete ich mir das auch nur ein.

„Ein Rehpinscher, sagst du?"

„Ja, genau. Ein Rehpinscher ist er. Ein äußerst lieber, pflegeleichter Rehpinscher. Wieso?"

„Kann er mit Eseln?"

Hermann starrte mich an, dann fing er an zu lächeln. „Ja", sagte er. „Klar. Bestimmt kann er mit Eseln."

„Dann weiß ich vielleicht jemanden", sagte ich und lächelte auch. „Einen alleinstehenden älteren Herrn. Der braucht dringend Trost. Am besten von einem Rehpinscher. Und sag mal, gibt es eventuell jetzt ein Stück Kuchen?"

Danksagung

Mein Dank gilt zunächst natürlich meiner Mutter Anke Fessel, ohne die dieses Buch gar nicht entstanden wäre. Danke, Mama, und ich hoffe, du hast viel Spaß mit Bronko, Mai-Britt und ihrer Mutter, die dir in einigen Kleinigkeiten ein wenig ähneln dürfte …

Weiterhin danke ich Franziska Lüthi für die mundartgerechten Übersetzungen einiger Passagen ins Schweizerdeutsche.

Und mein Dank geht auch an Marc Winters und Lothar Vermeulen vom Gnadenhof Melief e.V. für ihre wertvolle Arbeit und vor allem die Überlassung von Luki, unserem überaus freundlichen Shih-Tzu-Mischling, der seinerseits wiederum Bronko zu seiner literarischen Gestalt verhalf.

Und weil warme Worte, wie Schriftsteller bestens wissen, nicht Dank genug sind, gehen fünf Prozent meines Honorars aus dem Erlös des Buches an den Gnadenhof Melief e.V.

Wer sich mit eigenen Spenden anschließen möchte, liebend gern unter: http://stichtingmelief.nl/de/h/zuhause.php

Und auch dafür im Voraus ein herzliches Dankeschön!